novum pro

AF149752

Peter Loetscher

GIULIO

... der etwas weiß, was
niemand wissen darf

novum pro

Dieses Buch ist auch als
e-book
erhältlich.

www.novumverlag.com

Bibliografische Information
der Deutschen Nationalbibliothek:

Die Deutsche Nationalbibliothek
verzeichnet diese Publikation in
der Deutschen Nationalbibliografie.
Detaillierte bibliografische Daten
sind im Internet über
http://www.d-nb.de abrufbar.

© 2022 novum Verlag

ISBN 978-3-99131-512-4
Lektorat: Melanie Dutzler
Umschlagfotos: Domnitsky,
Mystock88photo | Dreamstime.com
Umschlaggestaltung, Layout & Satz:
novum Verlag

www.novumverlag.com

Gedruckt in der Europäischen Union
auf umweltfreundlichem, chlor- und
säurefrei gebleichtem Papier.

Climate neutral
Print product
ClimatePartner.com/16547-2201-1002

VORWORT

Liebe Leserin, lieber Leser,

Als mich Peter fragte, ob ich das Vorwort schreiben möchte, fühlte ich mich sehr geehrt und freute mich rüüdig darüber. Peter kenne ich schon seit 2006. Wir konnten damals schon Dinge erleben, durch die wir in eine andere Dimension eintauchen durften und gesehen haben, dass es zwischen Himmel und Erde noch etwas anderes gibt. Lieber Peter, du bist dazumal wie ein Wirbelwind in mein Leben reingeschneit. Du warst erfrischend, verrückt, aber auch direkt.

Schreib, Peter, schreib ... Papier ist dein Medium! Diese Info bekam Peter schon früh von der geistigen Welt zu hören. Es dauerte nun ein paar Jahre, doch jetzt schreibt es in ihm wie von selbst.

Man muss Peter begegnet sein, um es glauben zu können. So energiegeladen wie er ist kein anderer. Peter denkt schnell, denkt viel, erzählt gerne und lacht oft. Er mag zwar wie ein Ü60 aussehen, im Gemüt ist er der quirlige Junge aus Luzern geblieben, in dessen Kopf die Gedanken wie Rennpferde herumgaloppieren und sich weder zügeln noch lenken lassen. Wer ihm zuhört, sollte darum ziemlich beweglich sein.

Dieses Buch ist sehr spannend und passt für die einen in eine Schublade. Für andere passt es jedoch genau in die heutige Zeit hinein. «Giulio ... der etwas weiß, was niemand wissen darf» ist aber vor allem ein Buch zum Nachdenken.

Aus der Nummer kommst du nicht mehr raus, würde der Autor jetzt anfügen. Und man müsste ihn dabei sehen, um zu verstehen, wie sehr der Schalk aus ihm spricht.

«Es sind die Begegnungen mit lieben Menschen,
die das Leben lebenswert machen.»
Brigitta

Diese Geschichte ereignet sich in einem nicht genannten Land.
Es könnte fast jeder Staat auf diesem Planeten sein.

Giulio wurde 1980 geboren.

Den drei wichtigsten Frauen in meinem Leben
Marlies, Alexandra und Andrea gewidmet.

Mein spezieller Dank an Brigitta,
die mich bei der Bearbeitung
meiner Geschichte tatkräftig unterstützt hat.

1

JUNI 1990

Völlig entkräftet schaut Giulio in die weit aufgerissenen Augen seines Kumpels Andrin, der mit der Rücken auf dem Boden liegt, während Giulio auf seinem Oberkörper hockt. Andrin windet und wehrt sich. Der schwere Atem seines Kumpels peitscht Giulio ins Gesicht. Dieser merkt nicht, wie sein rechtes Knie auf dem Asphalt hin- und her schürft. Blut schiesst aus der Wunde, überströmt Giulios Bein, das große Loch in der Hose ist das kleinste Übel. Schmerzen durchzucken seine Beine, er kniet, spürt, dass Andrin gleich seine letzten Kräfte sammeln wird. Andrin ist entschlossen, er will es jetzt tun. Mit aller Kraft dreht er sich auf den Bauch und wirft Giulio ab. Wieder auf den Beinen zieht er Giulio zu sich, knallt diesen anschließend rückwärts auf den Boden und wirft sich mit all seinen 48 Kilos auf ihn. Jetzt ist es Giulio, der sich windet und wehrt. Er spürt Andrins Gewicht auf ihm. Gedanken schwirren durch Giulios Kopf: «Ich gebe nicht auf – egal, was immer du tun wirst, Andrin …, so leicht kriegst du mich nicht …»

Das ist das Letzte, woran er sich später erinnern wird, danach liegt er rücklings auf dem Boden. Sein Kumpel Andrin hat dieses Kräftemessen gewonnen. Der Sieger hilft dem Besiegten auf die Beine, dann ertönen laute Schreie: Rund 24 Mädchen und Jungen, die dem *Friedenskampf* beigewohnt haben, drücken alles aus ihren Kehlen, so laut und ächzend wie möglich. Sie sehen, was Giulio schon lange spürt: Sein rechtes Knie ist zerfetzt, das Fleisch tritt aus der riesigen Wunde, das Knie ist blutüberströmt, das rechte Hosenbein ist nur noch ein Fetzen Stoff, der herunterhängt.

Kein Wunder, dass sich die gesamte Menschenschar auf dem Pausenplatz – Kinder wie Lehrer – um Giulio versammelt hat. Eine ältere Lehrerin, die Schüler nennen sie ihrer Liebe zur Natur wegen *Tante Flora*, beginnt als Erste zu handeln. Sie beugt sich hinunter zu Giulio, spricht ihm Mut zu, hebt ihn auf und trägt Giulio ins Sanitätszimmer. Der herbeigerufene Schulsanitäter erkennt schnell den Ernst der Lage und organisiert einen Transport zum nahegelegenen Arzt. In dessen Praxis wird Giulio medizinisch versorgt. Der Arzt näht Giulios Wunde am rechten Knie so gut, wie er kann. Die Starrkrampf-Spritze ist eine reine Formsache, der Junge spürt nicht mal den Einstich der Nadel, so sehr ist er mit sich selbst beschäftigt. Er hat Angst, dass ihn sein Vater wieder tadeln und schlagen würde, denn dieser hatte ihm verboten, *Friedenskämpfe* – in welcher Form auch immer – auszutragen. So holt ihn also seine Mutter beim Arzt ab und lässt sich von diesem noch kurz in die Medikation und Nachbehandlung des Knies ihres Sohnes einweisen. Er verabreicht dem Jungen drei verschiedene Medikamente – eine Wundsalbe, eine Schachtel Dragées gegen die Schmerzen sowie Beruhigungstropfen, die das abendliche Einschlafen fördern sollen. Giulio steckt alles in die Tasche seiner Jacke und humpelt zusammen mit seiner Mutter von dannen.

Im Auto ist es totenstill; knisternde Spannung liegt in der Luft. Mutter und Sohn hören Giulios Herz schlagen. Er hat Angst. Angst vor der Reaktion seines Vaters. Würde er ihn bloß verbal zusammenstauchen oder gar verhauen? Giulios Gedanken sind wirr; selten hat er sich derart vor der Bestrafung seines alten Herrn gefürchtet.

Nein, auch das noch: Giulio sieht einen gelben Kombi auf dem Parkplatz seines Elternhauses. Es ist der Wagen des Vaters. Daddy ist also schon zuhause und wartet auf ihn. Giulio schleicht sich ins Haus, in Erwartung der Schelte, die jetzt kommen sollte. Vater Johannes sitzt auf dem Sofa, gedankenversunken in die kommenden Momente. Er weiß noch nicht, wie er auf Giulio reagieren soll. Er steht auf, nimmt Giulio intuitiv in die Arme, tröstet ihn, lässt den Jungen seine Liebe spüren. Sie liegen sich in den Armen, Giulio ist wie paralysiert. «Was läuft da falsch?», denkt er, während er die Zuneigung seines Vaters spürt. Ein Blitz durchzuckt seinen Körper und Giulio fühlt, dass sein Leben in diesem Augenblick aus Liebe, Zuneigung und Zuspruch besteht. Dieses Gefühl wird sein Leben fortan begleiten und bestimmen.

Nach einer halbwegs schlaflosen Nacht – Mutter hatte sein Knie am Abend noch desinfiziert, mit Salbe versehen und ihren Sohn sowohl mit dem vom Arzt erhaltenen Schmerzmittel als auch mit einem Teelöffel voll Schlaftropfen versorgt – will Giulio wie gewohnt aus dem Bett hüpfen. Aua! – sein Schrei ertönt durch das ganze Haus. Hanna, Giulios kleine Schwester, Vater und Mutter rennen in sein Zimmer und finden Giulio schluchzend am Boden liegend. «Schau, Giulio, da musst du durch … Wer sich Schaden zuführt, muss dafür auch geradestehen!» Die Worte von Vater Johannes werden dem Jungen nie mehr aus dem Kopf gehen. Noch im hohen Alter wird er an diese Aussage denken; immer wieder. Während Mutter das Frühstuck zubereitet, sollte sich Giulio waschen und seine Wunde selbst versorgen. «Wo habe ich bloß die Salbe hingelegt? Und wo in Gottes Namen liegt meine Mittel gegen die Schmerzen …?» Giulio beginnt zu suchen, erfolglos. Sein Zimmer ähnelt einem Schlachtfeld. Überall liegen Kleider, Papier, Werkzeuge und vieles mehr herum. «Wo nur habe ich die Dinger hingelegt?», schreit es in seinem Kopf herum. Seine Suche ist chancenlos. Er weiß es. Gerade deshalb hat er plötzlich wieder Angst. Angst davor, seine Mutter würde ihn tadeln, Angst auch davor, seine Wunde würde nie mehr richtig heilen. Er würde sein rechtes Knie nie mehr richtig beugen und belasten können. Nach dem Frühstück schleicht er sich in den Garten des Nachbarn. Giulio weiß, dass dort verschiedenste Kräuter wachsen, und er hofft, dass vielleicht eines davon ihm helfen würde, denn er hatte darüber mal etwas in einer Zeitschrift gelesen. Giulio glaubt zwar nicht so recht daran, doch er tut es trotzdem. Ein paar Jahre später würde er sich sagen: «Die Hoffnung stirbt zuletzt …»

Der Kräutergarten des Nachbarn ist reich bewachsen von einer Unzahl von Kräutern. Diese verwendet die alte Dame jeweils bei der Zubereitung verschiedenster Speisen. Sie ist eine ausgezeichnete Köchin. Thymian, Salbei, Liebstöckel, Petersilie, Majoran, Schnittlauch, und, und, und … Die Kräuter lachen

Giulio am frühen Morgen entgegen. Ohne lange zu überlegen, zupft Giulio an den Blättern des Salbeistockes, denn diese scheinen ihm besonders schön, groß und saftig. Er rennt zurück zum Haus seiner Eltern, vorbei an einem sehr exotisch anmutenden Baum, der schon seit vielen Jahren das Anwesen des Nachbarn ziert. «Kann nicht schaden», denkt er und reißt davon auch noch einige bizarr aussehende Blätter ab. In seinem Zimmer angekommen – keiner im Haus hat Giulios Ausflug bemerkt – wickelt er sich die Kräuter um sein lädiertes Knie und verbindet dieses. Seine Mutter lässt er im Glauben, ihr Junge hätte sich die Salbe ans Knie geschmiert und es danach einbandagiert. Giulio muss heute nicht zur Schule; es ist Wochenende. Er humpelt in der Wohnung herum und denkt immerzu: «Hoffentlich merkt Mutter nichts von meinem Schwindel …»

Eine Woche später, am Montagnachmittag, ist ein Arztbesuch angesagt. Giulio hat zuvor nicht daran gedacht, die Kräuter zu entfernen, damit der Arzt nichts merken würde. Behutsam nimmt der Mediziner die Bandage von Giulios Knie und sieht die Bescherung. Er holt schon Luft, um den Jungen zu tadeln, doch irgendwas hält ihn zurück. Der Anblick des Knies, der aufgeweichten Kräuter und der von ihm zusammengenähten Wunde lässt ihn erstarren. Die Wunde ist fast verheilt. Jedenfalls viel besser verheilt, als sich der Doc das je vorgestellt hätte. Er traut der Sache nicht und befragt Giulio nach seinem Vorgehen. Der Junge beginnt zu heulen und beichtet seinem Arzt die ganze Geschichte mit allen darin enthaltenen Details. «Hmm», denkt er, «mach weiter so» ist das Einzige, was der sonst so gestrenge Herr über die Lippen bringt, dann lässt er Klein-Giulio wieder gehen. Seine Mutter, die beim Arzt alles mitbekommen hatte, fährt Giulio nach Hause. Sie spricht kein Wort, zu sehr sitzt das große Erstaunen in ihren Knochen. «Was geht hier vor …?», fragt sie sich. Zuhause angekommen, setzt sie sich mit Giulio an den Tisch. «Hör mal, mein Junge, ich habe schon verschiedenste Artikel über die Heilkraft von Kräutern gelesen, doch so etwas ist mir fremd … Geh wieder zur alten Dame nebenan. Erzähl ihr die Geschichte und frage sie diesmal, ob du weiter von ihren Kräutern pflücken dürftest …» Giulio tut, was ihm aufgetragen wird. Seine Nachbarin strahlt vor Glück, dass Giulios Knie dank ihrer Kräuter fast geheilt ist. Giulio beschließt, sich fortan mit Naturheilkunde zu befassen.

22. SEPTEMBER 1993

«Happy birthday to you … happy birthday to you …» Mama, Daddy, seine kleine Schwester Hanna, Onkel, Gotte, Götti, sein Kumpel Andrin, die alte Dame von nebenan und viele mehr … Alle sind sie gekommen, um Giulio zu seinem Geburtstag zu gratulieren. 13 Kerzen leuchten auf der riesigen Geburtstagstorte und warten darauf, vom jubilierenden Jungen ausgeblasen zu werden. Giulio macht gute Miene zum bösen Spiel. Im Grunde hat er keine Lust auf diesen Klamauk. «Blöde Tradition», denkt er sich. Viel lieber würde er jetzt im Werk *Das große Buch der Heilpflanzen* von Mannfried Pahlow über die Kräfte der Natur und deren heilenden Pflanzen weiter recherchieren. Der Junge holt tief Luft. Er bläst und die versammelten Gäste applaudieren ihm. Das Geburtstagskind zerschneidet die Torte in große Stücke, über welche die Anwesenden im Handumdrehen herfallen. Giulio zieht sich zurück in sein Zimmer, das war's für ihn. Weder die Party noch die erhaltenen Geschenke interessieren ihn; bis auf eines: Mutter und Vater haben ihm zum Geburtstag ein Buch geschenkt; für Giulio ein sehr spezielles Buch. Darin beschreibt ein 68-jähriger Mann, wie er sein Leben abseits der Normen und Denkweisen anderer gelebt hat und dabei jeden Tag glücklich und zufrieden war. Er schreibt äußerst präzise über die riesige Heilkraft von Kräutern, beschreibt viele der ihm bekannten Pflanzen. Giulio liest von Salbei und Ginkgo. Ginkgo? – «Heißt nicht der Baum im Garten seiner Nachbarn so?» Für Giulio hat sich ein Kreis geschlossen. Geschlossen? – Von wegen … Jetzt nimmt das Leben von Giulio erst richtig seinen Lauf.

2

«Wau ... wau ... wau ...» – Das Gebell eines Hundes stört die idyllische Ruhe auf der blühenden Wiese. Giulio, inzwischen 17 Jahre alt, hüpft zusammen mit Renate über die weiche Blumenwiese. Der junge Mann kennt die Frau nunmehr schon seit drei Monaten. Er ist verliebt und genießt jeden Augenblick des Zusammenseins mit seiner dunkelhaarigen Schönheit. Ihn kümmert nicht, dass Renate 6 Jahre älter ist als er. Es sind diese Augen, ihr sehnsüchtiger Blick, ihre Leichtigkeit, ihre Unbekümmertheit, die ihn an Renate so faszinieren. Giulio ist glücklich und zufrieden. Zusammen schlendern sie in Richtung des Waldes, aus welchem die Hundelaute zu vernehmen sind. In diesem Moment sieht Giulio das Tier. Es rennt aus dem Wald direkt auf sie zu. Giulio fürchtet sich nicht, denn er weiß: «Der Hund ist gut. Er ist vielleicht verängstigt, doch er will bestimmt nur mit uns beiden spielen.» Renate hat Angst. Intuitiv stellt sich Giulio vor seine Freundin. Jetzt! Der Hund – ein großer, kräftiger Schäferhund – ist unmittelbar vor ihnen und springt. Er will spielen – mehr nicht. Giulio fällt zu Boden, sein Kopf schlägt auf – genau auf eine über der Erde verlaufenden Wurzel des blühenden Kirschbaumes. Er trollt mit dem fremden Hund herum, obwohl sein Nacken schmerzt. Nach drei Minuten ist das Spektakel vorbei. Der Hund rennt zurück in den Wald. Giulio steht auf, gestützt von seiner geliebten Renate, er spürt den immer stärker werdenden Schmerz am unteren Ende seines Kopfes. «Geht's, Giulio ...?», macht sich seine Freundin Sorgen. «Kannst du gehen?»

«Kein Problem, nur eine kleine Prellung und ein paar Kratzer ...», versucht Giulio, Renate zu beruhigen. Der Mut und die Zuversicht ihres jugendlichen Freundes faszinieren sie immer wieder. Renate ahnt nicht, was Giulio ein paar Tage später noch tun würde. Seine Freundin startet ihren Wagen, der ganz in der Nähe auf einem Parkplatz steht, und fährt zusammen mit Giulio zu seinen Eltern. Dies ist noch immer Giulios Zuhause, doch sein Zimmer gleicht nicht mehr einem Schlachtfeld wie noch vor ein paar Jahren. Alles ist fein säuberlich aufgeräumt. Bücher der Naturheilkunde stehen in Reih und Glied. Ausdrucke von naturwissenschaftlichen Abhandlungen haben fein geheftet und säuberlich sortiert in einer Unzahl von Ordnern ihren Platz gefunden. Bilder von Heilkräutern sowie eine Anleitung zur Pflege eines jungen Ginkgo-Baumes liegen auf dem Nachttisch. Ein Schulmikroskop thront rechts auf Giulios Schreibpult, während vor seinem Fenster ein Blumenkasten mit drei Salbei-Setzlingen steht. Einer kurzen Begrüßung seines Vaters – Mutter ist auf der Arbeit – folgt eine noch kürzere Beschreibung des Ereignisses auf der Blumenwiese. Giulio und Renate gehen in Giulios Zimmer. Vater Johannes weiß, dass er sich nicht um seinen Sohn kümmern muss, er spürt, dass Giulio *das Richtige* tun wird. Im Zimmer angekommen beginnt Renate sofort damit, Giulios Hals zu untersuchen. Sie desinfiziert erst die kleine Wunde, die ihm der Hund an seinem Kinn zugefügt hat. Danach untersucht sie Giulios Hals. Schließlich steht Renate kurz vor ihrem Staatsexamen und weiß um die medizinische Vorgehensweise bei einer Diagnose. «Also, es scheint wirklich nichts Schlimmes zu sein», spricht sie Giulio Mut zu. «Nichts deutet auf eine Verletzung deiner Halswirbel hin.» Sie rät Giulio, seinen Kopf vorerst physisch nicht zu belasten. «Sei einfach ein bisschen ruhig während der nächsten Tage, das wird schon wieder ...» Giulio spürt wieder diese Unbekümmertheit und Leichtigkeit bei Renate. Er genießt die unendliche Vertrautheit, wenn er mit Renate zusammen ist. Giulio ist glücklich; an seinen Hals denkt er schon nicht mehr.

Sie werden immer stärker, diese Kopfschmerzen, welche Giulio seit *dem Tag danach* verspürt. Nicht etwa sein Hals oder die kleine Wunde unter dem Kinn schmerzen, nein: Es ist sein Kopf, in welchem sich diese täglich multiplizieren. Weder Renate noch der Hausarzt der Familie konnten ihm bisher helfen. Letzterer meinte: «Damit musst du in den nächsten Wochen leben, die Schmerzen werden danach verschwinden.» Er wollte Giulio noch ein Mittel gegen die Schmerzen verabreichen, doch der junge Mann schlug das aus. Er spürt, dass ihm Schmerzmittel nur für den Moment helfen würden. Jetzt, in diesem Augenblick, hält es Giulio nicht mehr aus. Er will nicht akzeptieren, was ihm der Mediziner gesagt hat. Giulio kämpft dagegen an. «Tu selbst was!», schreit es in seinem Kopf. Er rennt vom Wohnzimmer auf die obere Etage, öffnet die Tür zu seinem Zimmer und hechtet, getrieben von seiner Überzeugung, ans Fenster. Auch heute lässt sich dieses nur sehr schwer öffnen: «Immer klemmt dieses blöde Fenster!», ruft Giulio. Er pflückt zwei Hände voll von den Salbei-Blättern und setzt sich auf seinen Stuhl am Pult. Er zerquetscht dieses Produkt von Mutter Erde in seinem Mörser (Er nennt ihn «mein Heiligtum») und holt sich anschließend eine dunkle Socke aus dem seitlich neben seinem Bett stehenden Schrank. Der Duft des «Salbei-Muses» durchströmt das ganze Zimmer. Er ist frisch und warm und wirkt – zumindest für Giulio – bereichernd für Geist und Seele. Renate ist zu diesem Zeitpunkt an der Universität und wohnt einer Vorlesung über Pharmazeutik bei. Selbst wenn sie jetzt bei Giulio wäre, würde sie nichts tun können. Giulios Freundin würde sich hinsetzen und ihren Freund wirken lassen in dessen Welt. Giulio legt sich die Socke, gefüllt mit dem zerriebenen Salbei-Brei, um seinen Nacken. Zu dessen Stabilisierung wickelt er sich ein Halstuch um seinen Hals. Giulio spürt, wie warme Wellen seinen Nacken durchströmen. Er bleibt ruhig und wartet ab, was auf ihn zukommen würde. Nach dem Abendbrot liest er noch ein paar Seiten in einem wissenschaftlichen Buch, danach legt er sich schlafen. Renate würde – wäre sie bei ihm – jetzt aufstehen und gehen. Sie müsste Giulio in diesem Moment allein lassen. Für immer, wie sich später herausstellen wird. Am andern Morgen sind Giulios Schmerzen verschwunden. «Geht doch», denkt der junge Mann, denn er weiß um die Wirkung der Kräuter und Heilpflanzen. Als Giulio Renate das am Telefon erzählt, wird sie nervös. Die Welt in ihrem Kopf beginnt sich zu drehen. Giulios Tun und Handeln ist ihr unheimlich, schon seit längerer Zeit. Sie kann nicht mehr. Zu sehr ist sie auf ihre Ausbildung als angehende Ärztin fixiert. Nichts von Giulios Tun und

Handeln deckt sich mit dem, was Renate an der Universität lernt. Ihr Herz pocht laut, Renate beginnt zu schluchzen, danach strömen dicke Tränen aus ihren blau-grauen Augen. Sie spürt: «Das ist das Ende.» Die kurz vor dem Abschluss des Studiums stehende Schönheit verlässt ihre jugendliche Liebe. Der Schmerz sitzt tief, trotzdem muss sie es tun. Der Kummer in Giulios Brust ist groß. Renates Entschluss zerreißt ihm fast das Herz. Doch damit ist für ihn der Weg frei für ein unglaubliches Ereignis, das auf ihn zukommen wird.

3

«Ist dir eigentlich noch zu helfen?», fragt der Lehrer den 17-jährigen Giulio. Dieser hat dem gestrengen Herrn mit der Hornbrille erklärt, er möchte Krankenpfleger werden. «Ein Mensch mit einem solchen IQ, ein Mensch mit derartigen Talenten ausgestattet, wie du einer bist ... ich werd' verrückt. Damit wirst du niemals viel Geld verdienen! Als Krankenpfleger kommst du gerade mal knapp über die Runden ...!» Giulio hört seinem Lehrer gar nicht zu; sein Entschluss steht fest. Was sein Ausbildner und viele der Freunde seines Vaters dem 17-Jährigen erzählen, ist ihm egal. Sollen sie doch alle auf ihn einreden, auf ihm herumhacken, wenn sie denken, sie müssten das tun. Giulio ist sehr präsent, klar und stark, er weiß, dass sein gewählter Weg der richtige ist. Schon als Jugendlicher lässt Giulio keine Einmischungen in seine Ideen zu.

So tritt der junge Giulio seine Ausbildung als Krankenpfleger im nahegelegenen St. Katharina Hospital an. Er liebt es, anderen Menschen zu helfen, und ist mit seiner überaus großen Aufmerksamkeit sowohl in der Schule als auch am Arbeitsplatz sehr beliebt. Schwester Elfriede, seine Lehrlingsbetreuerin, ist über den Ehrgeiz des Jungen sehr erfreut. Sie ist dankbar, dass dieser Junge ihr zugeteilt wurde. Schließlich kann sie mit Giulios Leistungen gegenüber ihren Vorgesetzten brillieren und das tut ihr sehr gut. Das war nicht immer so, denn in den letzten vier Jahren haben ihre Schützlinge an den jeweiligen Schlussprüfungen nicht gerade geglänzt. Obwohl sich Giulio einen großen Teil seiner Zeit, in der er lernen sollte, immer wieder der Naturwissenschaft im Ganzen, der Naturheilkunde im Speziellen widmet, schließt er seine Ausbildung als Bester ab. Offenbar hat er – wie keiner seiner Lehrlings-Kolleginnen und Kollegen – die Gabe, die ihm zur Verfügung stehende Zeit so einzuteilen, dass er damit optimale Ergebnisse erzielt. Immer wieder sucht Giulio Antworten auf die Fragen: *Warum bleiben Menschen gesund? Weshalb werden Kranke wieder gesund? Wie funktioniert Heilung?*

So ist auch niemand überrascht, als die Krankenhausleitung Giulio nach dessen hervorragendem Abschluss einen Anstellungsvertrag anbietet. Giulio willigt sofort ein, denn er fühlt sich an seiner Wirkungsstätte wohl. «Hier kann ich kranken Menschen helfen; hier kann ich meine Visionen und Ideen umsetzen», geht es ihm durch den Kopf. Nur etwas stört ihn. Immer wieder stellt er sich die gleiche Frage: «Warum nur werden unseren Patienten immer wieder teure Medikamente verabreicht, wenn Kräuter-Tinkturen oder -Salben denselben Effekt erzielen?» Er kommt zu keiner Antwort – das macht ihn immer wieder nachdenklich. Tief in sich drinnen spürt er die Antwort, doch diese dringt noch nicht bis zu seinem Kopf durch.

4

Die Jahre zogen ins Land und Giulio ist jetzt seit nunmehr 21 Jahren im St. Katharina Hospital als Krankenpfleger tätig. Mittlerweilen kennt er das Haus in- und auswendig. Jede noch so verwinkelte Nische, jede Türe, jeden Arbeitskollegen bzw. Arbeitskollegin kennt er. Er ist sowohl bei seinen Arbeitskollegen als auch bei den Patienten beliebt. Hilde, eine ältere Frau, ist eine seiner Patientinnen. Sie liegt auf der Station für Demenzkranke. Hilde ist nicht gerade zimperlich im Umgang mit ihren Mitmenschen; auch bei Giulio macht sie keine Ausnahme. «Hilf mir lieber, anstatt dich dauernd mit deinem Handy zu beschäftigen», ruft sie Giulio mit einem vorwurfsvollen Blick zu. Dieser sucht wieder mal eine Abhandlung über die Folgen von Medikamenten bei unsachgemäßer Anwendung. Giulio schmunzelt leise vor sich hin; er kennt die Ausdrucksweise seiner Hilde. Im Grunde genommen ist sie ein Engel. Die alte Dame ist lieb und zuvorkommend gegenüber ihren Betreuern. Doch in Sekundenschnelle kann sich das bei Hilde ändern. Dann, wenn ihr Gehirn nicht mehr will, dann, wenn die Gute wieder mal alles um sich herum vergessen hat.

Giulio hat längst seine eigene kleine Wohnung, die er nach seinen persönlichen Wünschen eingerichtet hat. Verschiedenste Bücher über Naturheilkunde stapeln sich auf seinem Tisch. Freunde hat er keine; der inzwischen 39-jährige ist in den letzten Jahren zum Einzelgänger mutiert. So fühlt sich Giulio auch am wohlsten. So kann er tun, forschen und ausprobieren, woran und wie er will. In der letzten Zeit hat er sich eine kleine Praxis aufgebaut. Dazu hat sich Giulio eine kleine Wohnung in der Innenstadt gemietet. Diese Wohnung ist derart versteckt inmitten der verwinkelten Gassen, dass keiner ohne Giulios Zutun diese je finden würde. Giulio weiß nicht, weshalb er sich gerade für **diese** Räumlichkeiten entschieden hat, eine innere

Stimme sagte ihm: «Es ist das Richtige.» Hier also hilft er gelegentlich kranken Menschen. Menschen, welche die Ärzte oftmals schon aufgegeben haben. Giulio ist besessen von der Idee, diesen Menschen mit seinen Kräutern und den von ihm hergestellten Tinkturen zu helfen.

Durch einen Zufall lernte er letzte Woche ein kleines Mädchen kennen, welches sich seit sieben Jahren täglich mit von ihrem Arzt verschriebenen Medikamenten behandeln lässt. Die kleine Karin leidet schon seit ihrem vierten Lebensjahr an Blähungen und Krämpfen im Verdauungstrakt. Eigentlich haben sich ihre Eltern und auch sie selbst mit diesem Leiden abgefunden. Auf Anraten des Arztes stellte die Mutter die Ernährung für Klein-Karin um, damit möglichst keine Reizstoffe mehr den Organismus belasten würden. Vorbei war die Zeit der «Spaghetti-Partys», die Karin als kleines Mädchen so sehr liebte. Vorbei auch die Momente, in welchen ihr Papa im hauseigenen Kamin kleine, selbst belegte Pizzas für seinen kleinen Engel gebacken hat. «Nun, es gibt Schlimmeres auf der Welt, als darauf zu verzichten …», versuchte die Mutter, ihre Karin immer wieder zu trösten.

Durch Margarethe, Giulios Nachbarin, kommt Giulio in Kontakt mit dem Mädchen. Die schüchterne, blonde Frau hat an Giulio offenbar den Narren gefressen und sie weiß nicht so recht, ob sie sich in ihren eigenartigen Nachbarn verliebt hat oder nicht. Die 35-jährige Lehrerin kennt den Smokie-Song *Living next door to Alice* nur zu gut. Für sie wäre das der Supergau, wenn Giulio eines Tages die Wohnung wechseln würde, ohne dass sie mit dem zwar sonderbaren, doch sehr selbstbewussten Mann ins Gespräch gekommen wäre. Margarethe weiß um die Besessenheit ihres Nachbarn, Kranke zu heilen. Gerade das fasziniert sie so sehr an ihm. Eines Tages, als die junge Karin bei ihrer Tante zu Besuch ist, begegnen sich alle drei im Treppenhaus. Margarethe schießt das Blut in den Kopf. Die sich plötzlich abzeichnende Röte ist nicht zu übersehen. Giulios Nachbarin schämt sich deswegen so sehr, dass sie gar nicht bemerkt, was sich gerade vor ihrer Haustüre abspielt. Ihr Herz pocht, doch sie getraut sich nicht, Giulio direkt anzusprechen und mit ihm eine

Konversation aufzubauen. Eine peinliche Spannung liegt in der Luft. Es ist totenstill, bis sich Klein-Karin zu Giulio dreht und sich mit ihrem schalkhaften Wesen an ihn wendet: «Ich bin Karin und wer bist du …?» Giulio stellt sich dem Mädchen vor und die beiden beginnen zu plaudern und von sich und ihrem Tun zu berichten. Schnell vertraut sich das Mädchen dem Pfleger an und so erfährt Giulio also von der jahrelangen Krankheit Karins. «Das ist *die* Chance!», denkt sich Margarethe und lädt ihren Nachbarn zu sich in ihre Wohnung ein, um dort weiter zu plaudern. Margarethe interessiert sich sehr für die japanischen Teekunst – eine ihrer großen Leidenschaften – und erklärt ihrem Nachbarn die Zeremonie, wie sie vom fernöstlichen Inselvolk schon seit mehr als tausend Jahren philosophisch zelebriert wird. Giulio ist begeistert. Tief drin spürt der aufstrebende Mann eine – fast unheimliche – Ruhe und Zufriedenheit. Margarethe reicht dazu Häppchen und erwirkt sich damit die Aufmerksamkeit ihres Gastes. Derweil beschäftigt sich die kleine Karin im Gästezimmer mit sich selbst. Margarethe erzählt von sich, ihrer Schwester und deren Tochter Karin. Sie berichtet Giulio von der Krankheit der Kleinen und erzählt … und erzählt. Erstaunt hört ihr Giulio zu, was Margarethe zu noch ausführlicheren Erzählungen antreibt. «Endlich, wir kommen uns näher …!», freut sich Margarethe innerlich. Sie ist derart auf sich selbst fixiert, dass ihr verborgen bleibt, dass sich Giulio eigentlich nur für Karin und deren Leiden interessiert. In diesem Moment, in welchem Margarethe bereits in ihren Träumen versunken ist, und sich auf die Dinge, die jetzt folgen würden, freut, beendet Giulio den Besuch bei seiner Nachbarin abrupt und zieht sich in seine vier Wände zurück. «Besuch mich morgen Sonntag, ich möchte noch mehr von dir erfahren», verabschiedet er sich von Karin und vergisst komplett, sich bei Margarethe für deren Bemühungen zu bedanken. Diese ist enttäuscht, denn sie erhoffte sich mehr vom ersten Besuch ihres Nachbarn. Doch zu sehr ist Giulio schon damit beschäftigt, dem Mädchen zu helfen.

Die ganze Nacht schwirren verschiedenste Methoden und Wege in Giulios Kopf herum. Gedanken, welche sich um eine mögliche Heilung von Karins Weizenallergie und Verdauungsproblemen drehen. Der junge Mann kann es nicht glauben: Er kommt trotz seines Wissens, der gemachten Erfahrungen und des festen Willens, der kleinen Karin zu helfen, nicht voran. «Warum ausgerechnet jetzt?», denkt er. Weder in seinen Büchern noch in all den säuberlich angelegten Zeitschriftensammlungen über Naturheilkunde findet er eine Lösung. Selbst die einschlägigsten Abhandlungen, welche er im Internet findet, geben ihm keine Antwort. «Heute wird das nichts», sagt er sich und kriecht wie benommen unter seine grüne Daunendecke.

«Jaaa!», schreit Giulio aus voller Kehle. Sein Schreien dröhnt durchs ganze Haus. Nur gut, dass ihn niemand hört, weil jedermann im Haus schläft. «Jaaa!» Immer wieder. «Jaaa», tönt es aus Giulios Hals. Der vom Heilen Besessene hat einen alten, verrunzelten und sehr weisen Mann vor sich. Er unterhält sich mit diesem und fragt ihn, was er in Bezug auf Karin denn tun könne. Welches Naturprodukt sollte er ihr verabreichen; wie bloß sollte Giulio Karins Heilung einleiten? Der Eremit – ein fast unheimlich ruhiger und in sich gekehrter Mann – überlegt und sagt schließlich: «Vertraue auf dich, glaube an dich!» Giulio ist wie paralysiert und schreit einmal mehr: «Jaaa!» Er schreit so lange, bis seine Äußerungen in einem Röcheln enden. Jetzt öffnet er seine Augen, schweißüberströmt liegt der junge Mann im Bett. Er trieft vor Nässe, ein leichtes Schütteln durchzuckt seinen Körper. Langsam erst merkt Giulio, dass er eben einen wegweisenden Traum hatte. «Vertraue auf dich, glaube an dich …»
Immer wieder sieht er den greisen Mann vor sich. Wie Schuppen fällt es ihm von den Augen: Das ist es, **das** ist die Lösung! Noch ahnt er nicht, dass er diese Erkenntnis nächstens für sich brauchen würde. Für das größte Problem in seinem Leben, das bald auf ihn zukommen wird.

Obwohl es draußen noch dunkel ist, steht Giulio auf, begibt sich ins Badezimmer und erledigt seine Morgentoilette. Jetzt beginnt er zu warten. Warten, bis sich die kleine Karin bei ihm meldet. Giulio dreht fast durch. Es ist Sonntagmorgen und diese

Warterei erscheint ihm endlos. Nach der dritten Kanne Tee, die er sich aufgegossen hat, zuckt Giulio zusammen: Er hört ein leises Klopfen an seiner Tür. «Ist Margarethe wütend, dass ich gestern Abend so Hals über Kopf davongerannt bin …?» Weit gefehlt! Die kleine Karin steht vor seiner Tür. Sie ist besessen von der Idee, dass ihr dieser eigenartige Mann helfen könnte. Wortlos nimmt er die Kleine an der Hand und führt sie in seine Küche. Er gießt zwei weitere Kannen Tee auf; diesmal mit Fenchel, Kümmel, Kamille und Salbei. Giulio verreibt die Samen zuerst in einem Mörser und mischt sie zusammen mit den Kräutern. Er verabreicht der Kleinen diesen Aufguss und schaut sie nur an. Sowohl Giulio als auch Karin spüren, dass jetzt, in diesen Minuten, etwas fast Unheimliches entsteht. «Ich muss es tun …, ich muss es einfach tun … Es ist richtig so!» Diese wilden Gedanken schießen durch den Kopf des Krankenpflegers. Er schneidet zwei Scheiben Brot, geht zum Gefrierschrank und zaubert seine letzte, gefrorene Pizza hervor und schiebt diese in seinen Ofen. Während die italienische Teigscheibe in der Hitze bäckt, streicht Giulio für Karin ein Brot. «Iss einfach, es wird dir guttun», weist er das kleine Mädchen an. Sein Ton ist fordernd und sanft zugleich. Karin hat Angst, doch sie *gehorcht* diesem, ihr schon so sehr vertrauten Mann. Mit ihrem Heißhunger verschlingt Karin mehr als die Hälfte der Pizza. In Erwartung eines Zitterns am ganzen Körper, vermischt mit großen Schmerzen im Magen- und Darmbereich, wartet sie darauf, was jetzt mit ihrem Körper geschehen würde. Doch nichts dergleichen passiert, weit gefehlt. Vielmehr beginnt sich eine angenehme Wärme in ihrem noch jungen Körper auszubreiten. Ein Gefühl, das sie bisher noch nie erlebt hat. Karin macht sich keine Gedanken darüber, sie genießt einfach den Moment und freut sich, dass sie nach jahrelangem Verzicht endlich wieder mal eine Pizza essen darf. Im selben Moment spürt Giulio – nein, er weiß es: Karin ist geheilt! *Geheilt?*

5

«Nein, nein, nein – zum letzten Mal: Nein!» Die Augen der Oberschwester Maria sind gerötet, ihr Blick ist aufgelöst und wütend zugleich. «Du verwendest jenes Material, das wir hier zur Verfügung haben und sonst gar nichts, klar?» Einmal mehr versteht Giulio die Welt nicht mehr. «Warum nur darf ich meinen Patienten nicht meine naturbelassenen und auch noch viel günstigeren Salben verabreichen als diese teuren Industrieprodukte?», fragt er sich. Salben haben es dem bald 40-Jährigen nämlich angetan. Er ist mittlerweile zu einem «wandelnden Lexikon über Naturheilkunde» herangereift. Die Grundrezeptur zur Herstellung von Salben kennt er längst auswendig. Giulio überließ nichts dem Zufall und passte die Zusammensetzung dieser heilenden *Schmiere* mit Rapsöl und Bienenwachs an seine Bedürfnisse an. Über 15 davon befinden sich griffbereit in seinen noch immer unbekannten Praxisräumen in der Innenstadt. Ursprünglich, in seiner Zeit des Pröbelns und Versuchens, arbeitete Giulio noch mit Vaseline. Er löste heißseine Kräuter in der heißen Masse, filtrierte diese anschließend, leerte sie zurück ins Glas und ließ alles erkalten. Et voilà: Seine heilende Vaseline war fertig. Doch das ist Schnee von gestern. In den letzten Jahren hat sich der Pfleger von der Vaseline verabschiedet und produziert nur noch Salben, deren Herstellung er mittlerweile zur Perfektion reifen ließ.

Giulio ist traurig und wütend zugleich. Er darf den ihm zur Pflege anvertrauten Patienten nur mit schulmedizinischen Mitteln helfen. Präparate notabene, die von der Gesundheitskommission auf Herz und Nieren geprüft wurden und von dieser zum Gebrauch frei gegeben wurde. Die Hospitalleitung will von den Taten, Vorstellungen und Visionen ihres Angestellten nichts wissen. Schon viel zu sehr hat sich Giulios Tun und Wirken herumgesprochen. Allen voran die Geschichte mit Karin. Das kleine Mädchen, welches nach der heilenden Behandlung durch Giulio plötzlich wieder alles essen kann.

Vielen im St. Katharina-Hospital ist Giulio mit seiner Denkweise suspekt. Die wenigsten der hier Arbeitenden können sich vorstellen, dass sein Wirken außerhalb dieses Hauses gut sein soll. Zu sehr haftet dem Krankenhaus der Gedanke an die Schulmedizin im einen und die Pharmazeutik im andern an. Und viel zu sehr noch ist die Obrigkeit finanziell abhängig von einem global tätigen Pharmagiganten. Trotz all dieser für ihn unlogisch erscheinenden Tatsachen spürt Giulio, dass er mit seiner Denkweise auf dem richtigen Weg ist. Ebenso spürt der Mann aber auch, dass er Auf der Stelle tritt und in diesem Haus nicht weiterkommen würde. Der Gegenwind bläst ihm jeden Tag ins Gesicht. Die Lage spitzt sich für ihn zu. Der Krankenpfleger will sich unter keinen Umständen kleinkriegen lassen. «Ich will nicht in die Fußstapfen anderer treten; ich will meine eigenen hinterlassen», sagt er sich. «Ich muss etwas ändern.» Giulio spürt, dass er in seinem Leben vor einer schweren Entscheidung steht. Eine Entscheidung, die sein Leben völlig verändern würde, wie sich später herausstellen sollte.

6

Giulio sitzt auf einem alten Holzhocker, umgeben von Ratten, Mäusen, Spinnen und riesigen Küchenschaben. Seine Phobie vor all dem, was kreucht und fleucht, ist wie weggeblasen. Er hockt am Tisch eines alten Schuppens, welcher seine besten Jahre schon längst überschritten hat. Er spricht mit einem Mann am unteren Ende des Tisches. Es ist wieder derselbe alte, weise Mann, mit dem er sich nach dem Abend bei seiner Nachbarin im Traum unterhalten hat. Giulio redet, stellt Fragen, gestikuliert mit seinen Armen. Der alte Mann bewegt sich nicht, er hört seinem Gegenüber ruhig zu. Jetzt steht er auf, dreht sich zu Giulio um und sagt: «Vertraue dir selbst und glaube an dich!» Es sind genau die gleichen Worte, die Giulio von dem Greisen schon einmal gehört hat. Damals, als sich Giulio in seinem Bett wälzte und träumte. Der alte Mann geht ein paar Schritte, stolpert über eine Bodenschwelle und stößt gegen einen Holzpfeiler, welcher die Decke des Schuppens stützt. Jetzt hört Giulio das Knistern des Holzes. Es tönt, als ob sich die alten Balken und Bretter verschieben würden. Intuitiv steht er auf und hechtet nach draußen in den Hinterhof. Giulio schlägt hart auf dem sandigen Boden auf und hört ein Donnern und ein Dröhnen. Er dreht sich um und erstarrt: Der Schuppen stürzt in sich zusammen und begräbt den greisen Mann unter sich. Den Mann, der eben noch mit Giulio zusammen am Tisch gesessen hatte. Giulio schreit – und findet sich schweißüberströmt in seinem Bett wieder. Er hat geträumt. Auch dieser Traum ist ausschlaggebend für den Kräutermann. Giulio ist sich sicher; er weiß jetzt genau, was er tun muss.

7

«Auf keinen Fall! Das geht nicht, nicht jetzt!», sagt Carl in lautem Ton. Carl ist der operative Chef des St. Katharina Hospitals und letztinstanzlich verantwortlich für das gesamte Krankenhauspersonal. Carls Stirn ist schweißgebadet. Die Adern am Hals treten hervor und es macht den Anschein, dass sie im nächsten Moment zerplatzen würden. Seine Anspannung ist riesig. Eben hat ihm Giulio mitgeteilt, dass er seinen Job als Krankenpfleger kündigen würde. Giulio hat es vorgezogen, sich direkt mit dem Boss zu unterhalten, und verzichtet auf die langwierigen Gespräche mit dem medizinischen Leiter des Hospitals. «Mein Entschluss steht fest», erwidert der Krankenpfleger seinem Gegenüber. «Seit nunmehr 21 Jahren gehe ich in diesem Krankenhaus ein und aus. Ich habe vieles gelernt hier drinnen, viel mehr, als ich mir je erträumen konnte. Doch jetzt ist Schluss.» Seine Worte sitzen. Sie wirken wie eine Ohrfeige für den heute 53 Jahre alten Carl. Am liebsten würde dieser jetzt noch lauter schreien und herumpoltern, doch er spürt: *Es nützt nichts.* «Giulio war einer meiner besten Krankenpfleger, vielleicht sogar der Beste, den ich je eingestellt habe», sinniert Carl vor sich hin. «Die Zeit ist gekommen», denkt er weiter. Intuitiv steht er auf, reicht Giulio seine Hand und spricht in leisem Ton: «Du hast mir zwar meinen heutigen Geburtstag versaut; meine gute Laune und die Vorfreude auf den heutigen Abend sind im Eimer. Doch du tust das Richtige.» Sein Gegenüber ist sprachlos. «Du bist ein unbequemer Zeitgenosse, doch bequeme sind nicht interessant. Giulio, ich wünsch dir alles Gute!» Dieser kann sich nicht erinnern, in all den Jahren je ein schöneres Lob erhalten zu haben. Der abtretende Krankenpfleger hat diese Hürde gemeistert. «Es war viel leichter, als ich mir das vorgestellt hatte», spricht Giulio mit sich selbst. Er geht zur Tür, dreht sich nochmal um und sagt nur: «Danke.» Der (Noch-)Krankenpfleger schließt hinter sich die Türe zum Büro, rennt durch den langen Gang, vorbei an seinen Kolleginnen und Kollegen, hinaus in die freie Natur. Er ist glücklich. Eine tiefe Zufriedenheit durchströmt seinen Körper. Der alte Mann in seinem Traum hatte recht behalten: «Vertraue dir selbst und glaube an dich ...»

Die Monate vor Giulios definitivem Abschied im Krankenhaus vergingen wie im Flug. Giulio war damit beschäftigt, seine Arbeit nach wie vor zur Zufriedenheit aller zu erledigen. Ebenso widmete sich der Krankenpfleger, soweit es seine freien Tage zuließen, dem Ausbau seiner Praxis in der Innenstadt. Heute ist sein letzter Tag im St. Katharina Hospital. Giulio wird geradezu bestürmt von all den Schwestern und Pflegern, die teilweise schon seit Jahren mit Giulio zusammenarbeiten. Alle sind sie neugierig darauf, was ihr Kollege jetzt tun würde. Obwohl der abtretende Pfleger vielen von ihnen in letzter Zeit merkwürdig und suspekt erschien, wollen sie tausend Dinge von Giulio erfahren. «Was wirst du als Erstes tun?»

«Kann ich meinen kranken Bruder zu dir schicken?»

«Wie können wir dich finden?»

«Hast du nicht Angst vor der großen Leere, die jetzt kommen könnte?»

All diese Fragen prallen an Giulio ab. Sie interessieren ihn nicht; nicht mehr. Als es ihm bei der Abschlussfeier schließlich zu viel wird, sagte er zur versammelten Runde: «Egal, was auf mich zukommen wird, es wird gut sein ...» Er blickt in teilweise weit aufgerissene Augen, sieht fragende Gesichter und stumme Mäuler. Dann lässt er sich noch ein bisschen feiern, bevor er als Erster das St. Katharina Hospital verlässt. Er freut sich riesig auf den neuen Lebensabschnitt.

8

Seine Praxis in der Innenstadt gedeiht prächtig. Verschiedenste Menschen besuchen ihn. Sozial Schwache gleichsam wie «Stinkreiche», Weiße, Schwarze, Inländer oder Ausländer; Giulio behandelt sie alle. Sein riesiger Erfolg spricht sich nicht nur in der Stadt schnell herum. Selbst aus den entlegensten Winkeln seines Landes melden sich die Leute bei ihm. Es sind Menschen, die glauben, was Giulio sagt und tut. Nur so ist aus Sicht des Naturheilers eine Verbesserung des Gesundheitszustandes möglich. Immer wieder sieht er den greisen Mann vor sich. Jener Mann, der ihm aufgetragen hatte: «Vertraue dir selbst und glaube an dich.» Jüngst hat sich ein Vertreter der Lokalzeitung für eine Reportage über Giulios Wirken angemeldet. Er verabredet sich mit dem Journalisten und bespricht mit ihm seine Vorgaben, die unbedingt eingehalten werden müssen. Giulio will auf keinen Fall den Standort seiner Praxis erwähnt haben. «Es reicht, wenn diejenigen, die wirklich Hilfe brauchen, wissen, wo ich sie behandeln werde», erklärt sich der ehemalige Krankenpfleger dem Mann der schreibenden Zunft. Steve, der Journalist, ist damit einverstanden. Zudem fordert Giulio, den Artikel vor dessen Veröffentlichung gegenzulesen. Auch dagegen hat Steve nichts einzuwenden; im Gegenteil. Dieser will sich damit schützen, dass er die fertige Geschichte Giulio überreicht und ihn bittet, allfällige Unklarheiten zu korrigieren.

Diese Bereitwilligkeit von Steve macht Giulio stutzig. «Weshalb reagiert Steve auf diese Art und Weise? Wieso tut er das?» Er versucht es mit tausend Antworten … doch keine reimt sich mit dem jetzt vorliegenden Zustand. Er hat also keine Antwort bereit, noch keine. Diese würde erst während der nächsten Jahre in seinem Kopf reifen.

Der Artikel über Giulio erscheint knapp zwei Tage später in der Lokalzeitung. Steve hat sich zu hundert Prozent an Giulios Vorgaben gehalten. Eine nicht alltägliche Situation, denkt

Giulio. Wie auch immer: Der Kräutermeister ist glücklich über diese Geschichte. Glücklich darüber, dass er und seine Visionen auch von der Öffentlichkeit gewürdigt und befürwortet werden. So wundert es nicht, dass sich – nicht zuletzt dieses Zeitungsartikels wegen – das nationale Fernsehen meldet und einen Bericht über Giulio und sein Wirken ausstrahlt. Auch dieser Beitrag ist zu Giulios vollster Zufriedenheit.

9

Mittlerweile hat sich Giulio zu einem im ganzen Land bekannten Heiler entwickelt. Seine Denkweise, seine Vision, seine Behandlungsmethoden werden von den Hilfesuchenden geschätzt. Viele der sogenannten *Todgeweihten* kann Giulio mit seinen Salben, Tinkturen und Anwendungsmethoden von ihrer Erkrankung bzw. ihrem Leiden befreien. Doch dieser Umstand stößt auch auf Gegenwehr. Giulio ist sich dessen sehr bewusst. Es gibt Menschen, die sich vor diesem Mann fürchten. Andere sind ihm seinen Erfolg neidisch. Ein dritter Teil glaubt nicht an Giulios Behandlungsmethoden.

Für Giulio ist der Moment gekommen, um über die Bücher zu gehen. Zuerst ist er überwältigt von der Geschwindigkeit, in der sich sein Tun und Heilen herumgesprochen hat. Er spürt zwar, dass er auf dem richtigen Weg ist, doch ein Umstand macht ihn nachdenklich. «Wie bloß wird die Reaktion jener Menschen ausfallen, denen ich mit meinem Handeln ein Dorn im Auge bin? Die werden das nicht einfach so hinnehmen, die müssen doch was tun gegen mich!» Trotz all dieser Gedanken fürchtet sich Giulio nicht vor der Zukunft. Die Worte von Carl, seinem ehemaligen Boss, gehen ihm durch den Kopf. «…du tust das Richtige.»

Nur logisch, dass sich Giulio heute erstmals mit dem Gedanken auseinandersetzt, seine Praxis zu verändern. Dazu müsste er einen neuen Standort suchen, an welchem er seine Hilfesuchenden behandeln und neue Tinkturen und Salben herstellen könnte. Die neue Praxis müsste für seine Patienten gut erreichbar sein. Doch irgendwas hält ihn zurück. Mit Ausnahme seiner Hilfesuchenden soll kein Mensch erfahren, wo er praktiziert. Er will sich in seine Praxisräume zurückziehen können. Dorthin, wo ihn keiner stören kann. So schnell, wie er gekommen ist, so schnell verwirft ihn Giulio auch wieder: den Gedanken an eine Veränderung des Praxis-Standortes.

Giulio hat sich eine Auszeit genommen. Diesen Monat, der gestern gestartet ist, will er keine Menschen behandeln, sondern sich ausschliesslich mit dem Studium der Naturheilkunde beschränken. Ebenso muss er seinen Vorrat an Tinkturen, Salben und Wässerchen aufstocken. Noch immer gehören Salbei und Ginkgo zu seinen meistgebrauchten Basen. Diese beiden Kinder, wie er die Pflanzen nennt, begleiten den Heiler schon seit seiner Kindheit. Salbei und Ginkgo waren es, die damals einen wesentlichen Beitrag zur Heilung von Klein-Giulios Wunde an seinem Bein geleistet hatten. Das vergisst er nie. Ihrem Studium hat er sich verschrieben, darüber will Giulio sein Wissen jetzt optimieren und vertiefen. Natürlich sind es nicht nur diese beiden Gewächse, mit denen sich der Naturheiler in den letzten bald 30 Jahren auseinandergesetzt hat. Rund 40 sind dazu gekommen. So bemächtigt sich Giulio z. B. der Kamille zur Linderung bei Verdauungsproblemen, verabreicht eine Tinktur aus Bärlauch bei Hypertonie oder er behandelt einen Patienten mit Brennnessel bei Gallen- oder Blasenbeschwerden. Er weiß, dass inzwischen rund 700 Arten von Heilpflanzen bekannt sind. Die meisten davon kennt er, das Wissen über andere will sich Giulio in den kommenden vier Wochen aneignen.

Während Giulio in einem Zimmer seiner Praxis Salben, Tinkturen und Tees herstellt, ist er geistig oft abwesend. Er denkt über seine Tätigkeit nach, macht sich Gedanken über die Arbeit an Menschen bzw. deren Leiden und fragt sich immer wieder: «Warum gelingt mir das alles, warum legt sich keiner gegen mein Tun quer?» Je mehr er sich diese Fragen stellt, desto klarer zeichnet sich die Antwort darauf ab. Anfänglich war das Bild noch unklar, trübe und verschwommen. Doch immer mehr sieht er darin einen Zustand, welcher er in seinem bisherigen Leben für unmöglich gehalten hätte. Erstmals wieder, seit seinem «Friedenskampf» mit Andrin, verspürt Giulio einen Anflug von Angst.

10

Giulios Bekanntheitsgrad ist mittlerweile derart gestiegen, dass er von seinen Anhängern mit einem Rockstar, Sport-Champion oder sonst einem Prominenten verglichen wird. Seine Eltern sind sehr stolz auf ihn; die Medienpräsenz ist enorm. In sozialen Medien konstituieren sich täglich neue Gruppen, welche alle dasselbe Ziel verfolgen: Teilhaben an den Ideen, den Praktiken und der Denkweise des Naturheilers. Die Menschen, einfache gleichsam wie wohlhabende, hängen an den Lippen dieses Mannes. Sie erkennen in Giulios Wirken ihre verborgenen Ideen und Wünsche. Während diese Menschen oft nur denken und reden, ist Giulio einer, der es tut! Das ist gewissen Leuten auf diesem Planeten zu viel geworden. Kräfte dagegen formieren sich. Kein Wunder, dass die Landesregierung eine außerordentliche Sitzung einberufen hat. Einziges Traktandum: Wie gehen wir mit Giulio um?

Der heutige Tag wird in die Geschichte dieses Landes eingehen. Alle Minister und der Regierungschef sind zu einer Besprechung zusammengekommen. Die Sitzung ist mehr als vertraulich, sie ist geheim. Kein Mensch außerhalb dieses Gremiums wird je erfahren, worüber hier gesprochen wird. Normalerweise werden zu solch einer Krisensitzung ranghohe Parlamentarier, Wirtschaftsvertreter, Militärs und wissenschaftliche Vertreter eingeladen; ebenso war bisher stets ein Protokollführer anwesend. Heute ist das anders. Keiner von ihnen ist eingeladen, niemand soll je etwas davon erfahren. «Kolleginnen und Kollegen, wir haben ein Problem.» Mit diesen Worten eröffnet Joseph, der Regierungschef die Besprechung. Detailgetreu schildert der hagere Mann Giulios Aufstieg zu einer nationalen Größe. Er erzählt weiter von der Tätigkeit dieses Mannes und dessen täglich steigender Anhängerzahl. Mit diesen Ausführungen zieht er alle in seinen Bann. Die Minister hängen an den Lippen ihres Chefs. Rhetorisch zur

Perfektion gereicht schildert der Regierungschef die momentane Situation und zeigt auf, wie sehr diese *Bewegung* aus dem Ruder laufen würde. Doch das ist nur ein Vorwand. Er fürchtet sich nicht vor der Strömung. Vielmehr denkt Joseph, dass Giulio etwas weiß, das er auf keinen Fall wissen dürfte. «Ich sage Euch klipp und klar: Wenn Giulio seinen Mitmenschen erzählt, was er weiß, dann sind wir alle geliefert.» Es wird totenstill im Raum. Ein jeder ist sicher: Wenn **das** ans Tageslicht kommt, was Giulio weiß, dann ist es aus. Allen Ministern ist der Schrecken in ihre Glieder gefahren. Dreien der neun Anwesenden steht der nasse Schweiß auf der Stirn. Zwei weiteren stockt das Blut in den Adern. Die links neben Joseph sitzende Ministerin für innere Angelegenheiten hat plötzlich Schnappatmung, während ihr Gegenüber wie hypnotisiert dasitzt und denkt: «Wie konnte das bloß geschehen?»

Was sich in den Köpfen der Anwesenden abzeichnet, ist unbeschreiblich. Es sind wilde, abstruse Gedanken, welche im Gehirn eines jeden Einzelnen herumschwirren. Während sich Phil, der Vorsteher des Gesundheitsdepartementes, an einer Klippe stehen sieht, von welcher er springen will, hockt Marc, der Energieminister, gedankenverloren in seinem leeren Haus und schaut seiner Frau und den drei Kindern nach, die eben ausgezogen sind. Ein Dritter in der Runde hält sich bildlich die Pistole an seine Schläfe, andere wiederum sehen gar nichts, sie sind eh schon der Verzweiflung nahe. «Also, Kolleginnen und Kollegen», unterbricht Joseph diese Stille. «Wir müssen was dagegen tun. Ich bitte um Vorschläge.»

Zur selben Zeit, zu welcher die Regierung tagt, erwacht Giulio aus einem Tagtraum. Er ist doch tatsächlich kurz eingenickt, während er am Computer eine Abhandlung über Heilwegerich (auch Spitzwegerich genannt) gesucht hat. Der Medizinmann weiß längst um die Verwendung und Wirkung dieses am Wegrand wachsenden und unscheinbar scheinenden Krautes. Doch das reicht ihm nicht. Er will mehr, nein, alles über diese Pflanze erfahren. In einem unfreiwilligen Selbstversuch hat er die

Wirkung von Spitzwegerich am eigenen Leib erfahren. Vor ein paar Tagen nämlich stürzte Giulio bei einem seiner Spaziergänge im hügeligen Gelände. Wie immer vertraute Giulio auch bei diesem Ausflug nur sich selbst und packte nichts weiter ein als eine Flasche Wasser. Dann geschah es. Giulio, in Gedanken versunken, stolperte über ein Querrinne auf seinem Weg und fand sich am Boden wieder. Auf seiner linken Hand bemerkte er eine Schürfwunde. Der Schmerz war gering. Trotzdem wollte Giulio mit der Wundpflege nicht zuwarten, bis er wieder zuhause wäre. Er schaute sich um. Zuerst auf der Wiese, dann am Waldrand, und er fand es. Da blühte dieses unauffällige Kraut und Giulio dachte: «Es wartet auf mich.» Er begann, einige Blätter davon zu zerkauen, denn er wusste, wie er mit Spitzwegerich umzugehen hatte. Mit dem entstandenen Mus deckte er die Wunden ab und belegte sie anschließend mit unzerkauten Blättern der unscheinbar wirkenden Pflanze. Noch schnell ein Taschentuch um die Hand gewickelt und die Erstversorgung war erledigt. Als Giulio am Abend das Resultat seiner Selbsthilfe vor Augen hatte, war er begeistert. Deshalb begann er heute am Notebook alles über Heilwegerich zu suchen, noch bevor er eingenickt war.

Giulio findet eine Unmenge an Informationen, Abhandlungen und Vorträgen über das heilende Kraut. Mit seinen Augen verschlingt er die gefundenen Texte. Der Kräutermann druckt jeden Artikel aus und stapelt alles fein säuberlich zusammen in einem seiner Ordner. Giulio nimmt sich vor, mit diesem Kraut zu experimentieren und noch weitere Anwendungsbereiche als jene für Wundheilung oder gegen Hustenanfälle zu entdecken.

Noch immer sind die 13 Menschen im Sitzungszimmer des Regierungsgebäudes fassungslos. Weder konkrete Vorschläge noch irgendwelche Äußerungen seitens der MinisterInnen werden diskutiert. Jeder ist mit sich selbst beschäftigt. Alle Anwesenden spüren einen unheimlichen Druck. «So sieht also das Ende meiner politischen Karriere aus?», sinniert Jacqueline, die Innenministerin. Sie ist so sehr auf sich fixiert, dass sie gar nicht erkennt, welches Ausmaß das Aufdecken dieser Lüge auf das gesamte

Land haben würde. Kein Wunder, dass sie spricht: «Giulio muss weg …» Was die übrigen MinisterInnen im Raum gedacht haben, spricht Jacqueline aus.

«Es wird doch sicher eine Möglichkeit geben, wie wir Giulio aus dem Verkehr ziehen können.»

«Egal, was es kostet …», führt ein anderer der 13 Anwesenden aus. Viele Ideen werden herumgereicht, realisierbare und völlig utopische Szenarien werden besprochen. Vehement wird geredet und diskutiert. Doch in einem sind sie sich alle einig. Giulio muss verschwinden.

«Ruhe bitte!», unterbricht der Regierungschef das wilde, laute Durcheinander. «Ich werde dazu den Geheimdienst einschalten. Dieser soll sich etwas einfallen lassen und Giulio aus dem Verkehr ziehen – für immer.» Noch bei keiner der bisherigen Sitzungen war sich das Gremium jemals derart schnell einig über das weitere Vorgehen. Jede/r der verantwortlichen MinisterInnen will nur noch die eigene Haut retten; egal, was es kostete. Alle sind sogar bereit, dafür einen Mord in Auftrag zu geben.

11

Giulio ist überglücklich. Er strahlt vor Freude und lässt das sein Gegenüber spüren. Eben hat er die letzte Abhandlung über Spitzwegerich ausgedruckt, gelesen und fein säuberlich archiviert. Sein Gegenüber – das sind eigentlich zwei Personen: Da ist Klein-Karin, die sich bei ihrem Retter gemeldet und sich nach der Adresse seiner Praxis erkundigt hat. Giulio machte in ihrem Fall eine Ausnahme. Sie hat ihre Mutter Fabienne mitgebracht. Diese wollte Giulio kennenlernen und sich persönlich bei ihm bedanken für seine unglaubliche Tat. Karins Mutter kann noch immer nicht glauben, was dieser Mann für ihr Kind getan hatte. Eine tiefe Demut berührt sie. Die lässt die hochaufgeschossene Dame Giulio spüren. Ihre Dankbarkeit ist schier unerträglich für Giulio. «Ich habe doch nur getan, was ich tun musste», denkt Giulio über seine Behandlung von Karin nach.

Der Heiler hört der Frau schon seit längerer Zeit zu. Sie erzählt ihm ihre tragische Lebensgeschichte. Von einem Ereignis, welches die Familie vor ein paar Jahren ereilt hatte. Ihr Mann – ein hochgradiger Militär – wurde in jenem Jahr, als Karins Verdauungsbeschwerden begannen, aus schleierhaften Gründen unehrenhaft aus der Armee ausgeschlossen. Karins Vater hat sich nichts zu Schulden kommen lassen, niemals. Er lehnte sich bloß gegen die Obrigkeit auf und hinterfragte immer wieder gewisse Vorkommnisse, welche in seinem Land auf höchster Ebene geschahen. Früher, zu Beginn von Thomas' militärischer Laufbahn, dachte er noch anders. Der aufstrebende Mann wollte mit allen Mitteln nach oben. Einige seiner Opfer säumen seinen Wegrand, sie könnten ein Lied von ihrem damaligen Vorgesetzten singen. Mit den Jahren reifte der Mann. Er wurde weiser und begann vieles, was in seinem Staat lief, zu hinterfragen. Eines Tages entdecket Karins Vater etwas Unglaubliches. Der Ein-Sterne-General machte jedoch den Fehler, diese Entdeckung mit seinem direkten Vorgesetzten zu besprechen. Danach ging alles sehr schnell.

Thomas wurde aus dem Dienst verbannt und *unehrenhaft* entlassen. Geld, Ruhm und Ehre waren im Eimer.

Fabiennes Hände zittern, während sie Giulio davon erzählt. So viel Leid, gepaart mit Karins Krankheit, war damals zu viel für die Familie. Die Eltern trennten sich; Fabienne muss seither ihre Tochter allein großziehen. Obwohl schon bald nach Thomas' Entlassung auf dessen Schreibtisch einige sehr gute Angebote aus der Privatwirtschaft lagen, ließ sich der ehemalige General Zeit. Schließlich entschied er sich für eine Anstellung bei einem aufblühenden IT-Unternehmen. Dort steht er den beiden Inhabern mit Rat und Tat zur Seite. Damit ist die Zeit, in welcher Karins Papa wichtige Beziehungen zu staatlichen Institutionen pflegte, definitiv vorbei. Er weiß: Es ist gut so!

12

«Geld oder Leben! Entscheid dich schon, du Affe!» Mit entsicherter Pistole steht ein knapp 30-jähriger Mann vor dem Besitzer eines Zigarrenladens. Er braucht dringend Geld und will es sich auf diese Art besorgen. Dem alten Mann hinter der Ladentheke bleibt keine Wahl. Mit zitternden Händen öffnet er seine Kasse und kratzt sowohl Noten wie auch Münzen zusammen. «Schneller, schneller!», keift der Räuber. Er will so schnell wie möglich das Geld und sich danach aus dem Staub machen. Jetzt macht der Ladenbesitzer einen entscheidenden Fehler. «Ja, ja, ich mach das so schnell, wie ich nur kann», entgegnet er dem Fremden. Dieser verliert die Nerven und hechtet über die Ladentheke. Er packt den Alten am Arm; hält in seiner rechten Hand noch immer die entsicherte Pistole. Ein riesiger Knall dröhnt durch den Laden. Ein Schuss hat sich aus der Pistole gelöst und trifft den alten Mann mitten ins Herz. Dieser ist sofort tot. In wilder Panik greift der Schütze das Geld, rennt um den Ladentisch herum nach draußen und sucht das Weite. Ein Bild des Schreckens bleibt zurück.

Die von den Nachbarn herbeigerufene Polizei ist schnell vor Ort. Die beiden diensthabenden Streifenpolizisten erkennen die Lage sofort und rufen sowohl Arzt wie auch Ermittler und die Spurensicherung an den Tatort. Solche Szenen präsentieren sich den örtlichen Sicherheitsleuten immer wieder. «Schlimm, und das alles nur wegen ein paar lumpiger Kröten. Der Alte hatte bestimmt nicht viel Geld in seiner Kasse», sagt sich Curd, der Ältere der beiden Polizisten. «Dafür musste dieser Mann sterben.» Der Polizist versteht die Welt nicht mehr. Er versteht sie schon lange nicht mehr.

Als Erste der Herbeigerufenen ist die diensthabende Ärztin auf dem Platz. Sie stellt den Tod des alten Mannes fest und wird diesen letztlich routinemäßig im medizinischen Institut untersuchen müssen. Der mit einem weißen Regenmantel bekleidete Ermittlungsbeamte entpuppt sich schließlich als Chef der Mordkommission. Er lässt sich von seinen Untergebenen über den möglichen Tathergang informieren. Schnell ist dem schlitzohrig erscheinenden Kommissar Leo klar, dass sich irgendwo im Raum eine Überwachungskamera befinden muss. Er weiß, dass sich viele Ladenbesitzer seit geraumer Zeit mit einem der neuartigen Überwachungssysteme ausgerüstet haben. Ein Schutz derer selbst vor einem allfälligen Einbruch oder Raub. Das war auch bei diesem getöteten Mann nicht anders. Nicht gerade schnell, doch dafür umso präziser suchen zwei vom Kommissar herbeigerufenen Spezialisten den Tatort ab. Was sie finden, erstaunt Leo nicht. Nachdem einer der beiden die Kamera, versteckt zwischen Zigarrenschachteln, entdeckt hat, entfernt er die Speicherkarte aus dem Gehäuse und übergibt diese seinem Chef. Mit der Micro-Card in seiner Manteltasche entfernt sich der Kommissar vom Tatort. Er will schnellstmöglich Klarheit über den Täter haben und nach diesem fahnden.

In Leos direkt unterstellten Beamten Mike zeichnet sich einmal mehr der IT-Spezialist ab. Längst hat er die Chip-Karte in seinen PC geschoben und durchsucht sie nach der letzten Aufzeichnung. Mike sieht den Täter auf seinem Screen und beginnt, dessen Gesicht zu zoomen. Die Pixel sind noch viel zu groß, das wird er mit einer speziellen Software ändern. In diesem Augenblick erkennt Mike vor seinem Screen eine visitenkartengroße Plakette. Zu Tode erschrocken schaut er hoch und erkennt einen stattlichen Mann; Ende vierzig. Dieser hält ihm seine Dienstmarke unter die Augen. Er entpuppt sich als ein Mitglied des Geheimdienstes. Seine Sprache ist klar und deutlich: «Diese Karte wurde niemals gefunden, ist das klar?» Der Mann nimmt die Karte aus dem PC des Beamten und verschwindet, vorbei an den verdutzten Leo und Mike.

13

Giulio wälzt sich in seinem Bett hin und her. Sein Schlaf ist unruhig. Immer wieder muss er an die Mutter von der kleinen Karin denken. Eine solch tiefe Demut und Dankbarkeit hat er bisher noch nie zu spüren bekommen. Warum verhält sich Fabienne so? Giulios Gedanken durchströmen seinen Kopf; immer wieder. «Ich habe doch bloß getan, was ich tun musste», ist der heilende Mann von seinem Handeln überzeugt.

Mittlerweile ist es sechs Uhr morgens. «Ich muss jetzt endlich schlafen», sagt sich Giulio. In fünf Stunden ist eine umfangreiche Behandlung in seiner Praxis geplant. Er versucht, sich zu entspannen, und beginnt mit autogenem Training, das ihm in solchen Situationen nützlich ist.

Jetzt – Giulio erschreckt sich fast zu Tode. Das laute, fordernde Pochen an seine Haustüre reißt ihn aus seinen Gedanken. Unaufhörlich pocht – nein, trommelt – jemand gegen Giulios Haustüre. Der Krach macht ihn verrückt; er kann sich nicht vorstellen, was in diesem Moment passiert. Benommen schleppt sich Giulio aus dem Bett, wirft sich den Morgenmantel über die Schulter und torkelt zur Wohnungstür. Kaum hat er den Schlüssel umgedreht, knallt ihm die schwere Holztüre mit voller Wucht entgegen. Draußen steht Margarethe, seine Nachbarin. Wild fuchtelt und gestikuliert sie mit ihren Armen und Händen: «Schnell, schnell! – Kommen Sie sofort in meine Wohnung, etwas Schreckliches ist passiert!» Giulio weiß nicht, wie ihm geschieht, und lässt sich von Margarethe in deren Wohnung zerren. Giulios Tür knallt ins Schnappschloss; die Wohnung ist verschlossen.

Noch immer außer Atem versucht Giulios Nachbarin, dem wie ein Trottel dastehenden Mann klarzumachen, was sich im Moment abspielt. Sie beginnt mit ihren Erklärungen und lässt Giulio wissen, dass Thomas, ihr Schwager und Vater der kleinen Karin, sie eben gerade angerufen hätte. Der ehemalige General hatte von seinem besten Freund beim Geheimdienst einen

Tipp erhalten, dass Giulio offenbar ein Mord angehängt würde und dieser noch heute Morgen in seiner Wohnung verhaftet werden sollte. Giulio ist so sehr erstaunt darüber und aufgeregt, dass er anfänglich nicht hört, was sich im Treppenhaus abspielt. Sechs Männer der Spezialeinheit der örtlichen Polizei hechten die Stufen zu Giulios Wohnung hoch und schlagen wie wild an die Tür. Margarethe hält sich fordernd den Zeigfinger vor ihren Mund und weist ihren Gast an, ruhig zu sein. Durch das Guckloch in ihrer Wohnungstür kann sie sehen, dass die Polizisten in Vollmontur (inklusive entsicherter MP) agieren. Den vordersten Mann verlässt die Geduld und er schlägt die Wohnungstüre mit seinem 83 Kilogramm schweren Körper ein. Jeder Raum wird von ihnen durchsucht und danach als gesichert erklärt. James, der Chef der Einsatztruppe, glaubt, dass Giulio die Wohnung morgens bereits verlassen hätte. Er befiehlt der Einheit den Rückzug. So schnell wie die Sechs gekommen sind, so schnell sind sie auch wieder weg. Keiner von ihnen denkt auch nur im Entferntesten daran, dass sich Giulio in der Nebenwohnung befinden könnte.

Giulio kann nicht glauben, was er eben mitbekommen hat. Das alles ist für ihn fremd und nicht real. Langsam erst erkennt er, dass er von der Polizei gesucht wird. Weiter begreift er auch, dass ihn seine Nachbarin eben vor der Festnahme gerettet hat.

Während Margarethe wie wild auf Giulio einredet und ihm eine Unmenge an Ratschlägen gibt, versucht ihr Nachbar, das Puzzle Teil für Teil zu einem Ganzen zusammenzufügen. Giulio kommt zum Schluss, dass ihm jemand etwas in die Schuhe schieben will. Weiter erkennt er, dass im Geheimdienst eine undichte Stelle sein muss; sonst hätte Thomas seine Schwägerin Margarethe nicht warnen können. Jetzt, wo er das Puzzle zusammengefügt hat, hockt Giulio gedankenverloren da. Er ist derart auf das Geschehene fixiert, dass er vergisst, die geplante Behandlung um 11 Uhr in seiner Praxis zu annullieren. Zu seinem Glück, wie sich später herausstellen sollte.

Margarethe, nicht nur Giulios Nachbarin, sondern auch seine heimliche Verehrerin, bietet ihm an, vorhand bei ihr zu bleiben.

Sie würde am Abend das Sofa zu einem Bett herrichten. Giulio kommt das sehr gelegen und er entwickelt einen Plan mit seiner Nachbarin. Immer dann, wenn der Heiler in seiner Wohnung etwas holen muss, soll Margarethe hinter dem Vorhang die Lage checken und Giulio allenfalls vor dem Eintreffen eines Fremden warnen. Dann nämlich würde er sofort in seine temporäre Bleibe bei Margarethe zurückkehren. Kaum haben die beiden Giulios Plan besprochen, hören sie wieder Schritte im Treppenhaus. Giulio erspäht im Guckloch zwei Männer, die sich das Treppenhaus hoch auf seine Etage geschlichen haben. Sie öffnen Giulios Wohnungstür, treten ein und stoßen diese von innen wieder zu. Der Aufenthalt der beiden dauert knapp 20 Minuten, dann verlassen sie seine Wohnung wieder.

Es ist schon bald 15 Uhr und in Giulios Kopf schwirren noch immer tausend Gedanken umher. Doch langsam kehrt der junge Mann wieder zu sich selbst zurück. Auf die finale, alles entscheidende Frage Warum? findet der vermeintliche Straftäter jedoch keine Antwort.

Nachdem Giulio in seiner Wohnung nicht gefunden werden konnte, rufen die Auftraggeber öffentlich zur Festnahme des Mannes, der etwas weiß, was niemand wissen darf, auf. Giulio wird als Räuber des Zigarrenladens und Mörder dessen Besitzers bezichtigt. Sowohl in der Abendpost als auch in den landesweit größten TV- und Radiosendern werden die Menschen um Hinweise zum Verbleib des *Mörders* gebeten. Die in diesem Land noch nie dagewesene Jagd nach Giulio ist angelaufen. Eine unvorstellbar hohe Summe ist auf den Kopf des *Raubmörders* ausgeschrieben. Doch kein Mensch will davon Gebrauch machen. Kein einziger Hinweis geht bei der Polizei ein, denn trotz dieser Hetzjagd nach Giulio will niemand glauben, dass ihr Idol zum Mörder mutiert sein soll. Es gibt Menschen, darunter auch jene, welche von Giulio geheilt wurden, die diese Hetzjagd auf Giulio öffentlich zu hinterfragen beginnen. Sie werden als Lügner abgetan oder auf diffamierende Art ruhiggestellt. Dieser Mann, so denken sie, kann nicht einmal einer Fliege etwas antun; schon gar nicht einem Menschen. Am Arbeitsplatz, in Wirtshäusern, Trainingszentren und tausend andern Orten wird heftig darüber diskutiert und spekuliert. Warum sollte ihr *Held* plötzlich zum Mörder geworden sein?

14

«Zum allerletzten Mal: Wo befindet sich Giulios Praxis?», fragt der
Ermittler die vorgeladene Frau in seinem Büro. Über Fabiennes
Gesicht kullern dicke Tränen; sie ist komplett aufgelöst und heult,
was das Zeug hält. Ihr innerer Zwist zerreißt die Mutter von Karin fast. Sie ist dem Ende nahe. Wie sehr verehrt sie diesen Mann,
der ihre Tochter geheilt hat! Und diesen Retter soll sie der Polizei
jetzt ans Messer liefern? «Nein, geht gar nicht», denkt sich die al-
leinerziehende Frau. Doch es schlägt eben noch ein zweites Herz
in ihrer Brust. Jenes der Liebe zu ihrer Tochter Karin. Der befra-
gende Polizeibeamte hat Fabienne zu Gesprächsbeginn nämlich
unmissverständlich darauf aufmerksam gemacht, dass der Kleinen *etwas zustoßen* könnte, wenn die Polizei diese nicht beschützen würde. Fabienne ist scharfsinnig genug, um diese versteckte
Drohung zu verstehen und auch ernst zu nehmen. Es nützt jetzt
nichts, Pro und Contra gegeneinander abzuwägen und darüber
lange nachzudenken. Ihre Muttergefühle überwiegen zu sehr und
so gibt sie schließlich den Standort von Giulios Praxis, wo sie und
ihre Tochter den Heiler besucht haben, dem befragenden Polzis-
ten preis. Jetzt erklärt der Mann das Gespräch für beendet und
lässt die Frau von einem Streifenwagen zu ihr nach Hause fahren.

Knapp zehn Minuten später steht dieselbe Spezialeinheit, die
am frühen Morgen schon in Giulios Wohnung war, vor dem Haus
in der Innenstadt, in welchem sich Giulios Praxis befindet. Das
Vorgehen der Polizei-Grenadiere ist das gleiche. Erst klingeln,
dann rufen, danach Türe eintreten und Raum für Raum sichern.
Und genau gleich wie morgens in Giulios Wohnung müssen die
Männer auch diesmal ohne den Gesuchten zum Rückzug blasen.
Zurück bleiben eine eingeschlagene Wohnungstür und ein großer,
gelb leuchtender Aufkleber mit der Aufschrift «Zutritt verboten».

Es ist späterer Nachmittag, kurz vor 17 Uhr. Giulio weist Margarethe – in deren Wohnung er im Moment weilt – an, durch das

Fenster die Lage zu checken. Er würde für einen kurzen Moment in seine Wohnung gehen, um ein paar Dinge wie Rasierapparat, Aftershave, Kleider zu holen. Margarethe erkennt nichts Verdächtiges und gibt ihrem Nachbarn das Zeichen zu gehen. Giulio schafft es, alles Nötige in weniger als 8 Minuten zu ergreifen, in eine Tüte zu stopfen und seine Wohnung wieder zu verlassen. Geschafft! Glücklich über seinen Erfolg lässt sich Giulio in den Sessel von Margarethe fallen. Er trinkt einen großen Schluck aus dem für ihn bereitgestellten Teeglas. Tausend Dinge rasen durch den Kopf des Gesuchten. Noch ist ihm nicht klar, was hier gerade abläuft. Giulio ist todmüde. Nur logisch nach der letzten, wach gelegenen Nacht und einem Tag, den er noch nie in seinem über 40-jährigen Leben erlebt hat. Er entscheidet sich für einen Powernap (max. 30-minütiger Kurzschlaf tagsüber zwecks Energiegewinnung) und bittet die am Kochherd hantierende Margarethe, ihn nach 20 Minuten zu wecken. Giulio schafft gerade mal 14 Minuten, bevor ihn ein wildes Geschrei aus seinem Kurzschlaf reißt. In der Wohnung stehen drei uniformierte Polizisten, die Giulio an dessen Armen packen, ihm Handschellen anlegen und den Heiler schließlich aus Margarethes Wohnung zerren. Sie bringen ihn gut verschnürt in den hinter dem Haus geparkten Privatwagen, der einem der Beamten gehört. Margarethe steht fassungslos und mit offenem Mund an ihrer Wohnungstüre. Ehe sie langsam begreift, was sich eben abgespielt hat, rasen die drei Polizisten mit Giulio in Richtung Innenstadt.

Im Fond des Wagens sitzend und beide Hände auf seinem Rücken zusammengebunden wird der Mann auf schnellstem Weg aufs Revier gefahren. Unzählige Gedanken schwirren durch den Kopf des verhafteten Kräutermannes. Doch Giulio verspürt keinen Groll gegenüber den beiden Beamten. Vielmehr denkt er, dass diese nur tun, wozu sie beauftragt wurden. Doch wer hat sie dazu aufgefordert? Giulio ist überzeugt, dass die Befehle für das Vorgehen der Polizisten *von ganz oben* kommen müssen. Zum ersten Mal in seinem Leben denkt der Mann mit dem italienischen Namen über mögliche Lügen der jüngsten Geschichte nach. Spontan macht er sich Gedanken über das Attentat auf

J.F. Kennedy in Dallas, die Mondlandung oder auch den Tag des 9/11. Was könnte damals geschehen sein und was geschieht gerade jetzt? Was immer man den Menschen auf diesem Planeten damals auch erzählt hat, wo bloß gibt es einen Zusammenhang mit den Ereignissen von heute? Wie auch immer: Tief in sich drin spürt er: «Die Wahrheit, nichts als die reine Wahrheit wird sich – auch dieses Mal – durchsetzen.»

Er hockt im Auto, wird von der wilden Fahrt des Polizisten kräftig durchgerüttelt und weiß noch gar nicht, was alles auf ihn zukommen würde. Es ist ihm egal, dass die beiden Polizisten bei ihrem zweiten Besuch in seiner Wohnung einen Bewegungssensor installiert haben, der sie über allfällige Aktivitäten in Giulios Wohnung sofort alarmieren würde. Es interessiert ihn auch nicht, dass die Beamten nach dem besagten Alarm sofort vor Ort erschienen sind und zuerst das Haus gesichert haben und danach Wohnung für Wohnung durchsuchten und Giulio schließlich in Margarethes Wohnung fanden und ihn verhaften konnten. Giulio ist überzeugt, dass ihn niemand verraten hat, auch nicht seine Nachbarin Margarethe. Er hat ihr nämlich aufgetragen, keinem Menschen etwas über seinen Verbleib in ihrer Wohnung zu sagen. Selbst ihre Schwester Fabienne sollte davon nichts erfahren. Er sagt sich erneut: «Für jemanden in diesem Staat bin ich unbequem und dafür muss ich von der Bildfläche verschwinden.» Doch er ist sehr stark und weiß tief in sich drin: «Es wird nicht so kommen, wie diese Leute sich das vorgestellt haben ...»

15

Der Kopf des Räubers beginnt sich langsam abzuzeichnen. Pixel um Pixel wird das Bild auf dem Screen schärfer. Bereits lassen sich die Konturen des Kopfes erkennen. Diesmal ist es nicht Mike, Leos Mitarbeiter in der IT-Spezialabteilung auf dem Polizeirevier, welcher die Aufzeichnung auf der Chipkarte mit einer speziellen Software zu entschlüsseln versucht. Vielmehr wird die Datei von einem Mitglied des Geheimdienstes untersucht. «Schau dir das an», ruft Joe seinem Vorgesetzten Tom zu. «Das Gesicht ist klar und deutlich zu sehen.»

«Schick eine Kopie davon an den Staatssicherheitsdienst. Die sollen herausfinden, wer das ist», meint Tom. «Doch tu das geheim; es darf niemand etwas davon erfahren ! Klar?»

Jetzt geht alles sehr schnell. Innerhalb von fünf Minuten gleicht die Software der besagten Behörde das Bild mit den vorhandenen Delinquenten der Datenbank ab. Et voilà: Beim Raubmörder im Zigarrenladen handelt es sich um einen stadtbekannten Dieb, der schon verschiedenste Straftaten begangen hat und nach Verbüßen einer zweijährigen Haftstrafe jetzt auf freiem Fuß ist. Mit dieser Information in der Tasche setzt sich Tom sofort mit einem seiner Agenten in Verbindung und gibt diesem den Auftrag, den wirklichen Raubmörder zu liquidieren. Er lässt den Agenten wissen, dass der Mann zusammen mit Giulio gearbeitet hat und diesen zum Überfall und Mord angestiftet hätte (der Mord an Lee Harvey Oswald lässt grüßen ...). Eineinhalb Stunden später wird der Mann vom Geheimagenten in seiner Wohnung kaltblütig erschossen.

16

Marcus Sneijder, ein stattlicher Mann in den besten Jahren, verlässt sein Haus, um den Briefkasten zu leeren. Der gelb-grüne Briefumschlag sticht ihm sofort in die Augen. Im sich darin befindenden Schreiben wird er aufgefordert, einem Prozess gegen einen gewissen Giulio als Geschworener beizuwohnen und letztlich über dessen Tat zu richten. Das passt dem Mann keinesfalls, denn sein Sommerurlaub steht vor der Tür. Sneijder hat sich so sehr auf seine vierwöchige Rundreise zusammen mit seiner Frau im Wohnmobil in die Berge gefreut. Und just in diese Zeitspanne fällt der Termin dieses Gerichtsprozesses. «Nein», denkt er. «Warum ausgerechnet ich?», strömt es durch seinen Kopf. Als juristischer Mitarbeiter einer Handelskette weiß der Mann, dass er gegen diese Aufforderung nichts einwenden kann. Es ist nun mal seine Pflicht als Bürger seines Landes. Und dieser muss er nachkommen. «Na ja», sagt er sich. «Es gibt Schlimmeres …» Zudem ist seine Frau eine große Bewunderin von Giulio und er möchte mithelfen, zu beweisen, dass dieser Giulio wohl doch nicht ganz so integer ist, wie viele Menschen ihn sehen. Doch dazu muss er sich der Herausforderung als Geschworener stellen.

Auf dem Polizeirevier angekommen erkundigt sich Giulio zuerst, was ihm eigentlich vorgeworfen wird. Niemand der befragenden Ermittler kann ihm das genau sagen. Offenbar wollen oder können sie das nicht. Wie auch immer: Leo, der Chefermittler, quasselt etwas von «Überfall auf einen Zigarrenladen und anschließender Tötung des Besitzers». Der Verhaftete hört zwar zu, doch eigentlich interessiert ihn das Ganze gar nicht. Zu sehr ist er mit sich beschäftigt; zu sehr macht er sich Gedanken darüber, was hier eigentlich geschieht. Polizeiliche Befragungen im Stile eines Verhöres dauern oftmals länger als einen Tag. Je mehr sich die Indizien gegen den Inhaftierten aussprechen, desto größer wird der Druck des befragenden Beamten auf ihn. Er wird so lange verhört, bis der mutmaßliche Täter unter den schweren Beweisen schließlich zusammenbricht und die Tat gesteht.

Bei Giulio ist das anders. Zuerst wird er einer Leibesvisitation unterzogen. Dann lässt sich Leo vom Inhaftierten seine Personalien bestätigen. Das ist alles. Jetzt wird der Schuldige abgeführt und kommt in U-Haft. Noch spätabends gibt der Haftrichter sein Okay dazu und sieht als Grund die Fluchtgefahr des Heilers. Giulio hat keine Chance, doch das berührt ihn nicht sonderlich. Er ist inzwischen davon überzeugt, dass man ihm etwas anhängen will, und er denkt, dass er schon bald verurteilt werden würde. Giulio lässt das alles mit sich geschehen. Immer wieder hört er den alten Mann aus seinen Träumen: «Glaube an dich und vertraue dir.» Zum ersten Mal seit seiner Verhaftung am Nachmittag macht sich Giulio Sorgen um die «geplatzte» Begegnung mit einem seiner Klienten heute Morgen um 11 Uhr. Es berührt in sehr, dass er keine Gelegenheit hatte, diesem Mann zu helfen bzw. dessen Leiden zu heilen.

Sneijder sitzt zusammen mit seiner Frau beim Frühstück und gemeinsam besprechen sie nochmals die Aufforderung des Staates, als Geschworener aufzutreten. Anne, Sneijders Gattin, ist komplett aufgewühlt. Nicht wegen der Aufforderung, dass ausgerechnet ihr Mann über Giulio entscheiden sollte, nein, vielmehr kann sie sich nicht erklären, dass dieser Mann einen Zigarrenladen überfallen und den Besitzer anschließend erschossen haben soll. Anne glaubt schon lange nicht mehr alles, was von den Medien geschildert wird. Zu viele Ungereimtheiten und Lügen seitens der Regierung hatte sie in den letzten Jahren immer wieder «aufgedeckt». Sie ist eine Frau, die – wie Giulio – Nächstenliebe lebt und diese auf ihre Mitmenschen überträgt. Anne verschwendet keine Energie an negative Gedanken. Rachegefühle kennt sie nicht. Doch sie macht sich Sorgen um die Zukunft von Giulio, dem Mann, der sie in ihrer Denkweise immer wieder fördert und unterstützt. Das alles, ohne dass sie den Naturheiler je gesprochen oder ihn zu Gesicht bekommen hätte. Leider decken sich ihre Gedanken in keiner Art und Weise mit denen ihres Ehemannes. Zu sehr lebt Marcus in seiner eigenen Welt. In einer Welt, in der es um Macht, Geld, Ansehen und Intrigen geht. Die Ansichten der beiden Eheleute stehen diametral zueinander. Trotzdem liebt sie ihren Marcus über alles. Sie kann sich keinen besseren Ehemann vorstellen. «Er denkt so – ich auf meine Weise», sagt sie sich immer wieder.

Vor lauter Schreck lässt Marcus Sneijder sein Messer fallen. Er wollte sich soeben eine Schnitte Brot mit Butter und Marmelade bestreichen. Jemand klingelt und pocht an seine Haustüre. Es ist nicht ein gewöhnliches Klingeln, wie er es seit Jahren gewohnt ist. Nein: ring, ring, ring – dreimal hintereinander klingelt sonst niemand bei ihnen. Und schon gar nicht zusammen mit einem lauten Klopfen. Noch bevor die ebenso erschrockene Frau etwas sagen kann, steht ihr Gatte bereits unter der Türe und öffnet diese. Ein knapp fünfzigjähriger Mann bittet um Einlass. Er stellt sich als Beauftragter von VFG (Verein für Geschworene) vor und baut sofort eine für die Sneijders vertraute Stimmung auf. Er erklärt, dass sich seine Organisation um vom Staat berufene Geschworene kümmern würde und sie eben gerade Kenntnis von Sneijders Bürgerpflicht erlangt hätte. «Kommen Sie doch bitte mit vor die Haustüre …», bittet der Mann Marcus Sneijder nach draußen. Dieser steht jetzt unter dem von seinem Vater vor über 40 Jahren gepflanzten Ahornbaum und staunt. Fein säuberlich geparkt steht am Straßenrand ein Ungetüm eines Wohnmobils. Es ist eine absolute Luxus-Variante des von Sneijder bevorzugten Typs. Der unbekannte Mann beginnt zu sprechen: «Wir wissen, dass Ihre Berufung als Geschworener für Sie beide zu einem falschen Zeitpunkt gekommen ist. Wir wissen weiter, dass Sie zusammen mit Ihrer Frau zur Zeit des Prozesses in die Berge fahren wollen. Der VFG hofft, Ihnen mit diesem Geschenk eine kleine Freude zu bereiten. Wir gehen davon aus, dass Sie sich Ihrer wahren Pflicht bewusst sind und sich bei den übrigen Geschworenen entsprechend gegen den Beschuldigten einsetzen werden.» Der Mann übergibt dem neuen Besitzer die Schlüssel und verlässt den Ort der Freude. Sneijder kann es nicht glauben. «Jetzt werde ich mich doppelt anstrengen beim Prozess gegen diesen Giulio», murmelt er. Dass er sich mit diesem Geschenk soeben hat kaufen lassen, interessiert Sneijder nicht.

Noch am selben Tag erhält Thomas von Braun einen Anruf vom obersten Boss des Geheimdienstes. Von Braun ist Richter am höchsten Gericht des Landes und hat schon in weit mehr als 100 Prozessen letztinstanzlich entschieden. Er ist mit seinen 62 Jahren also ein alter Hase auf seinem Gebiet. «Sie wissen, dass Sie der gerichtlichen Auseinandersetzung vom nächsten Monat Staat gegen Giulio vorsitzen werden. Sie wissen weiter, dass Sie – aufgrund des Entscheides der Geschworenen – ein Urteil über Freispruch oder Tod des Beklagten fällen müssen. Und wir beide wissen, dass Sie diesen – im Falle eines Schuldspruches – zum Tode verurteilen werden, denn, Euer Ehren, Sie werden den Prozess in eine Gasse lenken, aus welcher hinaus die Geschworenen nicht mehr anders entscheiden können, als den Angeklagten für schuldig zu sprechen. Vergessen Sie nicht: Zu sehr steht das Wohlbefinden Ihrer Familie auf dem Spiel.» Abrupt ist das Telefonat beendet. Der betagte Mann zittert am ganzen Körper. «Ist das soeben Gehörte eine Drohung?», fragt er sich. «Will mich der Geheimdienst wirklich unter Druck setzen?», denkt er weiter. Von Braun schweift in seinen Gedanken ab und sieht sich zusammen mit seiner Gattin und Tochter Philomena im wunderschönen Garten seines Hauses umherrennen und lachen. Aus Helenas (von Brauns Ehefrau) Mund ertönt ein lauter und freudiger «Juchzer», so wie ihn sonst nur die im europäischen Alpenraum lebenden Menschen von sich geben. Helena ist glücklich. Glücklich darüber, dass sie einen sorgsamen Ehemann und eine überaus liebe Tochter hat.

Doch das ist Schnee von gestern. Die aktuelle Situation des Richters sieht nämlich anders aus; zu gut weiß er das. Trotzdem macht er sich täglich Gedanken darüber und ist wie gelähmt, weil er an der Situation nichts ändern kann.

17

«Hohes Gericht, ich beantrage, den Angeklagten wegen geplanten Mordes zum Tode zu verurteilen …» Die Stimme des Staatsanwaltes ist laut, klar und deutlich. Schon fast beängstigend dröhnt sie durch den komplett überfüllten Gerichtssaal. Der Ankläger hat eine Menge an erdrückendem (frei erfundenem) Beweismaterial vorgelegt und Richter von Braun tat, wie ihm vom Geheimdienst aufgetragen wurde: Allfällige Einwände der Verteidigung wurden abgeschmettert; der Prozess lief so, wie die Mächtigen dieses Staates das befohlen hatten. Jetzt ist Sneijders Zeit gekommen. Er macht sich im Zimmer seiner Geschworenen-Kollegen stark für einen Schuldspruch über den angeklagten Giulio. Fein säuberlich trägt er seinen Kollegen die verschiedensten Indizien nochmals vor. Schön der Reihe nach. Der Schweiß rinnt dem Besitzer eines neuen Luxus-Wohnmobils über die Stirn. Er weiß: «Ich muss alles daransetzen, dass dieser Mann verurteilt wird.» Fast den ganzen Nachmittag dauert die Besprechung im Zimmer der Geschworenen. Mehr als die Hälfte deren will und kann nicht glauben, dass Giulio diese Tat begangen haben soll. Doch Marcus Sneijder lässt nicht locker. Aus purer Angst und Verzweiflung läuft er zur Höchstform auf.

Nach knapp vier Stunden ist der Spuk vorbei. Sneijder ist es wirklich gelungen, alle um sich herum derart zu bedrängen und zu manipulieren, dass das einstimmige Verdikt steht: **Schuldig!** In Kenntnis dieses Schuldspruches wird Giulio als Mörder anschließend von Richter von Braun zum Tode verurteilt.

Die Meldung dieses Urteils verbreitet sich in Windeseile über das ganze Land. Junge gleichsam wie Ältere, Frauen und Männer sind zutiefst bestürzt darüber. Die Wenigsten davon glauben, dass ihr *Held* eine solche Tat begangen haben soll! Doch mit Ausnahme von ein paar heißen Diskussionen und einigen Scharmützeln geringen Ausmaßes in der Innenstadt geschieht nichts.

«Jetzt kann uns nichts mehr passieren …», spricht Joseph, der Regierungschef, zu seinen Kabinettsmitgliedern. «Niemand wird je erfahren, dass Giulio etwas weiß, was er nicht wissen sollte. Er wird es mit ins Grab nehmen.» Die Anwesenden klopfen sich gegenseitig auf die Schulter. Sie sind glücklich und zufrieden. Phil sieht sich nicht mehr an der Klippe stehen und Marc weiß jetzt, dass ihn seine Frau nicht mehr verlassen wird. Auch das Bild jenes Ministers, der sich eine Pistole an seiner Schläfe hält, ist wie weggeblasen. Jeder im Raum ist erleichtert und denkt: «Jetzt kann mir nichts mehr passieren.» Doch sie täuschen sich.

18

«Hmm ... wie soll ich es anstellen?», fragt sich Helena, die Frau des Richters von Braun, am runden Tisch in ihrem Zimmer sitzend. Schon seit Tagen denkt sie nur noch an diesen übernächsten Mittwoch. Dann nämlich wird sie 70 Jahre alt und davor fürchtet sie sich. Es ist nicht die Furcht vor diesen 70 Jahren, obwohl sie allen Grund dazu hätte. Nein, Helena sieht all den Rummel auf sich zukommen, den sie gar nicht mag. Schon gar nicht in ihrer momentanen Situation.

Die ältere Frau lebt seit nunmehr sechs Monaten in der staatlichen Reha-Klinik für MS-Kranke. Der 18 m²-Raum ist mit einem 140 cm-Bett, einem Kleiderschrank mit Schiebetüren, einer rosaroten Polstergarnitur mit gegenüberstehendem TV-Gerät sowie mit diesem runden Holztisch, an welchem Helena ihre meiste Zeit verbringt, ausgestattet. Als sie vor rund einem halben Jahr von ihrem Arzt die Diagnose «Multiple Sklerose» erhielt, brach für sie eine Welt zusammen. Nicht nur für sie; ihre ganze Familie war von einem Tag auf den anderen von der Rolle; vor allem ihr sie über alles liebender Ehemann Thomas konnte anfänglich gar nicht damit umgehen; er kann es noch heute nicht.

Bei ihrer Tochter Philomena ist das anders. Als praktizierende Ärztin konnte sie die erstellte Diagnose anders einordnen. Schon bald nach Erhalt der Schreckensnachricht begann Philomena zu analysieren und organisieren. Sie suchte die besten Therapiemethoden für ihre Mutter aus; worauf sich Helena von Braun schließlich in diese Spezialklinik einweisen ließ.

Noch immer hockt die eher schwächlich wirkende Frau am runden Tisch ihres Zimmers. Vor ihr liegt der Roman *Der Hundertjährige, der aus dem Fenster stieg und verschwand*. Helena ist fasziniert von dieser Geschichte. Sie will das Gleiche tun wie dieser alte Mann, um dem auf sie zukommenden Rummel zu entfliehen. Die wildesten Gedanken durchströmen ihren Kopf. Die

Nummer mit dem Ausstieg durch das Fenster muss sie vergessen, denn ihr Zimmer liegt im vierten Stock. «Ich könnte mich beim morgigen Ausflug in die Berge während des Spazierganges von der Gruppe absetzen», denkt sie. «Danach würde ich durch den Wald gehen und im benachbarten Dorf den Bus in die Stadt nehmen und anschließend mit dem Zug verschwinden.» Doch wohin sollte sie reisen? Keine der unzähligen Stationen an der Zugstrecke erweist sich für Helena als ideal. «Ich muss alles genauestens planen, jeden Moment meiner Flucht.» Doch gerade daran scheitert sie. Anstatt wie der Hundertjährige im Buch einfach durch das Fenster zu steigen und alles auf sich zukommen zu lassen, will die bald siebzigjährige Frau jedes Detail vorher wissen. Nach fast zwei Stunden sieht die Frau des Richters ein: «Nein, ich bin nicht einer dieser Menschen, welche so etwas tun würden. Davonrennen wäre die falsche Lösung ...»

Klopf, klopf – die Türe zu Helenas Zimmer wird aufgestoßen. Thomas, ihr liebender Ehemann, betritt den Raum mit einem Strauß rosaroter Lilien in seiner Hand. Rosarot ist die Lieblingsfarbe seiner Frau und im Wissen darüber ist für das Klinikpersonal auch nicht wunderlich, dass sich bei Helena alles um die Farbe Rosa dreht. Thomas' physisches Erscheinungsbild ist durchschnittlich, doch seine Ausstrahlung wirkt anziehend. Die Tatsache, dass seine Helena knapp 8 Jahre älter ist als er, machte ihm nie zu schaffen. Im Gegenteil: Seine Frau war es immer wieder, welche Thomas durch ihre Weisheit und Sanftmut zu Höchstleistungen anspornen konnte. Mit seiner Präsenz wirkt der Richter weder arrogant noch belehrend, wie das oft bei Menschen seiner Art scheint, denn jedermann fühlt sich von diesem Mann magisch angezogen. So verwundert auch nicht, dass seine Gesprächspartner oft stundenlang an seinen Lippen hängen.

«Ach, Liebster, schön, dass du da bist und mir Blumen bringst», empfängt Helena ihren Gatten, mit dem sie seit über 37 Jahren verheiratet ist. «Was ist bloß los mit meinem Mann?», macht sie Thomas' Stimmung nachdenklich. «Dir ist doch nichts passiert, oder?», fragt Helena ihren Liebsten. Thomas von Braun ringt nach Worten. Wilde Gedanken durchströmen seinen Kopf. Die Welt um ihn herum scheint sich zu drehen. Doch dann muss es raus: «Liebling, ich habe einen großen Fehler gemacht und ich will, dass du das weißt», beginnt er mit seiner Geschichte. «Du bist der einzige Mensch auf diesem Planeten, mit dem ich darüber reden kann», fährt der Richter fort. «Ich habe mich manipulieren lassen und die Gerichtsverhandlung gegen Giulio, diesen Heiler, in jene Richtung gelenkt, dass eine Verurteilung durch die Geschworenen unumgänglich wurde», strömt es aus ihm heraus. «Stell dir vor, ich habe mich erpressen lassen!» Der sonst so mächtige und besonnene Mann hockt da wie ein Häufchen Elend. Er weiß weder ein noch aus. Er harrt der Dinge, die jetzt von seiner Frau auf ihn herunterprasseln würden. Helena sitzt ruhig auf ihrem im Chippendale-Stil gezimmerten Stuhl, noch immer am runden Tisch. «Ich habe Giulio schließlich zum Tode verurteilt.» Im Zimmer von Helena ist es totenstill, bis Helena diese Stille durchbricht.

«Du hast einen Unschuldigen zum Tode verurteilt?», fragt sie ihren Gatten.

«Ja, mein allererstes Todesurteil, das ich zu fällen hatte.» Und weiter: «Der Staatsanwalt hat auf Mord geklagt, und dafür diktiert das Gesetz die Todesstrafe.» Tausend Dinge drehen sich im Kopf des Richters. «Giulio ist nicht schuldig, davon bin ich mittlerweile überzeugt. Doch was sollte ich denn tun? Der Geheimdienst setzte mich derart unter Druck, dass ich gar nicht anders handeln konnte.» Helena traut ihren Ohren nicht. Wie sehr verehrt auch sie Giulio, wie fest ist sie davon überzeugt, dass dieser nie jemanden hätte umbringen können. «Warum?», ein einziges Wort kommt über die Lippen der MS-kranken Frau. Immer wieder «Warum?»

«Zu sehr steht das Wohlbefinden Ihrer Familie auf dem Spiel», hatte ihm der Mann vom Geheimdienst am Ende des Telefongesprächs gesagt. Thomas von Braun ist voller Ängste um seine kranke Frau. Er war es auch damals, als ihn der Geheimdienst anrief und ihm gedroht hatte. Allein der Angst um seine geliebte Frau wegen hat er sich zu dieser für ihn absolut schrecklichen Tat hinreißen lassen.

In Helena bricht eine Welt zusammen. Ihre Krankheit ist von einem Moment auf den anderen zur Nebensache geworden. «Mein Mann hat Giulio zum Tode verurteilt», denkt sie immer wieder. Warum er das getan hat, darüber ist sie von ihrem Mann informiert worden. Doch plötzlich geht es ihr um etwas anderes. Um die Frage nämlich, weshalb man ihren doch über alle Zweifel erhabenen und so lieben und absolut integren Mann derart unter Druck gesetzt hat. Die wildesten Antworten schießen ihr durch den Kopf. «Ist Giulio für gewisse Kreise ganz oben zu einem Problem geworden? Oder weiß er sogar etwas, das er in deren Augen gar nicht wissen sollte?», überlegt die Frau noch immer am Tisch sitzend. Jetzt folgt Helena ihrer Intuition: Sie hebt den Kopf und schaut ihrem Thomas in die Augen. «Was du getan hast, das hätte jeder andere Mensch auch getan. Mach dir keine Gedanken mehr darüber», redet sie ihrem Ehemann zu. «Ich stehe ganz und voll hinter dir, wir werden zusammenhalten und diese Krise gemeinsam durchstehen», fährt sie fort. Damit versucht sie, ihrem Gatten klarzumachen, dass er bei seiner Entscheidung das Opfer und nicht der Täter war. Langsam beginnt es dem Richter zu dämmern. «Ich wurde missbraucht», sagt er sich. «Diese Schweine haben mich wirklich missbraucht für etwas, das kein Mensch auf Erden entschuldigen kann.» Thomas bespricht noch ein paar Dinge mit seiner Frau. Dann nimmt er Helena in seine Arme und drückt sie fest an sich. «Danke, mein Engel, du hast mir die Augen geöffnet. Du bist stark, sehr stark!» Er wird von seinen Gefühlen übermannt. Tränen laufen ihm über sein Gesicht. Einmal mehr spürt er, was er an seiner Helena hat. Ein Mann ist so stark wie die Frau an seiner Seite. Auch dieses Mal hat sich dieses Sprichwort als richtig erwiesen. Dann verabschiedet sich der 62-jährige von seiner Frau und geht. Er weiß, was er jetzt zu tun hat.

Wild hämmert Thomas von Braun seine Worte in die Tastatur seines Notebooks. Die Formulierung seines Entschlusses ist kurz und klar. Obwohl er vom Präsidenten seines Landes in sein Amt berufen wurde, tritt der Richter von diesem mit sofortiger

Wirkung zurück. Keinen Tag länger will er einem Staat dienen, in welchem Korruption, Erpressung und Machtmissbrauch offenbar auch in den obersten Gremien des Staates Einzug gehalten haben. Er lässt seinen Unmut alle um ihn herum wissen, so auch Joseph, den Chef der aktuellen Regierung. «Ende, aus, basta!», hämmern die Gedanken auf Thomas von Braun ein. Selbstgerechtigkeit heißt das Zauberwort. «Ich will mir morgens ins Gesicht schauen können, ohne mich zu Tode zu erschrecken …», denkt Thomas weiter. Der Mann vor dem Notebook druckt seinen Brief aus, unterschreibt diesen und faltet ihn danach zusammen. In einen Briefumschlag gesteckt weiß er: «Es ist das einzig Richtige, was ich jetzt tun konnte, nein, **musste** …»

19

«Ach, verehrte Dame, diese Frage kann ich Ihnen leider nicht beantworten», erwidert Philomena ihrer bettlägerigen Patientin. Dabei handelt es sich um Berta, die schon seit geraumer Zeit im St. Katharina Hospital auf der Abteilung für Palliativmedizin liegt. Philomena ist mit ihren 35 Jahren bereits zur Oberärztin aufgestiegen. Ein Umstand, der sie allein ihrer Arbeit und ihrem Können zu verdanken hat; nicht etwa den Beziehungen ihres bekannten Vaters, des Richters Thomas von Braun. Sie hätte zwar schon vor drei Jahren in die nahegelegene Centurion-Klinik wechseln können; doch sie zog es damals vor, in einem Hospital zu arbeiten. Sie liebt den Dienst in einem Haus, in welchem alle Arten von Krankheiten behandelt werden. Die Spezialisierung einer Klinik interessierte sie noch nicht.

Philomena ist schon seit einigen Tagen verwirrt. Aus den Medien hat sie von Giulios Verurteilung erfahren. Die Ärztin kann nicht glauben, was da alles erzählt wird; was Giulio angerichtet haben soll. Sie kennt den zum Tode Verurteilten aus ihrer gemeinsamen Zeit im Hospital. In jener Zeit, in welcher Giulio mit seinem Wirken im Krankenhaus von der Belegschaft gleichsam bewundert und geschätzt wurde. Auch wenn Philomena mit dem damaligen Krankenpfleger nicht immer gleicher Meinung war; sie achtete diesen von sich und seinem Tun überzeugten Mann sehr. Immer wieder kreisen ihre Gedanken um die Geschichte, als Giulio einer auf der Palliativmedizin liegenden Frau durch seine positive Ausstrahlung und sein Wirken quasi neues Leben eingehaucht hat. Diese Frau, Gertrud hieß sie – die Ärzte hatten sie aufgegeben – verließ das Krankenhaus nach etwas mehr als drei Monaten in bester gesundheitlicher Befindlichkeit. Aus medizinischer Sicht war die Entwicklung von Gertruds Zustand absolut nicht nachvollziehbar. Nichts hat sich gedeckt mit den Praktiken und Erkenntnissen, die Philomena gelernt hatte und immer wieder zur Anwendung brachte. Doch das war damals, als Giulio und Philomena noch Arbeitskollegen waren. Inzwischen gehen die beiden getrennte Wege. Doch die Menschlichkeit und die über allem stehende Nächstenliebe sind sowohl bei Giulio als auch bei Philomena geblieben. Umso mehr kann sie nicht glauben, dass ihr ehemaliger Arbeitskollege einen Mord begangen haben soll. «Völlig ausgeschlossen», sagt sie sich immer wieder.

20

Die Fahrt ist schnell und führt über holprige Straßen. So wie damals, als zwei Polizeibeamte Giulio bei seiner Nachbarin Margarethe verhaftet und auf direktem Weg aufs Polizeirevier gebracht haben. Doch das Ziel ist ein anderes. Der graue Ford Transit bewegt sich mit seiner kostbaren Fracht hinaus aus der Stadt. Hinaus zu einem der beiden Staatsgefängnisse, weit entlegen von jeglicher Zivilisation. Dem Verurteilten sind Hände und Beine gebunden; er hockt auf einer Holzbank, welche längs im Inneren des Kleintransporters positioniert ist. Gegenüber von Giulio sitzen drei mit MPs ausgerüstete Beamte in Uniform. Die Waffen sind gesichert. Sie haben den Auftrag erhalten, diesen zum Tode verurteilten *Verbrecher* sicher ans Ziel zu bringen. Notfalls sollten sie von der Schusswaffe Gebrauch machen. Nach knapp einer Stunde hat der Ford Transit den Ort seiner Bestimmung erreicht. Der Gefangenentransport steht vor der überaus mächtigen, mit fünf Wachtürmen versehenen Strafanstalt. Durch ihre den kompletten Gefängnistrakt umgebenden Backsteinmauern erinnert sie an Huntsville Unit, das älteste Gefängnis im Staate Texas in den USA. Das Gefängnis setzt sich aus rund fünfzehn verschiedenen Gebäuden zusammen. Durch gut ausgebaute und hell beleuchtete Gänge und Tunnels sind diese teils unterirdisch miteinander verbunden. Der Fahrer steuert seinen Wagen geschickt durch den engen Weg, umgeben von Stacheldraht und unzähligen Plakaten mit der Aufschrift *Zutritt verboten*. Tom, sein Beifahrer, steigt aus und erledigt den Papierkram am Schalter vor dem Eintrittstor in die *Hölle*.

Nach 12 Minuten ist der Spuk vorbei. Das Tor öffnet sich und der graue Personentransporter fährt langsam ins Innere der Strafanstalt, vorbei an zwei dunklen Gebäuden direkt zu einem aus roten Backsteinen gebauten Haus, dem *Welcome-Building* sozusagen. Oftmals, zumindest in den USA, wird dieser Trakt R & R (Reception and Release) genannt. Die Neuankömmlinge werden darin auf ihre Haft vorbereitet. Fingerabdrücke nehmen, Fotos schießen, Häftlingskleidung abgeben, den Sträfling mit Decken versorgen; das sind die wichtigsten Aufgaben eines Staatsangestellten bei diesem Check-in ins Gefängnis. Nach rund zehn Tagen wird von einem speziellen Komitee entschieden, in welchen Todestrakt der Gefangene überbracht werden soll.

Noch immer sitzt Philomena von Braun gedankenversunken an ihrem Schreibtisch im St. Katharina Hospital. Björn, ihr Chef und medizinischer Leiter des Krankenhauses, wartet schon seit Tagen auf den Lagebericht von Philomena, der Leiterin der palliativmedizinischen Abteilung des Krankenhauses. Sie hasst es, schriftliche Berichte zu verfassen. «Geschichten schreiben ist was für Journalisten, Autoren oder Schriftsteller», sagt sie sich immer wieder. Wahrlich, Philomena ist keine *Schreibtisch-Ärztin*. Sie liebt den direkten Kontakt zu Menschen, mag deren Lachen und will das Leuchten in ihren Augen sehen. Gerade deshalb ist die Abteilungsleiterin sehr beliebt bei ihren Patienten. «Ich hasse es zwar, doch es gehört halt dazu, ich weiß.» Doch heute ist nicht der Tag, um einen mehrseitigen Bericht über den Stand ihrer Abteilung zu schreiben. «Definitiv nicht!», schreit sie durch ihren länglich angeordneten Büroraum.

Wie schon gestern und ein paar Tage zuvor verspürt Philomena auch heute eine große Müdigkeit in sich. «Ich werde wohl meine Ernährung umstellen», sagt sich zu sich. «Viel mehr Rohkost und Obst, mir fehlen die nötigen Vitamine», bemerkt sie. «Auch meine Antriebs- und Lustlosigkeit, welche ich gelegentlich verspüre, sind typische Anzeichen eines Vitaminmangels», weiß Philomena über ihren Zustand bestens Bescheid. So schnell wie diese Gedanken an ihre Ernährung gekommen sind, so schnell sind sie auch weder verflogen. Philomenas Gedanken sind jetzt wieder bei Giulio. Diese Geschichte will ihr nicht aus dem Kopf. Die Ärztin erinnert sich zurück an ihre Studienzeit an der Universität. Damals hatte sie ein paar Vorlesungen über die Psyche und deren Einfluss auf das menschliche Verhalten besucht. Sie versucht, sich in Giulios Lage zu versetzen, um herauszufinden, weshalb er einen Mord hätte begehen können. Doch trotz all ihrer Bemühungen kommt Philomena immer wieder zum selben Schluss: «Es ist unmöglich; Giulio hat diese Tat nicht begangen.»

Der Entscheid ist gefallen. «Bringen Sie Nummer 10326 in den West-Block», befiehlt der Vorsitzende des Klassifizierungskomitees den beiden Wärtern Jan und Mark. Sie holen Giulio in seiner temporären Zelle ab und überführen diesen, versehen mit Hand- und Fußfesseln, in den Todestrakt. Die für Giulio vorgesehene Todeszelle misst gerade mal 2.5 mal 3.2 Meter und es ist natürlich eine Einzelzelle. Es sind nicht, wie sonst üblich, gemauerte Wände, welche die einzelnen Zellen voneinander trennen. Nein, vielmehr sind die Todeszellen mit Gitterstäben voneinander getrennt. Das eher kurze Stahlbett ist fest im Boden verankert, ebenso sind ein Waschbecken und die Toilette fest mit den Gitterstäben verbunden. Standardmäßig befinden sich keine weiteren Gegenstände in der Todeszelle. Mittlerweile warten weltweit rund 24.000 zum Tod Verurteilte in solchen oder ähnlichen Zellen auf ihre Tötung. «Hier also werde ich meine letzten Tage als lebender Mensch verbringen, bevor ich hingerichtet werden soll», denkt Giulio. Dabei ist er ruhig, im Frieden mit sich und seiner Umwelt. Er spürt jedoch, dass es nicht so kommen würde, wie einige sich das ausgedacht haben.

21

«Bitte hören Sie mir zu, Euer Ehren», fleht eine männliche Stimme ihren Gesprächspartner am anderen Ende der Telefonleitung an. Eine leichte Verzweiflung darin ist nicht zu überhören. «Sie dürfen Ihren Dienst nicht einfach so quittieren, nicht jetzt», tönt es weiter. Der Anrufer ist der Regierungschef selbst. Joseph hat seinerzeit den Geheimdienst mit der «Beseitigung von Giulio» beauftragt. Doch das bleibt für den am anderen Ende sitzenden Richter geheim. Joseph hat Angst, dass die Presse den Rücktritt des Richters falsch interpretieren würde und daraus für die Regierung fatale Schlüsse ziehen könnte. Deshalb versucht der Regierungschef mit allen Mitteln, Thomas von Braun umzustimmen. «Nein, ich werde nicht mehr in mein Amt zurückkehren. Das ist meine finale Entscheidung», erklärt von Braun dem Anrufenden. Der ehemalige Richter beendet das Telefongespräch mit «Guten Tag». Ein leichtes Knacken noch, dann ist es still in der Leitung.

Joseph steht die Angst ins Gesicht geschrieben. «So ein Idiot», sagt er zu sich selbst. «Mir bleibt nur ein Ausweg», weiß der Regierungschef, was jetzt zu tun ist. Er braucht den Geheimdienst erneut. Dieses Mal heißt der Auftrag: **Schnellstmögliche Vollstreckung von Giulios Todesurteil!**

Es ist Abend geworden und Philomena sitzt noch immer gedankenverloren auf ihrem Bürostuhl. Sie ist hungrig. Seit dem Frühstück frühmorgens hat die Ärztin nichts mehr gegessen. Philomena räumt ihre Akten zusammen und legt diese in den Tresor, der protzig neben ihrem Bürotisch steht. Aus Sicherheitsgründen müssen jegliche Krankenakten nachts immer unter Verschluss gehalten werden. Der Persönlichkeitsschutz ist allgegenwärtig; zumindest wird dieser Eindruck von der Krankenhausleitung aufrechterhalten. Beim Verlassen des Spitals auf dem Fußweg zu ihrem Auto, einem dunkelroten Peugeot Cabrio 308 CC, entscheidet sie sich gegen einen Restaurantbesuch. Sie will sich zuhause selbst ein paar Häppchen zubereiten. So hat Philomena Zeit, vor dem Nachtessen noch bei ihrem Vater in dessen Haus vorbeizuschauen.

«Du siehst blass aus, mein Engel», begrüßt sie ihr alter Herr in seinem Wohnzimmer. «Hast du derart viel zu tun im Krankenhaus?», fährt er fort. «Muss ich mir Sorgen machen um dich?», fragt von Braun weiter.

«Ach Paps, ist doch alles halb so schlimm», versucht Philomena, ihren Vater zu beruhigen. «Ich habe mich heute entschlossen, meine Ernährung umzustellen, um dadurch mehr Vitamine zu erhalten. Du weißt ja: Meine Essensgewohnheiten dürften sich durchaus ändern und etwas mehr an Flexibilität gewinnen», fährt sie schmunzelnd fort. Damit ist das Thema für sie erledigt, zumindest vorerst.

«Setz dich, mein Schatz. Ich muss dir was erzählen.» Von Braun beginnt, seiner Tochter den kompletten Ablauf seiner «Erpressung» zu schildern. Dabei versucht er, kein Detail auszulassen. Schließlich erklärt Thomas seiner Philomena, dass er darauf seinen Dienst als oberster Richter dieses Landes per sofort quittiert hätte. «Weißt du, ich konnte am Morgen nicht mehr in den Spiegel schauen. Selbst wenn ich es tat, so sah ich einen feigen Mörder vor mir, der sich hat erpressen lassen.»

Philomenas Miene ist wie versteinert. «Mein Vater hat Giulio zum Tode verurteilt», überlegt sie. Das ist zu viel für die Ärztin. Diese unglaubliche Tat deckt sich in keiner Art und Weise mit Philomenas Grundwerten wie: Kein Mensch hat das Recht, einen anderen zu töten. Nicht zuletzt auch deshalb hatte sich Thomas' Tochter damals entschieden, Medizin zu studieren und anschließend Ärztin zu werden. Das Grundgesetz in unzähligen Ländern erlaubt jedem Menschen das Recht auf Leben. «Niemand darf der Folter oder grausamer, unmenschlicher oder erniedrigender Behandlung oder Strafe unterworfen werden», zitiert sie Wikipedia. «Die Todesstrafe verletzt dieses Menschenrecht», denkt Philomena weiter.

«Bitte entschuldige Paps, doch ich muss jetzt gehen.» Ihre Worte klingen leer. Philomena steht auf und lässt ihren Vater, der voller Emotionen und in Gedanken versunken ist, allein zurück.

«Ach Liebling, ich weiß im Moment nicht mehr ein und aus.» Thomas hockt auf einem der beiden Stühle am runden Tisch im Zimmer seiner Helena. Er hat mit der Klinikleitung vereinbart, dass er seine Frau zu jeder Tages- und Nachtzeit besuchen kann. «Unsere Philomena kommt nicht zurecht mit dem, was ich getan habe. Es ist gegen ihre innerste Überzeugung, das Leben zu schützen. Sie ist gestern Abend wortlos gegangen. Was soll ich bloß tun?», fragt der ehemalige Richter seine Frau, die noch im Nachthemd im Zimmer steht.

«Es ist zwar noch früh am Morgen, doch mein Hirn funktioniert auch um diese Zeit ohne Probleme. Gib unserer Tochter Zeit. Sie liebt dich wie auch mich über alles. Weißt du, Philomena ist nicht böse auf dich. Doch die Tatsache, dass Giulio hingerichtet werden wird, kann sie im Moment nicht verkraften», fährt die bald 70-Jährige fort.

«Mir geht es ähnlich wie ihr. Doch im Unterschied zu unserer Tochter kann ich es viel besser akzeptieren und ich bin mir sicher, dass nicht **du** der Schuldige bist.» Ihre Worte wirken wie Balsam auf Thomas' Seele. Es sind die Worte eines sehr weisen Menschen.

Der ehemalige Richter von Braun redet noch über ein paar andere Dinge mit seiner Helena, dann verlässt er sichtlich erleichtert die Klinik. Einmal mehr spürt er, welche große Weisheit und Weitsicht in seiner Frau steckt. «Sie ist einmalig, einfach wunderbar …», denkt er und ist glücklich, diese Frau an seiner Seite zu wissen.

22

Giulio hockt auf dem Bett in seiner Todeszelle, wo er seit der Inhaftierung vor zwölf Tagen auf seine Hinrichtung wartet. Die letzten Tage hat der Verurteilte immer wieder damit verbracht, darüber nachzudenken, weshalb er festgenommen, ihm ein Mord in die Schuhe geschoben und er zum Tode verurteilt wurde. Giulio hat alle möglichen Szenarien fein säuberlich durchdacht und ist dabei zum Schluss gekommen: «Derjenige, welcher mir das angehängt hat, muss über ein riesiges Netzwerk verfügen und zudem sehr viel Macht besitzen, sonst wäre das alles nicht so einfach gewesen.» In diesem Land, in welchem Giulio lebt, gibt es dafür nur eine Erklärung: die Lenker und Denker des Volkes; die obersten Verantwortlichen selbst. «Warum?» Auch auf diese Frage hat der Kräutermann eine Antwort gefunden. «Ich bin für gewisse Kreise in unserem Land eine Gefahr geworden; so denken zumindest diese Verschwörer.» Er lässt sein Leben Revue passieren (Schritt für Schritt, seit seiner Kindheit) und findet kein einziges Vergehen oder Aufbegehren gegen Recht, Sitte und Ordnung. «Ich bin ein ganz normaler Bürger, der seine Ideologie des Helfens lebt. Ich will so vielen Menschen wie möglich auf diesem Planeten beistehen und sie von ihrem Leiden befreien.» Das Einzige, was Giulio möchte, ist, dass die Menschen einander lieben und selbst glücklich und zufrieden sind.

In diesem Moment schießt ihm die universelle Antwort auf alle seine Fragen durch den Kopf: «Die Mächtigen dieses Landes haben Angst, dass ich etwas wüsste und damit an die Öffentlichkeit gehen könnte. Deshalb muss ich für diese sofort verschwinden …» Giulio hat den *gordischen Knoten* gelöst.

Es ist früher Abend. Caroline, die Gefängniswärterin, bringt das Abendessen und reicht das Miniatur-Tablet durch einen kleinen Rahmen in der Zellentür an den Todeskandidaten weiter. Es ist ein Teller gefüllt mit Penne an einer Tomatensauce. «Schmeckt fürchterlich», denkt der Häftling. «Die Pasta ist fad – wie abgelaufene Turnschuhe» (das ist seine Beschreibung, wenn ein Gericht mit zu wenig Salz versehen wurde) «und die Sauce ist sauer, fast ungenießbar», denkt er weiter. Dazu erhält eine Schnitte Brot und ein Glas Wasser. Giulio ist hungrig. Seit dem Frühstück hat er nichts mehr gegessen; eine Mittagsmahlzeit gibt es in der Todeszelle dieses Landes nicht.

Caroline ist eine zierliche Wärterin. «Kleidergröße 36, Schuhnummer 37», schätzt Giulio die Wärterin ein. Damit liegt er goldrichtig. Die braun gebräunte Frau hat grau-blaue Augen und trägt ihr halblanges, blondes Haar fein säuberlich zu einem Zöpfchen zusammengerollt unter dem Hut ihrer schwarzen Uniform. Zum ersten Mal spricht sie mit Giulio über banale Sachen wie Essen, Wetter, Gesundheit und ein paar andere Dinge. Es wäre ihr grundsätzlich untersagt, mit einem Insassen zu sprechen, doch das wird in diesem Trakt des Gefängnisses nicht so streng gehandhabt. Es ist ihr auch egal. Caroline kennt Giulio und seinen juristischen Leidensweg. Sie ist vor Tagen fast erstarrt vor Ehrfurcht, als sie bemerkte, wer dieser Häftling mit der Nummer 10326 ist. Ihre Nichte ist eine von den unzähligen Menschen, welchen Giulio mit seiner Therapie aus Aufgüssen aus Ginkgo und Salbei wieder zu einem unbeschwerten Leben verhalf.

Obwohl sie ihren Job über alles liebt, kann sie nicht verstehen, weshalb dieser Mann einen Zigarrenladen überfallen und dessen Besitzer getötet haben soll. «Ich darf mir keine Gedanken darüber machen», sagt sie sich. Zu sehr hat die Wärterin in den letzten zwölf Jahren gelernt, Entscheide anderer – in diesem Fall des obersten Gerichtes des Landes – zu akzeptieren und die damit verbundenen Konsequenzen von sich fernzuhalten. Etwa wie ein Chirurg, der seinen Patienten unter dem Messer verliert und diesen tragischen Umstand abends nicht mit zu sich nach Hause nimmt. *Abgrenzen* heißt in beiden Fällen das Zauberwort.

Carolines Dienst endet um 19 Uhr. Sie entledigt sich ihrer Uniform und tritt in der Gestalt einer attraktiven Frau Mitte dreißig vor die Gefängnistüre. Der Weg durch das «Labyrinth», wie die Bediensteten den täglichen Marsch durch die mit acht Türen verschlossenen Gänge des Gefängnisses nennen, hat sie einmal mehr geschafft. Es ist reine Routine für die blonde Frau. Ihr jetzt offenes Haar weht in der leichten Abendbrise. Caroline, die vor 15 Minuten noch Uniform getragen hat, läuft geradewegs auf ihren unter einem Baum stehenden Wagen zu, öffnet dessen Fahrertüre und fährt in zügigem Tempo davon. Gedankenversunken kurvt sie in Richtung ihres Appartements im nahegelegenen Dorf. Sie sieht den mit dem Ball spielenden Jungen mitten auf der Straße erst im allerletzten Moment und drückt voll auf die Bremse. Ein ohrenbetäubendes Quietschen lähmt den grün gekleideten Jungen derart, dass er wie erstarrt stehen bleibt. «Mein Gott, was für ein Glück habe ich eben gehabt», sagt sich Caroline. «Ich muss meinen Kopf im Hier und Jetzt haben und darf nur an den Straßenverkehr denken», schimpft die Gefängniswärterin mit sich selbst. Doch das ist für sie nicht so einfach. Es wird noch weit schwieriger werden; schon bald. Doch davon weiß Caroline noch nichts.

Philomena sitzt vor dem Notebook, der auf dem Schreibtisch ihres Büros im St. Katharina Hospital steht. Ihre Gedanken sind wirr. Noch immer ist sie bedrückt und wütend zugleich. Sie kann nicht verstehen, was ihr Vater getan hat; und das, nachdem sie bereits vor vier Tagen davon erfahren hat. Es ist Mittag, die Ärztin hat weder Hunger noch verspürt sie etwelchen Appetit. Philomena ist müde, obwohl die letzte Nacht ihr mehr als sieben Stunden Schlaf beschert hat. Zudem gibt der Frau die Tatsache, dass sie einen blauen Fleck außen an ihrem rechten Arm festgestellt hat, zu denken. Ein Fleck notabene, von dessen Entstehung sie nichts weiß. «Woran bloß habe ich mich gestoßen? Eventuell sogar nachts?» Sie ordnet ihre Gedanken wieder und hämmert wie wild auf die Tastatur des Notebooks ein. Ihr Bericht der Geschehnisse der letzten 24 Stunden (Philomena ist diese Woche zum Notfalldienst nachts eingeteilt) muss geschrieben und danach an ihren Boss rapportiert werden. Nach 25 Minuten ist alles vorbei. Der Rapport steht und kann jetzt weitergeleitet werden.

Philomena zieht ihren Arztkittel aus und streift sich einen hellblauen Trenchcoat über. Sie hat Feierabend und will nur noch nach Hause. Seit mehreren Tagen schon ist sie müde. Ihre Glieder sind schlaff, ihre Arme fühlen sich zentnerschwer an. «Logisch, bei meinen Essgewohnheiten ...», ist Philomena überzeugt. Anstatt auf direktem Weg in ihre Wohnung zu fahren, folgt sie einer inneren Stimme, welche sie zu ihrem Vater führt. «Ja, ich muss das mit meinem alten Herrn regeln», weiß Philomena, was jetzt Priorität hat.

Ohne ihren Vater vorher anzurufen, fährt Philomena geradewegs in Richtung ihres Elternhauses. Sie spürt, dass ihr Vater jetzt zuhause sein wird. Sie muss ihn sprechen, jetzt! Ihre Reifen quietschen beim Abbiegen in die Straße, in welcher ihre Eltern wohnen. Hier ist sie aufgewachsen, hier kennt jede und jeder die Ärztin, welche schon als kleines Mädchen zu all den Menschen in dieser Gegend immer ein sehr liebevolles und menschliches Verhältnis hatte.

Thomas von Braun ist derart erstaunt, dass ihn seine Tochter Philomena nach all den Vorfällen heute aufsucht, dass er nach dem Öffnen der Türe kein Wort über seine Lippen bringt. Er nimmt seine Philomena still in die Arme. Er ist demütig und dankbar, dass er das in diesem Moment tun kann. «Komm doch rein», bittet er seine Tochter ins Haus. Jetzt schaut der ältere Herr seine Philomena an und was er sieht, bringt ihn zum Schaudern. Philomena ist, außer einem blauen Fleck rechts an ihrem Hals, weiß wie Schnee. So hat Thomas seine Tochter noch nie gesehen. Ihre Blässe ließe selbst einen Schneemann erfrieren. Von einem Moment auf den anderen ist des Richters Problem bezüglich Giulio zur Nebensache geworden. Seine Gedanken drehen sich jetzt nur noch um Philomena.

«Mein Gott, meine Liebe, was ist bloß los mit dir?», ächzt Thomas in Richtung seiner Tochter.

«Ich bin nur übermüdet und leide an Essstörungen, das ist alles», versucht Philomena, ihren Vater zu beruhigen. «Mach dir keine Sorgen, Paps. Ich möchte mit dir reden und gehe dann nach Hause, jogge ein paar Runden und werde einen ruhigen

Nachmittag bzw. Abend verbringen.» Thomas von Braun kann immer noch nicht fassen, was er sieht. Philomena hat dunkle Augenringe, Schweiß bedeckt das Gesicht seiner Tochter und ein Griff an Philomenas Stirn bestätigt ihm, dass sie hohes Fieber haben muss. Er stellt außerdem fest, dass sich noch mehr blaue Flecken an ihrem Körper befinden.

So wie er es schon vor 30 Jahren mal getan hat, so tut es von Braun auch jetzt. Er greift den rechten Arm seiner Tochter und führt sie zu seinem vor dem Haus parkierten Auto. «Ich bring dich jetzt ins Krankenhaus», das ist das Einzige, was er zu Philomena im Moment sagen kann. Noch ahnt er nicht, was mit Philomenas Körper noch alles geschehen wird.

23

«Ja, selbstverständlich, ich verstehe, was Sie meinen, auf jeden Fall. Und Sie bestätigen mir das noch per Brief, ja …» Hank, der Direktor des Gefängnisses, in welchem Giulio auf seine Hinrichtung wartet, beendet das Telefonat in seinem Büro. Er hörte am anderen Ende die Stimme eines Mannes, den er noch nie gesehen hat und mit dem er noch nie gesprochen hat. Dieser Mann machte ihm unmissverständlich klar, dass Giulio in vier Tagen hingerichtet werden muss, weil der Regierungschef, der zugleich Justizminister ist, das so angeordnet hat.

Sorgenfalten machen sich auf Hanks Gesicht bemerkbar. «Wie soll ich das in solch kurzer Zeit organisieren?», macht sich der Direktor große Sorgen. Er beruft ein Meeting mit den Chefs der Gefängniswärter, dem hauseigenen Arzt, dem Gefängnispriester und ein paar anderen Mitarbeitern ein. Diese werden in der Sitzung über den Termin informiert. Hank verlangt von jedem der Hauptverantwortlichen, dass er bei der nächsten Zusammenkunft in genau fünf Stunden sein Konzept über Info und Ablauf der Exekution von Giulio rapportieren soll. Vier Tage also haben die Verantwortlichen Zeit, um die Hinrichtung zu organisieren und zu vollziehen.

Es ist sechs Uhr abends. Wärterin Caroline möchte ihren Dienst vom übernächsten Samstag verschieben, um dann zusammen mit einer Freundin in eine rund 60 km entfernte Stadt zu fahren und sich dort einen Vortrag über Reinkarnation anzuhören. Deshalb ist Caroline auf dem Weg zu ihrem Vorgesetzten. Dieser hat sein Büro in einem der Nebengebäude des Todestraktes. Im Kopf hat sich Caroline bereits alles zurechtgelegt. Sie würde anstatt am Samstag lieber am darauffolgenden Montag, an ihrem freien Tag, arbeiten. Die Wärterin weiß, dass ihre Personalakte nur mit allerbesten Qualifikationen von ihr gefüllt ist. Zudem hat sie schon etliche Male ihren Dienst mit einer Kollegin oder einem Kollegen getauscht; auf dessen bzw. deren Wunsch natürlich. Es sollte also alles reibungslos über die Bühne gehen. Doch etwas bedrückt die 34-Jährige, irgendwie spürt sie einen großen Druck in ihrer Brust. Sie klopft kurz an die Bürotür ihres Chefs und tritt dann ein. Jonas, ihr Vorgesetzter, ist weit älter als seine Mitarbeiterin; er steht zwei Jahre vor seinem Ruhestand.

Noch bevor Caroline ihr Anliegen anbringen kann, schnauzt Jonas sie an: «Ich habe keine Zeit für dich, ich muss die Hinrichtung des Gefangenen 10326 in vier Tagen planen.» Caroline bleibt wie zur Salzsäule erstarrt stehen. Sie weiß, dass es sich beim Häftling mit dieser Nummer um Giulio handelt. «Wieso geht das so schnell?» Das ist das Einzige, was die Wärterin über ihre Lippen bringt. «Ist mir egal», krächzt Jonas weiter. «In etwas mehr als einer Stunde muss ich meinen Plan des kompletten Ablaufes dem Direktor präsentieren.»

Caroline hockt im Umkleideraum vor ihrem Spint. Wild drehen sich die Gedanken in ihrem Kopf. Zum ersten Mal in ihrem Leben spürt sie einen Anflug von Resignation. «Das kann nicht sein. Nein, nein, nein!», schreit sie im Raum umher. Caroline poltert mit ihren Fäusten auf die hölzerne Sitzbank, bevor sie mit ihren Füßen gegen den unteren Teil der metallenen Schränke schlägt. Die Frau scheint der Verzweiflung nahe. Zwei Wärterinnen stürmen in die Garderobe. Während Mel, die Ältere und Erfahrenere der beiden, versucht, Caroline zu beruhigen, steht Sophie vor den Spints und versperrt der tobenden Wärterin dadurch den Weg zu weiteren Fußtritten in die Schränke. «Hey, hey, fahr runter, Caroline», versucht Mel, sie zu besänftigen. «Was ist bloß passiert? Kann ich dir irgendwie helfen?»

Instinktiv tischt die nahe am Zusammenbruch stehende Caroline ihren Kolleginnen einen Schwindel auf. «Eine meiner Freundinnen ist unglücklich verliebt in einen verheirateten Mann und hat versucht, sich das Leben zu nehmen, glücklicherweise erfolglos.» Sie gibt kein Wort preis von dem, was sie über die bevorstehende Hinrichtung vor ein paar Minuten erfahren hat.

24

Die Reifen quietschen. Thomas von Braun nimmt die letzte Kurve, danach führt eine lange Gerade zum St. Katharina Hospital. Philomena versucht, ihren Vater zu beruhigen. «Es ist nicht so schlimm, wie du denkst, Paps.»

«Ja, ja, sprich nur weiter von mangelnder Ernährung oder anderen Räubergeschichten», gibt der ehemalige Richter zurück. «Ich mache mir ernsthaft Sorgen um deinen Gesundheitszustand», redet von Braun weiter auf seine Tochter ein. «Ich bringe dich jetzt in jenes Hospital, in welchem du arbeitest. Dort kennen sie dich, dort wissen sie auch, dass du ein Workaholic bist und niemals auf dich selbst schaust.» Philomena möchte gerne gegen ihren Vater aufbegehren, doch sie weiß: «Ich habe keine Chance gegen ihn.» Wenn sich der ehemalige Richter mal etwas in den Kopf gesetzt hat, dann zieht er das auch durch. Zu stark ist sein Wille, zu dominant erscheint er neben seiner zierlichen Tochter.

Gerade eben hat er mit seinem Handy die Klinik über den bevorstehenden Besuch von Philomena avisiert. Dort ist man erstaunt, dass ausgerechnet die Chefärztin der palliativen Abteilung ein Problem haben sollte. «Nicht Philomena, die von ihren Patienten über alles geliebte Medizinerin», denkt Debbie, die Diensthabende am Empfang. Doch in diesem Moment erschrickt die Frau so sehr, dass ihr die Worte im Hals steckenbleiben, als sie Philomena sieht. Noch vor deren Ankunft hat sie Björn, den Vorgesetzten von Philomena und medizinischem Leiter des Krankenhauses, informiert. Dieser erscheint jetzt zusammen mit Carl, dem CEO der Klinik. Carl ist weder Mediziner, noch kann er etwelche Krankheiten erkennen. Doch er lässt es sich nicht nehmen, den Eintritt einer seiner besten Mitarbeiterinnen persönlich zu begleiten.

«Danke, Herr von Braun, wir werden uns um Ihre Tochter kümmern», spricht Dr. Björn Lennart Enquist zum Vater von Philomena. «Es ist wohl das Beste, wenn Sie sich jetzt zuhause ausruhen, Ihre Tochter ist bei uns in guten Händen.» Björn verspricht von Braun, dass er ihn anrufen würde, sobald er eine klare Diagnose hätte. «Doch zuerst werde ich das mit Philomena besprechen», sagt sich der Arzt.

Neun Uhr abends. Thomas sitzt jetzt schon seit mehr als drei Stunden zu Hause vor seinem Telefonapparat. Noch während seiner Rückfahrt vom Hospital hat er seine Frau per Handy über den Verbleib von Philomena informiert. Diese denkt: «Es wird schon nichts Schlimmes sein», denn sie weiß ja um die Umstände von Philomena bezüglich der Ernährung und der Präsenz im St. Katharina Hospital. «Sie ist eben deine Tochter», hat sie sich einen Seitenhieb zu ihrem geliebten Mann nicht verkneifen können.

Von Braun steht auf, um sich Fleisch und Käse aus dem Kühlschrank zu holen. Das Brot steht neben dem Herd bereit und wartet darauf, verzehrt zu werden. Der zurückgetretene Richter erschrickt, als sein Telefon klingelt. Er hechtet ins Wohnzimmer und zögert, bevor er den Telefonhörer abhebt. Er hat Angst vor einer negativen Meldung aus dem St. Katharina Hospital. Jetzt hebt er ab. Die Stimme von Dr. Björn Enquist ist ihm bekannt. «Euer Ehren, es wird spät werden, bis wir eine konkrete Diagnose erstellen können. Unser Labor läuft auf Hochtouren, doch die Ergebnisse erwarten wir erst am frühen Morgen. Es ist besser, wenn Sie versuchen, ein paar Stunden zu schlafen. Ich werde Sie am Morgen um acht Uhr wieder anrufen. Dann werde ich mehr wissen.» Von Braun bedankt sich beim Anrufenden und verabschiedet sich von ihm. Auch diesmal wieder ruft er seine Helena im Sanatorium an und bringt sie auf den neusten Stand der Dinge. Es ist ein kurzes Telefongespräch; zu sehr noch ist Philomenas Vater mit sich selbst beschäftigt. Er zieht sich zurück in die Küche, setzt sich an den großen, braunen Tisch, der an der Wand zwischen Fenster und Kochherd steht, und beginnt zu essen.

Die Uhr steht mittlerweile auf halb Zehn und von Braun ist noch immer mit seinem Nachtessen beschäftigt. Gedankenverloren kaut er auf seinem Brot herum und steckt sich zwischendurch ein

Stück Fleisch oder Käse in seinen Mund. Doch das alles verläuft sehr zaghaft. Er ist auch nicht sonderlich daran interessiert, seinen Körper mit Nahrung zu versorgen. Nicht an diesem Abend. Tausend Dinge drehen sich in seinen Kopf. «Ich muss mich ablenken, denn im Moment kann ich nichts für Philomena tun.» Er beginnt zu beten und bittet seinen Gott um ein positives Ergebnis der Gesundheit seiner Philomena. Sein Gebet scheint nicht zu enden. Immer wieder fleht er um Hilfe für seine geliebte Tochter …

Die Wellen wiegen wild und hoch. Ein heftiger Sturm zieht über die See. Thomas von Braun ist Gast auf der Luxusjacht seines Freundes Ben. Dieser steht am Steuer und versucht, dem orkanartigen Wind Herr zu werden. Er gibt immer wieder Anweisungen an Thomas; beide sind bis auf die Knochen nass. Thomas hat Angst. Noch nie hat er einen derartigen Sturm erlebt; schon gar nicht auf offener See. Das rund 14 Meter lange Boot wird vom Wasser von einer Seite auf die andere geworfen. Die Segel haben Ben und Thomas längst eingeholt; zum Glück. Denn vor ein paar Minuten brach der Mast entzwei und das heruntergefallene Teil hätte Thomas beinahe erschlagen. In diesem Moment hört von Braun die Schiffsglocke. Wild durchströmt der hohe Klang die stürmische Nacht. Der schrille Klang zerreißt fast sein Trommelfell.

Schweißüberströmt springt Thomas von seinem Stuhl auf. Das Läuten des Telefons hat ihn aus seinem Traum gerissen. «Habe ich das wirklich geträumt?», denkt von Braun für einen kurzen Moment. Dann hechtet er zum Telefon; er will diesem penetranten Klingeln ein Ende setzen. «Hallo», tönt seine Stimme schlaftrunken hin zum anderen Ende der Leitung. Dort sitzt Dr. Björn Enquist auf seinem Bürostuhl im 3. Stock des St. Katharina Hospitals.

«Ja – und, und, was ist jetzt …?», zischt es aus der Kehle des ehemaligen Richters.

«Ich habe Ihre Tochter heute in aller Herrgottsfrühe persönlich über die Laborergebnisse und meine Diagnose informiert.

Philomena hat mich von der Schweigepflicht ihnen gegenüber als Arzt befreit. Ich kann mit Ihnen also offen über den Gesundheitszustand ihrer Tochter reden.», klärt der Chefarzt von Braun auf. «Was ich Ihnen jetzt sagen werde, ist für mich weit schwieriger als jenes Gespräch, das ich mit Ihrer Tochter heute Früh geführt habe.» Tönt plausibel, schließlich war die Basis der beiden aus medizinischer Sicht die gleiche. «Euer Ehren, Ihre Philomena leidet an einer akuten myeloischen Leukämie, kurz AML genannt. Sie ist leider einer der schlimmsten Formen des Blutkrebses.» Für ein paar Sekunden ist es still in der Leitung. Von Braun sitzt regungslos auf seinem Stuhl. Gerade so, als wäre er eine Maus, die sich in Schockstarre vor der drohenden Schlange übt. Dr. Enquist kennt diesen Moment der völligen Apathie und gibt Philomenas Vater Zeit, seine Gedanken zu ordnen.

«Was kann man dagegen tun?», fragt der ehemalige Richter den Chefarzt.

«Grundsätzlich tun wir alle unser Bestes, damit es Ihrer Tochter bald wieder besser geht. Doch ich muss Ihnen sagen, dass es sehr ernst ist. Die Chancen einer Heilung sind zwar viel größer als noch vor 20 Jahren, trotzdem stehen sie momentan bei knapp 25 %.»

«Danke, Herr Doktor, für Ihre Aufrichtigkeit», mehr bringt Thomas von Braun im Moment nicht über seine Lippen. Nachdem Björn seit mehr als 15 Sekunden kein Wort mehr gehört hat von Philomenas Vater, legt er den Hörer auf.

«So stehen die Dinge also, meine Liebe.» Thomas von Braun sitzt auf Helenas Bett in der Reha-Klinik und drückt beide Hände von Helena. «Ist das die Strafe für das, was ich getan habe?», fragt er sich. «Hätte ich mich doch bloß nicht zu diesem grausamen Todesurteil hinreißen lassen …!», flüstert er, sodass es Helena nur knapp verstehen kann. Die von Brauns sind sehr gläubige Menschen und Thomas ist sich sicher, dass er jetzt für seine Untat bestraft worden ist. «Hätte … könnte … würde … wäre – alles Konjunktiv, ist doch Blödsinn!», schreit er im Zimmer von Helena herum. «Ich habe es getan, und dafür muss ich jetzt büßen!»

Selten zuvor war sich Philomenas Vater so sicher, dass es eine Strafe Gottes geben würde.

Helenas Entschluss steht fest. «Wir werden diese Klinik jetzt gemeinsam verlassen. Ich komme mit dir nach Hause und trete hier erst wieder ein, wenn unsere Philomena geheilt sein wird.» Frau von Braun ist derart entschlossen, dass ihr Mann nichts dagegen sagen oder tun kann. «Die MS muss jetzt halt warten, bis ich wieder zurückkehren kann.» Eine gehörige Portion Sarkasmus steckt in den Worten der nunmehr seit sechs Monaten hier wohnenden Helena von Braun.

Die Formalitäten sind schnell geregelt und die Klinikleitung hat volles Verständnis für den temporären Austritt ihrer Bewohnerin. Eine letzte Unterschrift noch von Helena, dann ist sie entlassen.

25

«Nein, nein, nein – es darf nicht sein – unter keinen Umständen!» Alexandra, Carolines beste Freundin, versucht, sie zu beruhigen. Sie nimmt die der Verzweiflung nahestehende Frau in die Arme und drückt sie sanft. «Ich weiß, wie dir zumute ist, meine liebe Caroline. Du wirst das verkraften, nicht jetzt, dazu brauchst du Zeit. Schrei dir deinen Frust, deine Verzweiflung, deinen Hass aus der Seele. Die Zeit wird die Wunden heilen.» Wenn die Seele weint, beginnt der Körper zu schreien. «Wie wahr, ich kenne dieses Buch von Sabine Linder; ich hab's gelesen», denkt Alexandra über den Zustand ihrer Freundin nach. Lexie, wie sie oft genannt wird, ist eine über 180 cm große Frau von mittlerer Statur. Sie trägt ihr rot gefärbtes Haar kurzgeschnitten, was ihr bei ihrer täglichen Arbeit als Altenbetreuerin zugutekommt. Carolines beste Freundin ist sehr einfühlsam und die beiden haben soeben über die bevorstehende Exekution von Giulio gesprochen.

Caroline sitzt wie benommen zuhause auf ihrem Sofa. Sie weint, die Frau ist der Erschöpfung nahe. Diese Ohnmacht, dieses Gefühl, diese Erkenntnis, nichts dagegen tun zu können, lässt Caroline fast wahnsinnig werden. Sie ist allein, Alexandra musste sie vor rund einer Stunde verlassen; sie hatte ihren Dienst im Altenheim anzutreten. Bilder des Glücks und unendlicher Liebe ziehen an der Gefängniswärterin vorbei. Bilder von der kleinen Susanna, ihrer Nichte, die Giulio vor knapp einem Jahr mit verschiedenen Aufgüssen und mit seiner positiven Lebenseinstellung geheilt hat. «Warum muss dieser gute Mensch sterben?» Diese Gedanken durchströmen ihren Kopf; immer wieder.

Jetzt geschieht etwas Seltsames mit Caroline. Die Verzweiflung weicht langsam von ihr, verzieht sich grad so wie Nebelschwaden in den Bergen. Caroline hat langsam den Durchblick. Ging es ihr vorher noch ums *Warum* – immer wieder –, so denkt sie jetzt nur noch ans *Wie*. «Wie kann ich Giulio helfen, dass seine

Hinrichtung nicht vollzogen werden wird?» Caroline ist leicht erschüttert ob ihrer Denkweise; diese macht ihr Angst. Doch die Frau kann noch so fest versuchen, sich dagegen zu wehren – es nützt nichts. Caroline spürt, dass sie Gefühle für Giulio entwickelt hat, und sie weiß, dass ihr das den Job kosten könnte.

«Wo sind die großen, weißen Kerzen?», fragt Helena von Braun ihren Mann Thomas. «Wo hast du sie hingelegt?» Er ist irritiert ob der Frage seiner Helena.

«Wozu um Gottes Willen brauchst du im Hochsommer diese Kerzen? Es ist schon drückend schwül im Haus, wir wollen doch nicht noch mehr Wärme!», redet er auf seine Frau ein. Die beiden stehen im Wohnzimmer ihres gemeinsamen Hauses vor einem großen, braunen Eichenschrank. Dessen Türen sind geöffnet; der Inhalt wurde von Helena bereits durchsucht. Die von Brauns sind sehr gläubige Menschen und beide wollen jetzt gemeinsam ihren Gott um Hilfe für Philomena bitten. Dass dabei eine Kerze brennen würde, ist jetzt auch für Thomas klar.

Die Gebete der beiden dauern schon mehr als eine Stunde. Sowohl Helena als auch Thomas geht es nur um die Gesundheit ihrer Philomena. Die beiden flehen und bitten, ihre Tochter möge doch wieder gesund werden. Plötzlich hält der Vater von Philomena inne. Er hört auf zu beten. Er überlegt lange, sehr lange. Er kommt zum Schluss: «Giulio ist für mich der einzige Mensch, der unsere Philomena vielleicht heilen könnte. Und ich habe diesen Menschen zum Tode verurteilt.» Der ehemalige Richter merkt, dass er sich selbst um die einzige Chance zur Heilung seiner Tochter gebracht hat. «Das ist die Strafe Gottes für meine Tat. Wenn Philomena sterben sollte, so habe ich nicht nur Giulio, sondern damit auch sie getötet!», schluchzt er.

«Thomas, pssst!» Helena hält sich die Finger vor ihre Lippen und versucht so, ihren Mann vom Schluchzen abzuhalten. Sie hat im Garten etwas gehört und zwei Personen bemerkt, direkt vor dem Fenster zum Wohnzimmer. «Da draußen, ich habe Geräusche gehört, ebenso Stimmen zweier Menschen, die laut und deutlich miteinander sprachen», klärt die Frau ihren Thomas erschrocken auf. Instinktiv bläst Helena die Kerze aus, während Thomas den Lichtschalter dreht. Sofort ist es stockdunkel in der Wohnung. Mit zitternden Beinen gehen die beiden zum Fenster und sehen gerade noch dunkel gekleidete Gestalten davonrennen. Jetzt ist es wieder still im Garten.

Hank, der Gefängnisdirektor, hat, wie vor fünf Stunden angekündigt, zum Rapport gebeten. Alle sind sie zum Meeting über Giulios Exekution gekommen. Der Gefängnisarzt, ebenso der Gefängnispriester, der oberste Verantwortliche der Gefängniswärter und noch ein paar andere Personen. So auch Jonas, Carolines direkter Vorgesetzter. Er seufzt, doch der graumelierte Chef-Wärter hat innerhalb der geforderten fünf Stunden einen exakten Plan zur Hinrichtung von Giulio geschmiedet.

«Bevor wir zur Präsentation des Ablaufes der Hinrichtung kommen, hier die Abendpost.» Dabei handelt es sich um jene Zeitung der nahegelegenen Stadt, welche täglich um 6 Uhr abends erscheint und sowohl an private Haushalte als auch an staatliche Institutionen verteilt wird. Hank wirft jedem der Anwesenden je ein Exemplar zu; drei davon bleiben übrig. «Ihr kennt ja alle den vor ein paar Wochen überraschend zurückgetretenen Richter von Braun. Dessen Tochter scheint schwer krank zu sein.» Zwei Schreiberlinge waren vor Ort und haben gesehen, wie die beiden stundenlang gebetet und ihren Gott um Heilung angefleht haben. «Dieser Richter hat Giulio zum Tode verurteilt. Und dieses Urteil muss jetzt innerhalb von vier Tagen vollstreckt werden. Das ist unsere Aufgabe, deshalb sind wir da!»

Fein säuberlich bringt Jonas den geplanten Ablauf für den Häftling 10326 für die nächsten vier Tage vor. Gemeint sind damit jene Fixzeiten, die vor der Hinrichtung eines Delinquenten eingehalten werden. Unzählige Dinge müssen organisiert werden. Unter anderem geht die Meldung der bevorstehenden Hinrichtung an Giulios nächsten Verwandten raus. Besagte werden zur Exekution eingeladen, auch die nötigen Zeugen und notabene auch die Presse. Zuerst greift der Gefängnisarzt in die Diskussion ein, dann auch der Geistliche und der höchste Verantwortliche über alle Gefängniswärter. Das Meeting dauert knapp zwei Stunden, dann ist allen klar, was sie zu tun haben bzw. wer was erledigen muss. Hank beendet die Sitzung und Jonas, Carolines Vorgesetzter, ist froh, dass er bald nach Hause zu seiner Familie fahren kann.

Wilde Gedanken drehen sich in Carolines Kopf. Sie liegt im Bett, hat einen hohen Puls und will einfach nicht glauben, dass dieser Giulio in vier Tagen die Giftspritze erhalten soll. «Es muss doch eine Lösung geben, vielleicht ein Wunder, was weiß ich?», denkt die Frau über das bevorstehende Ereignis nach. Caroline dreht sich von der einen Seite auf die andere, immer wieder. Sie pflegt schon seit Jahren nackt zu schlafen; deshalb sind die Bettlaken mittlerweile feucht von der schweißgebadeten Frau. Caroline hat ihren eigenen Glauben. Ihr Tun, Denken und Handeln sind spiritueller Natur. Sie glaubt in erster Linie an sich, dann an die universelle Energie und sie ist von der Reinkarnation überzeugt. Jetzt spricht sie mit ihrer vor knapp drei Jahren verstorbenen Mutter und bittet diese, dass sie ihr beistehen möge und ihr den Weg zeigen soll. Caroline weiß um die Seelenverwandtschaft mit ihrer Mutter und sie ist überzeugt, dass diese schon Geistführeraufgaben für die junge Frau übernehmen darf. «Mama, bitte hilf mir, bitte zeig mir den Weg!», fleht sie ihre Mutter an.

Dieses Bitten und Betteln, diese schiere Verzweiflung lässt Caroline wach bleiben bis morgens um drei Uhr. Erst jetzt fällt sie, völlig erschöpft, in den Schlaf. Sie hat genau drei Stunden Zeit, sich zu regenerieren, dann holt sie der Wecker schon wieder aus dem Schlaf, denn ihr Dienst im Gefängnis beginnt um 8 morgens. Caroline freut sich innerlich, dass sie Giulio auch heute das Mittagessen bringen kann. Sie fühlt sich zu diesem Inhaftierten hingezogen, der in ihren Augen gesehen gar nichts verbrochen haben kann.

Den ganzen Tag über denkt sie an Giulio und daran, wie sie diesem Mann in irgendeiner Weise helfen könnte. Doch jegliche Hilfe entpuppt sich für sie als chancenlos. Ihre gedankliche Abwesenheit wirkt sich negativ auf ihre Arbeit aus und deshalb wird die Wärterin heute schon ein zweites Mal von Jonas, ihrem Vorgesetzten, zurechtgewiesen. «Du bist mit deinem Kopf nicht bei der Sache. Das muss sich sofort ändern, bevor es zu spät ist.» Caroline ist es im Moment egal, dass ihr Vorgesetzter sie eben gerügt hat.

Die Glocke vor dem Haus von Helena und Thomas von Braun klingelt. Das laute Geräusch durchdringt wie ein Pfeil die Stille im Salon der von Brauns. Nur ein leises Murmeln von Helena und Thomas ist zu hören; sonst ist es totenstill im Raum. Voll auf seine Gebete fixiert schaut der ältere Herr in Richtung der Eingangstüre. Halb in Trance springt er auf. Thomas von Braun ist sicher, dass seine Philomena vor der Türe stehen würde. So stark ist sein Glaube, so sehr vertraut er auf die Gnade Gottes. «Hallo Thomas, hast du die Abendpost schon gelesen?» Es ist nicht seine Tochter, die vor ihm steht. Vielmehr ist es Graziella, eine der vielen Nachbarinnen der beiden, die geklingelt hat. Sie hält die Zeitung in ihrer Hand, in welcher steht: «Philomena, die Tochter von Helena und Thomas von Braun, des landesweit bekannten Richters im Ruhestand, wurde von der heimtückischen Krankheit Leukämie heimgesucht. Die Chancen auf eine Heilung sind gering.» Von Braun kann sich nicht erklären, wie die Presse davon erfahren hat. Weiter steht geschrieben: «Ausgerechnet von Braun hatte die Aufgabe, Giulio zum Tode zu verurteilen. Jenen Giulio, der Philomena wohl als Letzter hätte helfen können.» Die Presse äußert zudem Zweifel daran, dass beim völlig überraschend erfolgten Rücktritt ein paar Tage nach der Urteilsverkündigung alles mit rechten Dingen zugegangen ist.

Dem alten Mann fällt es wie Schuppen von seinen Augen. «Die Geräusche im Garten, die beiden Gestalten – das waren Presseleute!» Thomas erinnert sich, dass sein Fenster zum Garten leicht gekippt war; die beiden mussten jedes Wort, das Helena und Thomas gewechselt haben, mitbekommen haben. Dass einer der beiden sogar noch ein Bild der von Brauns, gedankenversunken in ihren Gebeten, geschossen hat, ist für ihn der Gipfel der

Frechheit. Dass sich dieser Zeitungsmann durch seinen Eingriff in die Privatsphäre der von Brauns strafbar gemacht hat, daran verschwendet Thomas jetzt keine Gedanken. «Jedenfalls weiß jetzt die ganze Stadt, was mit unserer Philomena los ist», spricht der Mann zu seiner Gattin. Und das gibt ihm zu denken.

26

«Was, du bist Caro (so wurde Caroline in ihrer Kindheit genannt), das kleine hässliche Entlein mit der Zahnspange?» Schon fast klischeehaft muten die Worte des 36-jährigen Mannes an. Geri kann sich nicht mehr halten. «Ich glaub, ich spinn ...», denkt er über seine frühere Schulkollegin nach. «Weißt du, Caroline, eigentlich warst du gar nicht so hässlich, wie alle immer sagten. Irgendwie habe ich dich halt doch gemocht. Doch ich war viel zu schüchtern, um das auszusprechen; zu schüchtern, um dir das direkt zu sagen.» Carolines Augen leuchten.

Sie befindet sich auf dem Klassentreffen der Grundschule zum ersten Mal nach 22 Jahren. Geri kann es immer noch nicht glauben. «Was soll's?», sagt er sich. «Jede und jeder hat sich verändert. Die einen im Positiven, andere halt im Negativen.» Jedenfalls genießen beide diesen Samstagabend. Beide sind sie neugierig, was bei den Einzelnen in all den Jahren passiert ist. Franziska gesellt sich zu den beiden und stellt sich ihnen vor. «Du warst doch jene, die immerzu Männerwitze erzählt hat», lacht Caroline zusammen mit Franziska.

«Frühreif nannten wir dich», fährt Geri dazwischen. Alle drei lachen aus vollem Halse. «Du bist eine sehr attraktive Lady geworden», denkt Geri, sehr darauf bedacht, dass Caroline bloß nichts von seinen Gedanken merkt. Rudolph *the red nosed reindeer* tippt kurz ans Mikrofon und bittet die Anwesenden um Ruhe. Er möchte ein paar Worte an die Menschen, die gekommen sind, richten. In Wirklichkeit handelt es sich dabei um den Klassenlehrer Dr. Rudolf Margaux. Doch seiner roten Nase wegen wurde er von den Kindern bloß Rednose genannt.

«Liebe Schülerinnen und Schüler», richtet Rednose das Wort an seine Ehemaligen. «Bitte verzeihen Sie, wenn ich Sie als solche anspreche; schließlich saßen Sie vier Jahre in meinem Schulzimmer ...»

«Sprich uns doch einfach mit DU an, wir tun bei dir ja das gleiche», ruft Marco dazwischen, «Was vor über 20 Jahren war, ist inzwischen Geschichte.» Caroline und Geri lachen ausgiebig über dessen Worte. Sie sind schon so sehr in ein Gespräch vertieft, dass beide nichts mitbekommen von dem, was ihnen Rednose zu sagen hat.

«Sag mal, Geri, wohin hat es dich verschlagen, was tust du beruflich?», fragt Caroline ihren Gesprächspartner. Geri bereitet sich schon auf seine erste Antwort vor, da stößt ein anderer Ehemaliger dazwischen. Es ist Tom, der verrückte und zu allen Schandtaten bereit gewesene Junge aus dem Arbeiterquartier der kleinen Stadt. «Du bist Geri, das spür ich», bezeichnet er den Gesprächspartner von Caroline. Dann schaut er seine ehemalige Schulkollegin an und kommt dabei nicht mehr aus dem Stauen heraus. «Ich glaub, ich spinn, doch du musst Caroline, das hässliche Entlein mit der Zahnspange, sein.» Kumpelhaft schlägt er Geri auf die Schulter. «Schau sie dir an, wow! Du bist eine sehr attraktive Dame geworden!» Der Gesprächspartner von Caroline wird dabei leicht verlegen und er bekommt fast weiche Knie. Caroline bemerkt das und reicht ihm bildlich die Hand: «Ach, du kannst es nicht verleugnen: Es ist noch wie damals, als du noch der kleine Gerhard warst.» Sie beginnt herzhaft zu lachen, der Schalk glitzert in ihren Augen. Sowohl Geri als auch Tom stimmen ein in die lustige Szene und lachen laut mit ihrer ehemaligen Schulkollegin mit.

Während Tom sein Glas nimmt und sich um weitere *Gschpänli* kümmert, reißt Geri sich wieder zusammen. «Also, ich lebe hier in der Stadt und arbeite als Oberarzt am toxikologischen Institut.» Caroline ist erstaunt über den Sinneswandel ihres Gegenübers, der früher nichts, aber auch gar nichts übrig hatte für die Schulmedizin. Gedanken an Giulio steigen in ihr hoch, doch die Wärterin hat heute einen ihrer freien Abende und es geht jetzt lediglich um das Klassentreffen. So schnell wie der Gedanke an den Delinquenten gekommen war, so schnell ist er auch wieder weg. «Weißt du noch, wie wir dich nannten in der Schule?» Caroline ringt mit ihrem Gedächtnis. «Brillenschlange!», kommt die Antwort von Geri wie aus der Pistole geschossen.

«Frau mit Brille, mein letzter Wille», ergänzt Caroline die Aussage ihres Gegenübers. «Das habt Ihr mir immer hinterhergerufen.» So erzählen sie die beiden Lustiges und Amüsantes aus ihrer gemeinsamen Zeit in der Grundschule bei Dr. Rednose. Die Zeit vergeht und Caroline spürt, dass der Oberarzt sie mit Komplimenten überhäuft und offensichtlich Sympathien für sie hegt.

Es ist mittlerweile nach Mittenacht und vorab jene, die von weit her angereist sind, mussten bereits wieder gehen. «Höchste Zeit für mich», stellt Caroline fest und beginnt, sich in der Runde zu verabschieden. Jetzt steht sie vor Geri, mit dem sich Caroline heute Abend so gut unterhalten hat. Sie zieht die Register einer Frau und lächelt ihn sanftmütig an. Wie beiläufig berührt sie Geris linken Arm und will sich von ihm verabschieden. «Was, du willst schon gehen?», murmelt Geri, von Carolines Verhalten äußerst erstaunt. «Wollen wir nicht noch irgendwo was trinken gehen?», lässt er die Katze aus dem Sack.

Caroline verneint, denn sie hat morgen Sonntag Frühdienst. «Ich muss um 6 Uhr aufstehen, sorry. Doch morgen Abend könnte ich es richten, mein Dienst endet um vier Uhr nachmittags. Lass uns doch danach in einer Bar am See treffen.»

«Das ist eine schöne Idee. Hol mich besser im Institut ab, dann können wir zu Fuß dorthin gehen. Mein Dienst endet um 6 Uhr abends.»

«Das ging ja schneller, als ich es mir erträumt habe», denkt er. Doch Geri weiß eines nicht: Caroline hat einen Plan entwickelt und sie ist fest entschlossen, diesen in die Tat umzusetzen. Und dazu braucht sie Geri, den Oberarzt am toxikologischen Institut.

27

«Am Dienstagnachmittag ist es so weit. Dann werden Sie von uns die letzte Mahlzeit erhalten. Welchen Essenswunsch haben Sie?» Hank, der Gefängnisdirektor informiert Giulio persönlich über dessen bevorstehende Hinrichtung. «Aha, in zwei Tagen schon; da muss jemand mächtig Angst haben, dass mein Leben derart schnell beendet werden muss ...» Diese Gedanken gehen Giulio durch den Kopf.

«Sie haben noch einen Brief erhalten – hier, nehmen Sie», äußert sich Hank zum Briefumschlag in seiner Hand. Dieser ist offen, wie gewohnt; der Inhalt ist der Leitung der Gefangenenanstalt bekannt. Sie lesen jedes noch so kleine Schreiben, welches an einen der Häftlinge gerichtet ist.

Es erstaunt den Todeskandidaten nicht, wer ihm ein paar Zeilen geschickt hat, denn einzig Margarethe, seine Nachbarin draußen, und ihre Nichte Karin schreiben ihm regelmäßig Briefe. Margarethe kann es noch immer nicht fassen, dass Giulio im Todestrakt des Gefängnisses ist, während Klein-Karin die Welt nicht mehr versteht. Sie tut dies zwar schon länger nicht mehr, doch was sich in den letzten Wochen abgespielt hat, ist für das Mädchen nicht nachvollziehbar. Sie hat Giulio kennengelernt. Schließlich war er es, der Karin mit seinen Teeaufgüssen und langen Gesprächen von ihrer Weizenallergie befreit hat.

«Lieber Giulio, wie oft denke ich an unsere Tage bei meiner Tante Margarethe nach. Wie oft geht mir unsere erste Begegnung im Lift hoch zu deiner Wohnung durch den Kopf.» Die kleine Karin ist gar nicht die «kleine Karin», für die sie von vielen immer gehalten wird. Vielmehr drückt sie sich in ihren Briefen sehr gewählt aus, was von einer großen Weisheit – oft mit altklug erklärt – zeugt. «Ich bin mir inzwischen absolut sicher, dass du unschuldig verurteilt worden bist. Meine Tante Margarethe sagt das auch ...» Ein leichtes Schmunzeln huscht über Giulios Gesicht. «Ja, die kleine Karin. Sie war lustig und zugleich eine

Bereicherung für mich.» Ihre kindliche Naivität, gepaart mit ihrer immensen Weisheit, machte Karin für Giulio zu einer sehr interessanten Patientin.

«Schau, Karin, du wirst bald zehn. Du bist noch ein Kind. Ich will dich nicht in etwas reinziehen.» Margarethe redet auf ihre Nichte ein. Doch Giulio geht der Frau nicht aus dem Kopf. Schon gar nicht diese Geschichte über Raubmord und Todesstrafe, die über ihn verhängt worden ist. Giulios Nachbarin ist sehr bedacht und überlegt. Trotzdem ist sie der kleinen Karin bezüglich Weisheit, Intuition und Empathie weit unterlegen. Das weiß Margarethe nur zu gut. Deshalb redet sie oft mit Karin und versucht, so zu verstehen, was mit Giulio in den letzten Wochen und Tagen geschehen ist.

«Tja, Margarethe», beginnt ihr Vis-a-vis zu reden. «Es ist aus menschlicher Sicht eine Tragödie, was die mit Giulio gemacht haben. Doch es hat sein müssen, sonst würde sich nichts verändern in den Köpfen all der Menschen in unserem Staat und sonst wo auf diesem Planeten …» Karins Äußerungen sind präzise und Margarethe kommt nicht umhin, ihrer Nicht zuzuhören. «Mein Gott, ich habe noch nie ein Kind derart reden hören, das ist ja fast beängstigend!»

Margarethe ist zutiefst beeindruckt von Karin und sie beginnt immer mehr daran zu glauben, dass es sich beim Fall Giulio um eine Verschwörung handeln muss. Zudem fragt sie sich, was für ein Mensch ihre Nicht ist, denn diesen Satz des Mädchens wird sie niemals mehr vergessen: «Giulio wird nicht hingerichtet werden, wie sich das einige Menschen wünschen, ich spüre es.»

«Wie meinst du das, Karin?», fragt Margarethe ihre kleine Nichte. «Wieso soll Giulio deiner Meinung nach nicht hingerichtet werden?»

Das Mädchen kann ihr darauf keine Antwort geben, sie sagt nur: «Ich weiß es einfach, ich sehe das schon seit ein paar Tagen.» Jetzt ist Margarethe noch viel mehr verwundert über Karin. Weit mehr, als sie sich das je gedacht hatte.

28

Dunkle Wolken hängen über dem Landhimmel. Es regnet in
Strömen. Caroline überquert die letzte Kreuzung der Landstra-
ße, bevor sie in die lange Zufahrt zum Gefängnis einbiegt, in
welchem sie arbeitet. Die Wärterin muss sich beeilen. Sie ist spät
dran. Der Abend gestern mit der Klassenzusammenkunft dauerte lange; viel zu lange für die 34-jährige Frau. Caroline braucht
ihren *Schönheitsschlaf*, wie sie ihn immer nennt. Und der dauert
nun mal sieben Stunden. Kein Wunder also, dass sich die junge Frau heute verschlafen hat und die Zeit jetzt aufholen muss.
Sie ist mit ihren Gedanken eh nicht bei der bevorstehenden Arbeit. Vielmehr dreht sich bei Caroline im Moment alles nur um
Giulio und die Tatsache, dass dieser in zwei Tagen hingerichtet werden soll. Deshalb muss sie ihren Plan in die Tat umsetzen. Heute Abend, wenn die Gefängniswärterin mit Geri zusammen sein wird, will sie diesen für ihre Absichten gewinnen,
koste es, was es wolle.

Das Tor zum Gefängnis öffnet sich und Caroline tritt ein. Ihren Wagen hat sie auf dem für das Gefängnispersonal reservierten
Parkplatz vor den Gitterzäunen des Gefängnis-Areals parkiert. Sie
kommt nicht mal bis zur ersten Schleuse des *Labyrinths*, da wird sie
von Mel, jener Arbeitskollegin, welche Caroline bei ihrem hysteri-
schen Anfall im Umkleideraum vor zwei Tagen beruhigen musste,
bestürmt. «Können wir den Dienst von morgen wechseln? Du hät-
test somit morgen frei und würdest für mich dann am Mittwoch
arbeiten. Weißt du, ich habe einen Mann am Start und möchte ihn
am Mittwoch unbedingt treffen.» Carolines Gedanken drehen sich
wild in ihrem Kopf. Mehr als ein «Nein, geht unmöglich» bringt
die Frau nicht über ihre Lippen. «Am Mittwoch bin ich definitiv
besetzt», würde sie ihre ältere Kollegin anschwindeln. Doch die
rennt bereits wieder davon. So sehr ist sie darauf bedacht, jemanden für ihren Arbeitstausch zu finden. Caroline denkt: «Morgen
muss ich unbedingt arbeiten!» Das ist ein Teil ihres Planes.

Der Gang durch die unzähligen Schleusen dauert heute nicht wie sonst knapp zehn Minuten, sondern deren 18. So sehr ist die Wärterin verwirrt, so sehr macht sie praktisch alles verkehrt. Sie vergisst zum Beispiel vor jeder Türe ihren rechten Finger auf den Sensor, der sich an der rechten Wand befindet, zu drücken. Doch ohne diesen Fingerprint lässt sich hier halt keine Türe öffnen. Gleiches geschieht mit ihrem linken Auge. Anstatt dieses jeweils in die neben der Türe befindende Kamera zu halten, starrt sie immer wieder gedankenverloren an die verschlossenen Schleusen. Nach 18 Minuten hat sie's geschafft. Mit zittrigem Leib entledigt sich Caroline ihrer Zivilkleidung und hängt diese in den vor ihr offenstehenden Spint. Sie streift sich die Uniform, bestehend aus Bluse, Hose, glänzenden Schuhen und einem runden Hut– alles in Schwarz – über. Diesen Hut tragen alle bediensteten Frauen, während die Männer mit einer achteckigen Schirmmütze ausgerüstet sind. Es ist eine Minute vor acht.

Caroline hat es gerade noch geschafft, ihren Dienst pünktlich anzutreten. Ein kurzes Briefing des diensthabenden Kommandanten, dessen Nachtdienst danach enden wird. Das ist reine Routine, denn der abtretende Verantwortliche orientiert die neue Crew über allfällige Vorfälle in der abgelaufenen Nacht. Danach begibt sich Caroline auf ihren Posten und macht sich mit den Anordnungen für den Tag vertraut. Nebst ein paar wiederkehrenden Arbeiten, deren Erledigung die Wärterin schon seit Jahren gewohnt ist, bleiben ihre Augen an einer fett markierten Stelle hängen. 11.15 Uhr: Besuch für den Gefangenen mit Nummer 10326. «Das ist Giulio», schießt es ihr durch den Kopf. «Ich soll zusammen mit Paul, einem männlichen Wärter, den Häftling ins Besuchszimmer führen und dann warten, bis der Besuch – nach max. 15 Minuten – wieder geht.» Einerseits ist Caroline zu Tode erschrocken über die Tatsache, dass ihn jemand so kurz vor seiner Hinrichtung im Gefängnis besuchen kommt. Anderseits sieht sie darin eine Chance, auf dem Weg zum besagten Raum kurz mit Giulio allein zu sein.

«Nein, so geht das nicht», spricht Caroline mit sich selbst. «Ich werde keine Sekunde allein sein mit Giulio», sagt sich Caroline.

Die Wärterin weiß genau, wie ein solcher Besuch für Todeskandidaten abläuft. Der Inhaftierte wird von zwei Wärtern zum Besuchszimmer geführt. In ihrem Fall ist immer ein Mann, also ein Wärterkollege, mit dabei. Caroline ist der schieren Verzweiflung nahe. «Wie um Gottes Willen soll ich es anstellen, dass der Häftling 10326 davon erfährt?» Mit davon meint sie die Tatsache, dass Thomas von Braun eine an Leukämie erkrankte Tochter mit sehr geringen Heilungschancen hat und zusammen mit seiner Frau immer wieder betet, Philomena möge doch wieder gesund werden. Bei von Braun handelt es sich um jenen Richter, der im ganzen Land bekannt geworden ist, nachdem er vor knapp vier Wochen Knall auf Fall von seinem Posten zurückgetreten ist. Die einschlägige Presse, von vielen Kritikern als Sprachrohr der Regierung bezeichnet, hat seiner Leserschaft damals erklärt, dass von Braun der Krankheit seiner Frau und jener seiner Tochter wegen von seinem Posten zurückgetreten sei.

Doch es gibt auch kritische Blätter, nicht Mainstream eben, die diese Geschichte nicht geglaubt haben und es als ihre Pflicht erachten, die Wahrheit aufzudecken. In jenem Moment, als Caroline an ihrem Schreibtisch sitzt und einen Rapport schreiben sollte, öffnet Brigitta, Hanks Sekretärin, die Tür zum Büro und bringt Caroline ein Papier, auf welchem die genaue Anordnung des Besuchsablaufes dokumentiert ist. Es stammt vom Gefängnisdirektor. Er will unter keinen Umständen ein Risiko eingehen, so kurz vor Giulios Hinrichtung. Deshalb hat der Boss den Ablauf dieses Besuchs seines Todeskandidaten nochmal fein säuberlich zusammengefasst und niederschreiben lassen.

«Das ist es!», schießt es Caroline durch den Kopf. «Ich muss alles aufs Papier bringen und versuchen, dieses Giulio auf dem Weg zurück in seine Zelle zuzustecken.» Sie muss den Todeskandidaten über Philomenas Zustand informieren. Anstatt ihren längst überfälligen Rapport zu tippen, beginnt die Frau, den A7-großen Zettel, welchem sie von einem Notizblock abgerissen hat, zu beschreiben. Die Wärterin ist sich bewusst, dass der gelbe Zettel ihr Leben komplett verändern würde, falls diesen außer Giulio noch jemand zu Gesicht bekommen sollte. Doch das ist ihr völlig egal. «Wir schaffen das», schreibt sie zum Schluss, faltet ihn viermal zusammen und lässt das Papier in der linken Brusttasche ihrer Bluse verschwinden.

Das mit Backsteinen umgebene Gefängnis ist schon von Weitem zu sehen. Die Straße, auf welcher der silbergraue Ford Escort sich den riesigen Gebäudekomplex nähert, ist holprig. Während Margarethe das Auto steuert, sitzt Karin ruhig auf dem Beifahrersitz. Es ist totenstill. Kein Laut, außer dem leise klingenden *Not Guilty* von den Beatles, dringt nach draußen. Ein Song aus den späten Sechzigern zwar, doch es muss wohl sein, dass dieses Lied ausgerechnet jetzt im Radio läuft. Wie angespannt harren die beiden Frauen der Dinge, die gleich auf sie zukommen werden. Sowohl für ihre Tante Margarethe wie auch für Karin selbst ist es das erste Mal, dass sie einen Menschen im Gefängnis besuchen. Der Weg dahin war steinig.

Zuerst musste Giulios Nachbarin ein Gesuch für den Besuch stellen. Dieses wurde letztinstanzlich vom Justizminister selbst abgesegnet. Danach hatte sich die Frau mit unzähligen Regeln und Auflagen für den Gefängnisbesuch auseinanderzusetzen. So wurde ihr zum Beispiel verboten, bei ihrer Visite grau, grün oder schwarz zu tragen. Diese Farben sind den Menschen innerhalb der Gefängnismauern vorbehalten. Ebenso blieb ihr verwehrt, ein Handy oder etwelche andere elektronische Gegenstände an sich zu tragen. Jegliche metallenen Gegenstände wurden ihr verboten. Ebenso wurde sie angewiesen, ihre Handtasche für die Dauer ihres Aufenthaltes am Sicherheitsschalter des Gefängnisses bei ihrer Ankunft abzugeben. Gleiches gilt auch für ihre Nichte Karin. Schließlich hat es Margarethe geschafft, all diese Einschränkungen zu akzeptieren.

Deshalb steht sie mit ihrem Wagen jetzt vor dem großen, eisernen Tor, das den Eingang zum Gefängnis markiert. Ihr Auto muss sie vor dem Gefängnis stehen lassen; dazu sind spezielle Besucherparkplätze vorhanden. Nachdem der Mann im Haus rechts des Eingangs zum Areal alle nötigen Dokumente auf ihre Richtigkeit geprüft hat, öffnet er das elektronisch gesicherte Tor und lässt Margarethe und Karin eintreten. Ein schwarz gekleideter

Mann in Uniform gesellt sich zu den beiden und er führt sie widerwillig zum Besuchertrakt. Widerwillig deshalb, weil der Besagte seine Pause beenden musste, um die beiden Besucherinnen zu übernehmen. Karin kommt nicht mehr aus dem Stauen heraus. Sie hat zwar schon viel von Gefängnissen aller Art gehört und gelesen, doch was sie in diesem Moment sieht, entspricht in keiner Art und Weise ihren bisherigen Vorstellungen. Vergebens sucht sie Insassen, welche im Gefängnishof umhergehen. Kein Mensch ist zu sehen, der gerade eine Zigarette raucht oder zusammen mit anderen Inhaftierten Fußball spielt. Die kleine Lady erschaudert kurz, als sie auf den fünf Türmen Männer mit Gewehren entdeckt. Diese halten Ausschau, falls sich irgendetwas Unnötiges ereignen sollte. «Keine Angst, Euch geschieht nichts. Das sind reine Sicherheitsvorkehrungen, was du hier siehst», versucht der Mann in Uniform, sie zu beruhigen. Margarethe ist etwas abgeklärter, versucht jedenfalls, so auf Karin zu wirken. Sie hat die Verantwortung für ihre Nichte und die Frau ist sich dessen auch bewusst. Deshalb ergreift sie Karins Hand und versucht, ihr damit ihre Angst zu nehmen. «Wir sind bald da», kann der Mann in Uniform die beiden beruhigen. Er schiebt die große Türe zum gelb gestrichenen Gebäude auf und lässt die beiden Besucherinnen passieren. Entlang an einem nicht enden wollenden Mauerwerk stoppt der Wärter die beiden. «Das ist der Besprechungsraum. Da drinnen werden Sie sich jetzt hinsetzen und warten, bis der Häftling auf der anderen Seite erscheint», weist er die zwei weiblichen Personen an. Jetzt staunt auch Margarethe. Der ganze Raum ist klein und wird ausschließlich für Besuche eines Todeskandidaten benutzt. Er misst gerade mal 5x6 Meter und ist zweigeteilt durch eine Betonmauer, welche das Zimmer längs halbiert. In deren Mitte stehen zwei Stühle vor einer mit kleinen Löchern versehenen Acrylglas-Platte. Durch dieses Plexiglas können sich Delinquent und Besucher sehen und dank der kleinen runden Öffnungen miteinander sprechen. Im Rücken der beiden Stühle stehen zwei Hocker an der Wand. Die sind reserviert für zwei Gefängniswärter. Diese können das Gespräch mithören und schreiten ein, falls jemand gegen die Regeln verstößt.

Thomas von Braun verweigert seit drei Tagen jegliche feste Nahrung. So sehr hat ihn der Befund von Dr. Björn Enquist erschüttert. Er sitzt auf dem Sofa im Wohnzimmer. Thomas schaut seine Helena mit hängenden Augen, mutlos und verbittert an. «Trink das ganze Glas aus!», spricht sie zu ihrem Mann. Ein kleiner Unterton einer Anweisung ist darin nicht zu überhören. Nur logisch, denn der ehemalige Richter hat absolut keine Lust, irgendetwas zu sich zu nehmen. Zu sehr bedrücken ihn die Sorgen um seine Philomena. Immer wieder macht er sich Vorwürfe, dass er Giulio zum Tode verurteilt hat. «Nichts gegen die Schulmedizin, doch Giulio ist für mich im Moment der Einzige, der unserer Helena mit seinen Heilmitteln hätte helfen können», spricht er zu seiner Gattin. Hätte?

«Moment mal», brodelt es in seinem Kopf. «Was müsste geschehen, dass dieser Mann unsere Philomena behandeln könnte?» Thomas macht sich Gedanken darüber; die unmöglichsten Szenarien entspringen seinen Hirnwindungen. Die Augen des Mannes beginnen wieder ein wenig zu leuchten. «Hör zu, Schatz, ich habe eine Idee», redet er auf seine Frau ein. «Du und ich werden uns jetzt auf den Weg zum Gefängnis machen. Am Empfang werden wir unsere Pässe vorzeigen. Danach beginnst du …» Plötzlich hält er inne. «Blödsinn, das geht gar nicht. Giulio ist rechtskräftig verurteilt worden. Ob er den Überfall auf den Zigarrenladen verübt hat oder nicht, spielt jetzt gar keine Rolle mehr.» Er beginnt wieder zu heulen, denn von Braun spürt, dass er gar nichts mehr gegen Giulios Hinrichtung unternehmen kann.

Seine Frau Helena schaut ihn traurig an. Sie bemerkt, dass ihr einst so stolzer und entschlussfreudiger Mann nur noch ein Häufchen Elend, ein Schatten seiner selbst, ist. «Jetzt muss **ich** die Starke sein. Zumindest für die Zeit, in welcher wir nicht wissen, was mit Philomena passiert», sagt sich die Gattin des ehemaligen Richters. Dass sie eigentlich eine an MS erkrankte Frau ist, daran denkt Helena im Moment nicht. Sowohl ihre Tochter als auch ihr Mann haben Vorrang, das weiß sie nur zu gut. Ebenso erkennt sie die Tatsache, dass sie derzeit nicht groß auf ihren Mann zählen kann. Sie ist fest entschlossen, die Sache in ihre eigenen

Hände zu nehmen. Deshalb greift sie zum Hörer und ruft im St. Katharina Hospital an. Sie verlangt Dr. Björn Enquist und wartet … und wartet … und wartet … Endlich: «Guten Tag Frau von Braun», tönt es am anderen Ende der Leitung. «Gut, dass Sie anrufen. Wir haben bei Philomena nach der Diagnose sofort mit der Chemotherapie gestartet. Im Moment ist Ihre Tochter sehr ruhig und fühlt sich entsprechend gut. Doch erste Ergebnisse, ob die Therapie angeschlagen hat, werden wir frühstens innerhalb von 48 Stunden haben, das wäre dann morgen ca. um 9 Uhr.» Björn vertröstet Helena also auf morgen Montag. Doch daran kann Philomenas Mutter nichts ändern.

Nachdem Helena den Hörer aufgelegt hat, will sie mit ihrem Mann sprechen. Sie hat bemerkt, wie Thomas, während Helena mit Dr. Enquist sprach, sich in sein Büro begab, um etwas zu erledigen. Hier findet Helena ihren Mann, wie er mit seinen Fingern wie wild auf die Tastatur seines Notebooks hämmert. «Ich kann nicht mehr, die ganze Geschichte muss ans Licht», spricht Thomas jetzt wieder klar und deutlich mit seiner Angetrauten. «Der Geheimdienst, diese Schweine, führt die ganze Nation an der Nase herum», fährt er fort. «Ich habe mir nichts zu Schulden kommen lassen; deshalb haben sie mir Angst eingeflößt und mir mit dem Wohl meiner Familie gedroht! Die Zeit ist gekommen, in der die Menschen erfahren müssen, was in diesem Land läuft …» Der ehemalige Richter ist außer sich. Obwohl er sehr emotional ist, versucht Thomas, fein säuberlich alles zusammenzutragen, was mit seiner Person in den letzten Wochen passiert ist. Er schreibt, wie der Geheimdienst an ihn herangetreten ist, wie dieser ihn völlig überrumpelt und mit Angst übersät hat und wozu er, Thomas, vom Boss des Geheimdienstes genötigt wurde. Im Weiteren sprechen seine Zeilen eine deutliche Sprache. «Ich wurde zu etwas Unmenschlichem gezwungen!»

Jetzt dreht sich Thomas zu seiner Frau um, die er soeben hat eintreten hören. «Ich kann es nicht fassen, mein Schatz. Je mehr ich darüber nachdenke, umso mehr komme ich zum Schluss: Unser ganzes Staatssystem ist korrupt. Und wir Steuerzahler werden hierfür zur Kasse gebeten.» Helena ist erstaunt über die plötzliche Wende ihres Liebsten. Saß vor einer Viertelstunde noch ein völlig gebrochener Mann vor ihr am Tisch, so strotzt und agiert dieser jetzt wie wild und es scheint, dass er nur ein Ziel hätte: Seine Mitmenschen sollen wissen, in welchem korrupten System sie mittlerweile leben. «Ich werde eine Zeitung oder eine Rundfunkanstalt finden, die weder Sprachrohr der Regierung noch käuflich ist.»

«Hallo Caroline, wollen wir?» Paul hat Caroline eben im Bürotrakt der Wärterinnen und Wärter gefunden. Er wird seine Kollegin begleiten, wenn sie Giulio in seiner Zelle abholen und ins Besucherzimmer führen wird. Wild erschrocken springt die junge Frau von ihrem Bürostuhl auf. Vor einer Sekunde noch war sie damit beschäftigt, wie sie es anstellen würde, Dr. Geri Dubois von ihrer Idee zu überzeugen. «Ja, klar, ich bin fertig und bereit», murmelt die Wärterin Paul entgegen. Beide verlassen das Büro und begeben sich zusammen zu Giulios Zelle. Der Ablauf wird auch diesmal der gleiche sein: Während Paul den Gefangenen mit seinem Gewehr in den Händen fixiert, öffnet Caroline die Gefängnistür und legt Giulio Handschellen und Fußketten an. Von ersteren wird der Todeskandidat im Besucherraum wieder befreit werden. Der für den Häftling bestimmten Teil des Raumes ist noch kleiner gehalten als der auf der anderen Seite für die Besucher reservierte Teil. Giulio wird von Caroline auf den vor dem Acrylglas stehenden Stuhl verwiesen. Die Handschellen hat sie ihrem Häftling beim Eingang abgenommen und steckt diese in ihre Jackentasche. Caroline und auch ihr Wärterkollege Paul setzen sich hinter Giulio auf die beiden neben der Tür stehenden Plastikstühle. Paul drückt einen Knopf an seiner Armbanduhr. Genau 15 Minuten hat der Häftling Zeit, sich mit seinen beiden Besuchern zu unterhalten. Die von Pauls Uhr gestoppte Zeit ist dabei gnadenlos und unbeirrbar.

Ein Lächeln huscht über Margarethes Gesicht. Sie kann jenen Mann, in welchen sie sich heimlich verliebt hat, ein letztes Mal sehen, bevor dieser durch die Giftspritze hingerichtet werden soll. Die junge Frau beginnt zu stottern und weiß gar nicht, was sie sagen soll. Karin scheint in dieser Hinsicht weit spontaner zu sein. Klar, sie spürt ja, dass dieser Mensch hinter dem Plexiglas nicht hingerichtet werden wird. Das durch Giulio wieder zur Normalität zurückgefundene Kind fragt ihr Gegenüber: «Hast du schon viele Besuche bekommen?»

«Nein, Ihr beiden seid die Einzigen, und das ist gut so», gibt Giulio von sich. Jetzt erst entwickelt sich ein zwar lebhaftes, jedoch ebenso trauriges Gespräch zwischen den Dreien.

Dingdong. Pauls Armbanduhr signalisiert den Ablauf der 15-minütigen Redezeit. Giulio verabschiedet sich von der Frau und dem Kind und er vergisst nicht, sich für deren Besuch zu bedanken. Dieser Dialog ist eher steif und verhalten. Karin und Giulio schauen sich ein paar Sekunden lang in die Augen. Sie sagen nichts, denn beide spüren das Gleiche. Caroline ist sofort beim Häftling, zieht die Handschellen aus der Tasche ihrer Uniform und legt die beiden Ringe Giulio wieder um seine Hände. Der Weg zurück zu seiner Zelle ist reine Formsache; ebenso der Wiedereintritt von Giulio in dessen Zelle. Paul öffnet die Tür, Caroline nimmt dem Häftling die Handschellen ab. Jetzt passiert's: Die Wärterin, welche ihrer Brusttasche schon längst den gelben Zettel entnommen hat, steckt diesen in Giulios Hand. Ihr Herz pocht heftig, die Halsadern scheinen demnächst zu zerplatzen, denn Caroline weiß: «Wenn Giulio diesen jetzt fallen lässt, bin ich geliefert.» Sie würde für diese Tat selbst einige Jahre im Gefängnis verbringen. Doch Giulio, kurz irritiert ob dieser Aktion, reagiert blitzschnell. Er schnäuzt sich kurz in sein Taschentuch und lässt dieses zusammen mit dem gelben, gefalteten Zettel in seiner Hosentasche verschwinden. 10326 will ihn, sobald er wieder allein ist, lesen.

Caroline ist sichtlich erleichtert. «Geschafft», sagt sie sich und lässt sich auf den braunen Drehstuhl an ihrem kleinen Schreibtisch fallen. Geschafft? – von wegen. Denn jetzt erst nimmt die Sache ihren Lauf.

«Weine nicht, Tante Margarethe.» Karin versucht, die Fahrerin des silbergrauen Ford Escort zu trösten.

«Weißt du, mein Schatz, noch nie in meinem Leben hat mich ein Besuch derart aufgewühlt und mitgenommen. Giulio ist wie ein Engel auf Erden. Was ich dir jetzt sage, weiß kein Mensch, nicht mal Giulio selbst. Ich habe mich in diesen Mann verliebt!» Karin ist nicht verwundert ob der Aussage ihrer Tante. «Ich weiß», mehr kann sie dazu nicht sagen. Einmal mehr ist Margarethe sprachlos gegenüber Karin. Einmal mehr kann sie die Gedankengänge ihrer Nichte nicht nachvollziehen.

Giulio hat nur noch eines im Kopf: Er will diesen gelben Zettel, welchen ihm seine Wärterin zugesteckt hat, lesen. Doch kein Mensch darf davon etwas bemerken. So nimmt er den Brief zur Hand (den Brief, den er heute Morgen vom Direktor erhalten hat) und beginnt diesen erneut zu lesen. Er hält ihn in seiner linken Hand. Unter seinem Daumen ist nicht nur der Brief, sondern auch der kleine gelbe Zettel fixiert. Giulio weiß, dass er 24 Stunden überwacht wird. Doch er stellt das so geschickt an, dass keiner etwas bemerkt. Was er liest, lässt Giulio erstarren: «Philomena, die Tochter des Richters von Braun, leidet an Leukämie. Nur **du** kannst sie noch retten vor dem Tod. Versuche es!» Der Häftling setzt sich auf sein Bett und denkt nach. Nachdenken ist das falsche Wort, vielmehr beginnt sich sein Kopf zu drehen. «Könnte ich das schaffen?» «Unmöglich, in zwei Tagen soll ich getötet werden.» oder «Ich komme hier niemals allein raus, jemand müsste mir bei einer Flucht helfen.» Diese Gedanken überfordern ihn völlig, zumindest für den Moment. Er weiß nicht, dass die restlichen 48 Stunden sein Leben vor seinem geplanten Tod völlig verändern werden. Doch da ist noch was, worüber der Naturheiler erschrickt: Zum ersten Mal, seit er in der Todeszelle sitzt, ist das Wort Flucht in seinem Kopf. Doch da ist noch etwas anderes, das dem Gefangenen zu denken gibt. «Wir schaffen das», hat Giulio auf dem Zettel gelesen. *Wir?* Wer um Gottes Willen ist damit gemeint. Dieses Gefängnis kennt und duldet seitens der Inhaftierten kein *wir*, es gibt nur *ich, du* oder *er.*

29

«Ja, bitte, herein», tönt die Stimme aus dem Büro des Gefängnisdirektors. Jonas, Carolines Vorgesetzter, tritt ein und bemüht sich diesmal besonders, die Türe von innen richtig ins Schloss zu drücken. Kein Mensch, mit Ausnahme der beiden, darf vom Inhalt dieses Gespräches erfahren. «Ich habe festgestellt, dass eine meiner Mitarbeiterinnen während ihrer Arbeit den Kopf nicht bei der Sache hat. Das ist schon seit zwei Tagen so», beginnt Carolines Chef das Gespräch mit seinem Boss. «Ich spüre, dass mit dieser Frau irgendwas nicht stimmt. Vielleicht höre ich das Gras wachsen», fährt Jonas fort. Er berichtet seinem Vorgesetzten vom Wutausbruch, welchen Caroline vor zwei Tagen im Umkleideraum hatte, und klärt seinen Boss auch darüber auf, dass sich eine von Carolines Freundinnen das Leben nehmen wollte. Das hätte seine Mitarbeiterin wohl aus der Bahn geworfen.

«Ist dir sonst noch was aufgefallen?», fragt Hank den Wärter.

«Ich sag es ungern, doch den Wochenrapport, den ich heute Mittag von Caroline erhalten habe, ist nicht deckungsgleich mit dem, was sich in der letzten Woche wirklich in ihrer Arbeit ereignet hat.»

«Gut, fahre deine Antennen noch weiter aus und berichte mir jegliche Veränderungen, die du an der Frau feststellst, klar? In der Zwischenzeit werde ich die Geschichte mit dem Suizid-Versuch von Carolines Freundin überprüfen lassen. Ich kenne jemanden, der mir noch was schuldet.»

Jonas meldet sich ab, verlässt den Raum und Hank greift zum Telefonhörer. Er wählt die Nummer des Geheimdienstes.

Die Geschichte, welche sich die Frau ausgedacht hat, ist derart gigantisch, dass sich Caroline fast selbst davor fürchtet. Doch bevor sich die 34-Jährige eine warme Dusche gönnt und sich für den heutigen Abend zurecht macht, fällt sie kurz auf ihr blaurotes Sofa bei sich zuhause. Im Kopf geht sie nochmal Schritt für Schritt durch, wie sie Geri beim anstehenden Rendez-vous überzeugen und für ihre Pläne gewinnen will. Caroline weiß, dass der Preis dafür sehr hoch sein würde, doch sie ist bereit, alles dafür zu tun, sie geht *all in*.

Nachdem ihre frisch lackierten Fingernägel getrocknet sind, gönnt sich Caroline eine kurze Dusche. Danach stellt sie sich nackt vor den überdimensionalen Spiegel in ihrem Schlafzimmer und denkt: «Du kannst dich wirklich nicht beklagen, das Universum hat es gut gemeint mit dir.» Mit Ausnahme einiger wenigen Pölsterchen und Fältchen, die selbst eine makellos erscheinende Frau noch finden würde, ist sie zufrieden mit sich. Jetzt wühlt die Frau in ihrer Dessous-Box und zieht einen roten BH mit dazu passendem Höschen an. Ebenso gehören die selbsthaftenden Strümpfe heute zu ihrem Outfit. Das ebenfalls rote Kleid ist bis knapp unter ihre linke Hüfte aufgeschlitzt. Schließlich hat die Frau ein Ziel, und dafür muss sie auf Geri wirken, koste es, was es wolle.

Die Lernende am Empfang des toxikologischen Instituts mustert die vor ihr stehende Dame mit kritischem Blick. «Du bist wohl am falschen Ort», denkt sie und fragt Caroline nach ihrem Wunsch. «Ich habe einen Termin bei Dr. Geri Dubois», erwidert die Besucherin. Nach einem kurzen Gespräch mit selbem bittet die Frau hinter der Glasscheibe Caroline, sie möge doch bitte in den zweiten Stock ins Büro 14 gehen. Dr. Dubois hätte im Moment noch etwas Wichtiges zu erledigen. Caroline nimmt den Lift und steht jetzt vor Geris Büro. Ein kurzes Klopfen und dann steht sie vor ihrem ehemaligen Mitschüler. «Wow, du schaust großartig aus», stottert Geri. Zumindest ein kleiner Teil seiner Schüchternheit ist ihm geblieben. «Komm und setz dich bitte, ich muss nur noch kurz einen Bericht beenden, dann bin ich für dich da.» Caroline setzt sich und schlägt ihre Beine so übereinander, dass der Strumpfansatz am Beinschlitz zu sehen ist. Bei diesem Anblick fällt es Geri schwer, seinen Bericht fertig zu schreiben. Mit viel Mühe schafft er es trotzdem. Ein letztes

Mal die Enter-Taste gedrückt, dann ist die Mail verschickt und Geri wendet sich seiner Besucherin zu.

«Bitte entschuldige, das musste noch sein. Doch jetzt bin ich nur noch für dich da», trägt der Oberarzt mächtig auf. Geri will unbedingt bei Caro punkten, deshalb schlägt er vor, ihr das Institut kurz zu zeigen. Dabei erhält sie Einblick in das Forschungslabor, den medizinischen Trakt sowie auch in den Überwachungsraum der Tiefgarage, welcher mit fünf Monitoren bestückt ist. «Zur Tageszeit sitzt hier ein Mann, der bei einer Panne eines der Fahrzeuge sofort Hilfe organisieren kann. Diese Anlage wird in knapp zwei Monaten modernisiert. Einfahrende Fahrzeuge können von den Kameras leider nicht erfasst werden und es hat viele tote Winkel, wie beispielsweise jener beim Lift.» Caroline ist erstaunt, zumindest tut sie so, als wäre sie es. Geri geht derart weit, dass er für sie sogar den Giftschrank öffnet, der sich im hintersten Raum rechts befindet. «Links ist die Kammer für Rollstühle und hier also das *Himmelreich.*»

Jetzt ist Geri völlig auf dem Macho-Trip. Großspurig klärt er die attraktive Lady darüber auf, welche dieser Stoffe tödlich wären und für welche das Institut bereits ein Gegengift entwickelt hätte. Eine der unzähligen Flüssigkeiten, sie steckt in einem mittelgroßen, roten Fläschchen, hat es Geri besonders angetan. «Dieses Gift wirkt innerhalb von zwei Tagen tödlich, sogar bei oraler Verabreichung! Vor einer Woche erst haben wir die Zulassung für ein von uns entwickeltes Gegengift erhalten. Unglaublich, nicht wahr?» Geri ist mächtig stolz darauf, dass er über diese Geheimnisse verfügen kann.

In diesem Moment brummt sein Pager. Das kleine Gerät befindet sich in der Brusttasche von Geris weißem Ärzterock. «Nein!», schreit Geri durch den Raum. «Ausgerechnet jetzt ein Notfall.» Der Arzt entschuldigt sich bei Caroline und sprintet los. Während er in die Notaufnahme davonrennt, bittet er Caroline, sie möge warten, es dauere höchstens zehn Minuten. Die gestylte Gefängniswärterin steht vor dem offenen Giftschrank. «Das kann nicht sein», murmelt sie. Intuitiv greift die Frau nach je einem der sechs roten Fläschchen, dem Gift und dem Gegengift, und lässt diese in ihrer Handtasche verschwinden. Damit hat sich ihr ins letzte Detail ausgeklügelter Plan auf einen Schlag erledigt; er ist nicht mehr relevant. Als Geri ihr durch einen Boten ausrichten lässt, dass sein Einsatz in der Notaufnahme mindestens 90 Minuten länger dauern würde, zieht Caroline die Notbremse. «Bitte richten Sie Dr. Dubois aus, dass er mich morgen früh anrufen soll», weist sie den jungen Mann, der ihr Geris Info überbracht hat, an. Sie verlässt die Klinik. Caroline weiß genau, was sie jetzt tun muss. Und das wird für viele Menschen riesige Konsequenzen haben.

30

«Du bist unser Engel, Philomena, das weißt du. Wir besuchen dich so oft, bis du wieder gesund bist.» Das sind die Worte einer besorgten Mutter, die am Krankenbett ihrer Tochter steht. Thomas von Braun lächelt gequält. Er kann noch immer nicht verstehen, was mit seiner Philomena passiert ist. Alle drei warten sehnsüchtig auf die Ergebnisse der Chemotherapie, die Dr. Björn Enquist gleich bringen müsste.

Es ist Montagmorgen, halb acht Uhr. Früh schon sind die beiden gekommen, um nach ihrer Tochter zu schauen. Thomas ist von den vielen Schlafunterbrüchen gezeichnet. Er lag während der letzten Nacht mehr wach, als er schlafen konnte. Nur logisch, dass seine Erholung dabei in allen Belangen zu kurz gekommen ist. Bei Helena war das schon besser: Sie hat mit knapp sechs Stunden zwar wenig geschlafen, dafür umso tiefer. Sie schlief diese Stunden durch; deshalb scheint sie fitter und agiler als ihr müder Ehemann zu sein. Doch das ist den beiden im Moment nicht wichtig. Vielmehr sind die Eltern über Philomenas Zustand erschrocken. Dieser hat sich, so dünkt es zumindest Vater Thomas, in den beiden Tagen seit der Einlieferung in die Klinik massiv verschlechtert. Er denkt daran, dass sein Kind vor drei Tagen noch gearbeitet hat.

Endlich erscheint Dr. Enquist, mit seiner Gefolgschaft im Rücken. Diese besteht aus drei Ärztinnen, einem Arzt und dem für Philomena zuständigen Pfleger. Alle arbeiten sie in dieser Klinik, doch die jungen Ärzte besuchten vor 18 Monaten noch Vorlesungen an einer der vielen medizinischen Universitäten in diesem Land. Nach einem Fachgespräch mit seinen Jungärzten, von denen er ihre Meinung zum Verlauf von Philomenas Krankheit hören will, bittet der Chefarzt diese aus dem Zimmer. Jetzt ist es totenstill im Raum. Björn ist gewohnt, mit Eltern oder anderweitigen Angehörigen von Patienten zu reden. Doch es scheint, dass ihm diese Fähigkeit in der aktuellen Situation abhandengekommen ist. «Philomena, du hast mich ausdrücklich darum geben, sowohl mit dir als auch gleichzeitig mit deinen Eltern zu reden.» So beginnt Björn sein Gespräch mit den Dreien. Seine Worte wirken gesucht, fast beängstigend. «Die heute früh durchgeführten Tests, nachdem 48 Stunden der Chemotherapie vorüber sind, zeigen noch kein positives Bild. Diese hat bei dir noch nicht angeschlagen. Die Blutwerte haben sich verschlechtert und dein Blutdruck schießt durch die Decke.»

«Kann es sich dabei um eine Erstverschlimmerung handeln?», fragt der ehemalige Richter den Arzt.

«Das ist aus medizinischer Sicht praktisch ausgeschlossen», nimmt Björn der Hoffnung von Thomas den Wind aus den Segeln. «Davon berichten oft homöopathisch behandelte Menschen, doch darüber möchte ich mich hier nicht äußern.»

Helena und Thomas schauen sich an und fühlen, dass Philomenas Kampf, diese Leukämie zu besiegen, noch riesig werden wird. Der behandelnde Arzt bespricht mit Philomena noch die weiteren Behandlungsschritte und verabschiedet sich von den Dreien.

«So schnell geht das halt nicht, Philomena», versucht die Mutter, ihre Tochter positiv zu stimmen. Trotzdem: ihre Tochter ist tief in sich drin anderer Meinung. Sie ist ausgebildete Ärztin und kennt den Verlauf dieser Krankheit sehr genau. Doch sie lässt sich davon nichts anmerken und versucht, gegenüber ihren Eltern alles zu überspielen. «Hey Paps, das ist lieb, dass Ihr beide gekommen seid. Das Ganze braucht halt Zeit. Doch du bist nun mal nicht zur Geduld geboren worden, wie du immer wieder sagst, ich weiß.» Jetzt beginnt Helena heftig zu nicken; sie kann davon ein Lied singen. «Du wirst uns heute Abend wieder sehen, mein Schatz.» Mit diesen Worten verabschiedet sich Helena von ihrer Tochter, während Thomas seiner Philomena einen Kuss auf die Stirn drückt und nicht mehr als «Tschüss» über seine Lippen bringt.

Draußen im Flur des Krankenhauses stoßen sie fast mit dem an ihnen vorbeirennenden Dr. Björn Enquist zusammen. «Ach ja, da ist noch was. Philomena ist in einem viel schlechteren Zustand, als sie das vielleicht annehmen. Ich konnte es nicht vor der Patientin aussprechen; ich will sie mit einer positiven Denkweise zur Selbstheilung anregen.» Diese Aussage ist für die beiden wie ein Schlag ins Gesicht. Sie müssen sich auf eine an der Wand festgeschraubte Bank setzen; Thomas beginnt zu weinen. Helena, die zum starken Teil in dieser Ehe mutiert ist, versucht, ihren Mann zu trösten und ihn mit positiven Worten wieder aufzubauen. «Schau, Liebster, das muss so sein, da gehen wir jetzt gemeinsam durch.» Sie vermittelt ihrem Mann das Gefühl, dass Philomena sie auf keinen Fall verlassen würde. Ob all dieser Worte zerreißt es ihr fast das Herz.

«Gut, in Ordnung, ich werde morgen Abend um sieben Uhr bei dir sein», beendet Caroline das Telefongespräch mit Geri. Seine Adresse hat er ihr gegeben mit den Worten: «Ich werde etwas Ausgezeichnetes kochen für dich, du wirst staunen.» Dabei blieb dem Mann nicht unbemerkt, dass Caroline am anderen Ende des Telefons heute kälter als noch gestern Abend geklungen hat. «Tja, Frauen halt», geht es ihm durch den Kopf; er denkt sich weiter nichts dabei. Geri weiß nicht, dass sich sein Leben in den nächsten Tagen komplett verändern wird. Er ahnt es nicht mal.

Caroline zittert am ganzen Leib. Sie ist sich bewusst, dass der heutige Tag für sie gleichsam zum Triumpf wie auch zur Tragödie werden kann. Es ist 8 Uhr morgens. Sie hat Zeit, sogar sehr viel davon. Ihr Dienst beginnt erst um 16 Uhr. Caroline hält das rote Fläschchen, welches sie dem Giftschrank entnommen hat, in ihrer linken Hand. Langsam wird sie sich bewusst, dass diese Flüssigkeit einen Menschen umbringen kann. Die Frau ist müde, zu wenig Schlaf hat ihr die letzte Nacht geschenkt. Trotz des autogenen Trainings, welches sie jeden Abend praktiziert, dauerte es über zwei Stunden, bis sie endlich einschlafen konnte. Fünfeinhalb Stunden später wurde sie durch einen wilden Traum schon wieder aus diesem gerissen. Wie Caroline darüber denkt, einen Menschen bewusst zu töten, weiß sowohl sie als auch ihr soziales Umfeld. Ihr Denken und Tun entsprechen spiritueller Natur und sie würde niemals einen Menschen umbringen. Das entspräche nicht ihrer Haltung zu diesem Thema. Trotzdem wird sie es heute tun müssen; es ist Carolines einzige Chance.

Ihr Tag verläuft ungewohnt. Obwohl sie mit Wäsche waschen und Bügeln beschäftigt ist, denkt die Frau dauernd daran, wie sie zur Stunde X handeln würde. Alles hat sie sich in ihrem Kopf fein säuberlich zurechtgelegt. Essen mag sie heute nichts, zu sehr ist Caroline damit beschäftigt, dass heute alles rund laufen muss. Ein kurzes Klingeln an ihrer Haustüre lenkt sie von diesen Gedanken ab. «Ach hallo, liebe Lexie. Schön, dass du bei mir vorbeischaust. Komm rein.» Caroline ist sehr froh, dass ihre beste Freundin eben gekommen ist. Alexandra tut ihr sehr gut. Die Bindung dieser zwei *Best Friends* ist außergewöhnlich. Beide kennen einander bis ins letzte Detail, will heißen: Sie erzählen einander alles, selbst noch so intimste Details. «Ich muss dir was sagen», sprudelt es aus Caroline heraus. «Heute Abend, nachdem ich meinen Dienst im Gefängnis angetreten haben werde, wird sich etwas Außergewöhnliches ereignen.» Alexandra hat ihre Antennen gestellt und möchte von ihrer Freundin mehr darüber erfahren. «Und, worum geht's, erzähl?», will Lexie mehr wissen.

«Schau, meine Liebe, dieses eine Mal werde ich dir nichts darüber erzählen. Ich muss dich schützen, falls was anders läuft, als ich es geplant habe. Denn kein Mensch auf Erden darf davon etwas wissen. Auch du nicht.» Carolines Freundin wirkt in diesem Moment wie blockiert. Sie lässt sich die Worte ihrer Freundin nochmals durch den Kopf gehen. «Das ist ungewöhnlich, absolut ungewöhnlich», denkt sie. Doch im selben Atemzug akzeptiert Lexi Caros Entscheidung, auch wenn es ihr schwerfällt. Die beiden fallen sich in die Arme und Caroline ist erleichtert, dass ihre Freundin das akzeptiert. «Danke, tausend Dank!» Mehr bringt sie im Moment nicht über ihre Lippen. Zu sehr ist sie mit sich selbst beschäftigt.

Beide setzen sich und Alexandra beginnt mit ihrem Monolog. Sie erzählt ihrer Freundin von einem Erlebnis mit einem Mann, den sie vor rund zehn Tagen ganz beiläufig kennengelernt hat. «Stell dir vor, er hat mich zuerst …»

«Halt Lexie, bitte hör auf. Ich kann im Moment nichts hören, ist mir einfach zu viel. Ich hoffe, du verstehst das», unterbricht Caroline ihre Gesprächspartnerin. Alexandra versteht und tut intuitiv das Richtige. Sie verabschiedet sich von ihrer Freundin, auch wenn es ihr schwer fällt. «Pass gut auf dich auf, meine Liebe.» Danach steigt sie in ihren Wagen und fährt davon. «Habe ich Alexandra für lange Zeit das letzte Mal gesehen?», schießt es Caroline durch den Kopf. Doch so schnell wie dieser Gedanke gekommen ist, so schnell ist er bereits wieder verflogen. Sie weiß: «Es wird funktionieren.»

«Lass uns noch beten, bevor wir in die Klinik fahren.» Thomas von Braun wird sich immer mehr bewusst, dass seine Tochter vielleicht nicht geheilt werden könnte. Noch versucht er, jegliche Gedanken daran zu verdrängen, doch sie kommen immer wieder in ihm hoch. «Weißt du, meine liebe Helena, es darf einfach nicht sein, dass unserer Philomena die Welt vor uns verlassen soll. Helena zündet jene Kerze an, die schon vorgestern Abend auf dem Tisch stand. Jene Kerze, die leuchtete, als die beiden Journalisten im Garten vor dem Fenster zum Wohnzimmer standen. Doch diesmal sind keine Journalisten da. Das ist auch nicht nötig, wie sich später herausstellen wird. Ungestört und auf sich allein gestellt bitten Helena und Thomas ihren Gott um Wohlwollen und Gnade. Die Gebete dauern an; rund zwei Stunden sind die beiden damit beschäftigt. «Es ist Zeit, Liebling.» Thomas bemerkt als Erster, dass sie sich jetzt auf den Weg ins Krankenhaus begeben sollten.

Die Fahrt dauert knapp 35 Minuten. Im Auto ist es totenstill. Keiner der beiden bringt auch nur ein einziges Wort über seine Lippen. Zu tief sitzt die Angst, dass Dr. Enquists Nachricht zum zweiten Mal negativ sein könnte. Der Schlagbaum vor dem Hospital hebt sich und Thomas von Braun steuert seinen blauen Lexus RC auf einen Parkplatz direkt vor dem Eingang. Hinter der Scheibe am Empfangsschalter sitzt wieder Debbie. Es ist jene junge Frau, die schon damals, als von Braun seine Philomena in die Klinik gebracht hatte, Dienst hatte. Sie begrüßt die beiden

Ankömmlinge und schon sind diese durch die Glastüre eingetreten und aus ihrem Sichtfeld verschwunden. Derweil sitzt Björn auf einem Stuhl neben dem Bett von Philomena und redet eingehend mit ihr. Schon seit nunmehr über eine Stunde unterhalten sie sich über Gott und die Welt. Philomenas Kollege ist absolut integer, eine wichtige Voraussetzung für diese Job. Vor rund 70 Minuten hat Dr. Björn Enquist Philomena die Nachricht überbringen müssen, dass sich ihre Blutwerte stündlich verschlechtern. Es mutet unglaublich an, dass die Patientin diese Information nicht aus der Bahn geworfen hat. Vielmehr hat sich Philomena gegenüber Björn dahingehend geäußert, dass sie das schon länger gespürt habe und deshalb alles verdrängt hätte. Der viel zu spät erfolgte Eintritt als Patientin war demnach zu erklären.

Die von Brauns fahren mit dem Lift in den vierten Stock. Die Türen öffnen automatisch und die beiden stehen direkt vor Philomenas Zimmer. Klopf … klopf … dann stehen Helena und Thomas vor dem Bett ihrer Philomena. Die Begrüßung der beiden und der Patientin ist kurz, dafür umso herzlicher. «Doktor Enquist, was haben Sie zu berichten?», fragt von Braun den Mann im weißen Kittel. «Folgen Sie mir bitte.» Leicht fordernd zeigt Björn auf die Türe und lässt sowohl Helena als auch Thomas diese passieren. «Ich kann offen mit Ihnen sprechen, Philomena habe ich vor über einer Stunde darüber informiert.»

«Was Schlimmes?» Der alte Herr fixiert den Arzt mit fragender Miene.

«Die Blutwerte Ihrer Tochter verschlechtern sich stündlich. Herr und Frau von Braun, es steht sehr ernst um Philomena.» Jetzt verliert Thomas den Boden unter seinen Füßen und sackt zusammen. Der Arzt kann ihn gerade noch auffangen und zur Bank, auf welcher er schon mal saß, schleppen.

Die Worte von Dr. Enquist sind zu viel für Helena; sie setzt sich tränenaufgelöst zu ihrem Mann. «Ich habe Philomena darüber informiert und sie hat das sehr tapfer und gefasst aufgenommen. Wir tun alle unser Bestes und hoffen so sehr, dass sich unsere Befürchtungen nicht bewahrheiten werden.» Die von Brauns hocken auf der Holzbank und konstatieren gerade noch, wie sich Dr. Enquist eben von ihnen verabschiedet hat. Eine tiefe Leere macht sich sowohl in Helena als auch in Thomas breit. Ihre Seele hat schon lange auf diesen Moment gewartet, doch das wissen die beiden nicht.

31

«Also, haben Sie sich bezüglich der letzten Mahlzeit entschieden?», fragt Hank den Häftling 10326.

«Ich habe einen speziellen Wunsch», antwortet Giulio.

«Wir werden versuchen, diesen zu erfüllen», fährt Hank fort.

«Ich möchte nur eine flüssige Mahlzeit: einen Tee aus Ginkgo und Salbei, das ist alles.»

Der Gefängnisdirektor ist erschrocken. «Sonst nichts?» Er kann nicht glauben, was er eben gehört hat.

«Nein, nur dieser Aufguss», gibt der Inhaftierte zur Antwort.

«Mit Ginkgo und Salbei hat alles begonnen, mit diesen beiden Heilkräutern soll es auch wieder enden», würden Giulios Wegbegleiter wohl sagen. Eigenartig, denn gerade Ginkgo steht für Unbesiegbarkeit, langes Leben und Hoffnung. Nicht zuletzt wird der Ginkgo-Baum oft auch als Glücksbaum bezeichnet. Was geht im Kräutermann vor?

Nach dem kurzen Dialog mit dem Gefängnisdirektor beschäftigt Giulio mit *wir* immer wieder dasselbe Wort. Ganz am Ende der Botschaft auf dem gelben Zettel stand: «Wir schaffen das.» Was ist mit der Wärterin los und was hat Caroline vor? Wozu ist sie in der Lage? Fragen um Fragen drehen sich im Kopf des Mannes, der morgen hingerichtet werden soll. Der Insasse weiß nichts von dem, was sich bald ereignen wird. Doch da ist noch etwas, das den Todeskandidaten beschäftigt. Die Tatsache nämlich, dass die Tochter jenes Richters, der ihn zum Tode verurteilt hat, schwerkrank ist. «Nur du kannst sie noch retten vor dem Tod. Versuche es.» Diese Botschaft hat er auf dem gelben Zettel von Caroline erhalten. Instinktiv tut er das einzig Richtige. Er sieht sich nicht innerhalb der Gefängnismauern, sondern betrachtet die Geschichte von außerhalb. Dabei überlegt sich Giulio, in welchem Spital Philomena wohl liegen könnte und wie und wo er Caroline behandeln würde. «Gedanken sind frei», ist sich der Häftling bewusst. Deshalb beginnt er, in seinem Kopf einen Plan zur Rettung von Philomena zu konstruieren. «Gedanken ans Heilen sind besser als Gedanken ans Sterben», denkt Giulio. Immer verrücktere Ideen und Abläufe entwickeln sich, doch eines ist für ihn klar: Er würde die todkranke Frau entführen und an einem für die ganze Welt unbekannten Ort behandeln. Ob all dieser Gedanken und Ideen bemerkt Giulio gar nicht, welchen riesigen Hunger er eigentlich hat. «Bald gibt es etwas zu essen», denkt der Häftling. Um fünf Uhr ist Abendbrot angesagt. «Hoffentlich haben die heute etwas Gutes gekocht, nicht wieder so ein pampiges Teigwaren-Gemisch wie vorgestern», wünscht sich Giulio. Und er hofft noch auf etwas anderes. Darauf nämlich, dass Caroline ihm das Essen bringen würde. Vielleicht könnte er mit ihr noch ein paar Worte wechseln über das Leben draußen. Er wünschte sich, er wäre ein Teil davon, der Insasse weiß nicht, was sich draußen auf diesem Planeten gerade abspielt. Es ist einfach Wahnsinn, wie die freien Menschen manipuliert werden.

«Aha, und da sind Sie sich ganz sicher?», fragt Hank den Mann am anderen Ende des Telefons.

«Ja, absolut. Kein Mensch im Umfeld dieser Caroline hat versucht, sich das Leben zu nehmen. Nicht in den letzten sechs Monaten.»

Der Gefängnisdirektor ist sprachlos, jedoch nicht überrascht. «Jetzt ist klar, weshalb Jonas bei mir bezüglich seiner Mitarbeiterin vorstellig geworden ist.»

Hank greift erneut zum Hörer und ruft Jonas zu sich ins Büro. «Sieh zu, dass mit der Hinrichtung morgen alles nach Plan verläuft. Ich kann mir keinen Fehler leisten, zu viel steht auf dem Spiel, auch für dich!», weist er seinen Untergebenen an. Mit dem Auftrag, Caroline bis nach der Hinrichtung morgen zu beobachten und allenfalls vom Prozedere dieser abzuziehen, verlässt Jonas das Büro seines Bosses. «Warum nur hat sich die Frau eine derartige Lüge zurechtgelegt?», überlegt sich Hank. Carolines Personalakte strahlt durch ihre außergewöhnlich guten Qualifikationen. «Warum tut sie so etwas, wen will sie damit täuschen?»

Jonas reagiert umgehend und entscheidet sofort. Caroline wird heute um 16 Uhr ihren Dienst antreten und gemäß Dienstplan und Jonas' Befehlen arbeiten. Für morgen Dienstag hat er bereits andere Aufgaben für seine Mitarbeiterin zusammengetragen. Damit kann Jonas seine Untergebene besser beobachten. «So wird mir nichts entgehen», sagt er sich. Hauptsache, sie ist weit weg von der geplanten Hinrichtung Giulios. Er wird dies Caroline nach ihrem Dienstantritt so erklären; alles andere wäre ihm zu riskant. Jonas bangt schon seit seinem Stellenantritt vor rund zwei Jahren um seinen Job. Er weiß, dass er mit seiner Neigung diese Stelle niemals erhalten hätte. Jonas führt eine perfekt scheinende Ehe mit seiner Frau Andrea. Zwei fröhliche Jungs im Alter von 6 und 8 Jahren deuten auf eine zufriedene und gut funktionierende Familie hin. Sie sind Besitzer eines Sechszimmerhauses mit angegliedertem Pferdegehege, welches er für Fantastico, das Pferd von Andrea, vor 16 Monaten errichten ließ. Jonas ist bedacht, es den Dreien an nichts fehlen zu lassen. Immer wieder bringt er Geschenke mit nach Hause; immer wieder überhäuft er seine Frau mit Überraschungen aller Art. Er kann es sich leisten, denn sein Gehalt ist weit über dem, was ihm zustehen würde.

Er hätte allen Grund, glücklich zu sein. Wenn nur seine Neigung nicht wäre. Hank hat das auf einer Party mitverfolgen können und stellte Jonas danach offiziell als Wärter ein. Doch er lässt ihn praktisch jeden seiner Leute ausspionieren. Hank ist ein Kontroll-Freak und kennt sich bestens damit aus, wie er Jonas dazu missbrauchen kann. Als einer der wenigen weiß er: Jonas ist schwul.

«Nein, das darf nicht sein! Schau dir das an, Liebling. Die Abendpost schreibt schon wieder über unsere Philomena und sagt, dass sie bald sterben würde.» Thomas von Braun regt sich so sehr auf darüber, dass er zum Telefonhörer greift und Dr. Enquist anruft. «Vor nicht mal einer Stunde haben Sie mit uns darüber gesprochen. Ich dachte, Sie wären aufrecht und charakterstark!», schnaubt er den Arzt an. Jetzt beginnt er zu schluchzen. So sehr ist von Braun erschüttert darüber, dass sich der Gesundheitszustand von

Philomena stündlich verschlechtert. Björn bleibt trotz der sehr persönlichen Schelte von Brauns ganz ruhig. Er hat Verständnis für die Aufgelöstheit seines Gesprächspartners am anderen Ende des Telefons. Er schämt sich auch für die Geschichte, welche die Abendpost verbreitet hat. «Es tut mir sehr leid, Herr von Braun, doch ich habe mit Ausnahme von Philomena und Ihnen beiden mit keinem Menschen über Ihre Tochter gesprochen. Offenbar haben wir ein Leck in unserem Krankenhaus. Jemand muss die Presse informiert haben. Bitte entschuldigen Sie, ich werde der Sache nachgehen.»

Thomas von Braun kann dazu nichts sagen, zu sehr ist er jetzt mit sich selbst beschäftigt. Nachdem er das Gespräch mit dem Arzt beendet hat, wendet er sich an Helena. «Mich überrascht nichts mehr in diesem Land. Erpressung, Korruption und Verrat haben Einzug gehalten. Wohin wird uns das noch führen?» «Lass uns beten, Liebster», fordert Helena ihren Thomas auf. Sie zünden abermals diese weiße Kerze an und bitten ihren Gott einmal mehr, er möge Philomena doch bitte nicht sterben lassen. Ihr fester Glaube ist für die beiden jetzt das Letzte, an dem sie sich noch halten können. Sowohl Helena als auch Thomas wissen, dass man ihre Tochter vielleicht hätte retten können, wenn sie sich schon Wochen vorher hätte untersuchen lassen. Einmal mehr schreit er: «Hätte … könnte … würde … wäre – alles Konjunktiv, ist doch Blödsinn!» Trotzdem macht er sich Vorwürfe und sagt: «Wenn ich diesen Giulio nicht zum Tode verurteilt hätte, könnte er unserer Philomena jetzt helfen. Er denkt gar nicht daran, Giulio dafür aus dem Gefängnis zu holen. Von Braun weiß: Wer erst mal im Todestrakt ist, der kommt dort nicht mehr raus.

32

«Heute ist der Tag, der mein Leben verändern wird», ist Caroline überzeugt. Die Frau will ihren Plan ausführen, koste es, was es wolle. Fein säuberlich steckt sie das rote Fläschchen mit dem tödlichen Gift in ihre Jackentasche. Die Handtasche wäre ihr dafür zu gefährlich. Die könnte am Eingang zum Gefängnis stichprobenmäßig durchsucht werden. «Hängt ein bisschen herunter», denkt Caroline. «Schaut aus, wie wenn ich meine Schlüssel darin verstaut hätte», sagt sie sich. Deshalb wird die Wärterin diesen heute ausnahmsweise in ihre Hosentasche stecken.

Die Fahrt zu ihrem Arbeitsplatz ist auch heute unspektakulär. Ein sehr aufmerksamer Fahrgast würde fast das Pochen ihres Herzens hören. Wie immer stellt sie ihren Wagen auf dem für das Personal reservierten Parkplatz ab und winkt dem Wärter im Häuschen hinter der Glasscheibe zu. «Moment mal», hört sie den Wärter rufen, während sie schnell auf die erste Schleuse zusteuert. Wie ein Pfeil durchbohren diese zwei Worte den Kopf der Frau. «Nein!», schreit sie innerlich, dann dreht sie sich zaghaft zum Schlagbaum um. «Die Tür deines Autos ist noch offen», ruft ihr der Kollege zu. Ein tonnenschwerer Stein fällt ihr vom Herzen und Caroline tut, was zu tun ist, sie schließt die Türe ihres Wagens.

Die Schleusen für den Zutritt schafft sie heute einwandfrei und jetzt steht die Frau vor ihrem Spint. Sie zieht sich ihre schwarze Uniform an und verstaut das rote Fläschchen in ihrer rechten Hosentasche. Dabei schaut sich Caroline immer wieder um, ob auch wirklich niemand das sehen könnte. Sie weiß, dass der Umkleideraum von keiner Kamera überwacht wird; das wäre gesetzeswidrig. Sie hat es heute eilig und begibt sich zum Schreibtisch in ihrem Büro, welches sie mit vier anderen Wärtern teilt. Jonas wartet schon seit ein paar Minuten auf seine Untergebene und informiert sie über den Ablauf des morgigen Tages. «Ich habe morgen eine spezielle Arbeit, welche ich nur von dir erledigen lassen kann», lügt Jonas sie an. «Die Details dazu erkläre ich dir morgen nach deinem Arbeitsantritt.»

«Uff», denkt sich Caroline, wenigstens heute bleibt alles beim Alten.

Sie kennt ihren Dienstplan auswendig. Nach einer halben Stunde, in welcher sie Schreibkram zu erledigen hat, ist sie verantwortlich für die Überbringung des Nachtessens an die Gefangenen. Caroline steht auf und begibt sich zum Lift, durch welchen die Mahlzeiten von der Küche im Parterre zu den jeweiligen Etagen hochgefahren werden. Sie legt die ersten acht Mahlzeiten auf einen bereitstehenden Rollwagen und selektiert den Teller ganz rechts für Giulio. Die Verantwortliche kennt den Todestrakt genau und wartet jenen Moment ab, in welchem sie sich im toten Winkel der Überwachungskameras befindet. Sie holt das rote Fläschchen, das sie vorher bereits geöffnet hat, aus ihrer rechten Hosentasche und schüttet das Gift über die weißen Bohnen. Als Erster der auf die Mahlzeit wartenden Inhaftierten ist Giulio dran. Caroline reicht ihm den blechernen Teller und schaut ihn nur an. Giulios Heißhunger lässt die Bohnen in Kürze in seinem Mund verschwinden. «Schmeckt fürchterlich», denkt der Häftling. Caroline weiß, dass ein Mensch durch dieses Gift innerhalb von zwei Tagen sterben würde.

33

«Es scheint, dass die von Brauns das Schicksal ihrer Philomena langsam akzeptieren.»

«Niemals», erwidert ihr Graziella. Die Nachbarin der von Brauns tritt der Ansicht ihrer Freundin Maria energisch entgegen. «Helena und Thomas leben seit 35 Jahren neben mir und ich kenne die beiden inzwischen sehr gut. Ihr Kind ist ihnen das liebste auf Erden und sie werden alles versuchen, um Philomena zu retten.»

Maria sieht das anders: «Dieser Giulio könnte Philomena vielleicht helfen; doch den hat der alte von Braun ja zum Tode verurteilen müssen. Jetzt hat er den Dreck.»

«Meine Freundin ist zwar lieb und ich mag sie wirklich über alles, doch sie ist halt nicht die hellste Kerze auf der Torte», denkt sich Graziella. Auch wenn sich Maria mit ihren Ansichten nicht immer Freunde macht; sie sagt wenigstens geradeheraus, was sie denkt. «Weißt du, Graziella, es ist nicht alles Gold, was glänzt, und ich bin mir sicher, dass dieser von Braun irgendwo eine Leiche im Keller hat.» Graziella ist entsetzt. Noch nie haben sich die beiden Freundinnen auf dieser Ebene unterhalten. In diesem Moment rollt der blaue Lexus der von Brauns vor deren Haus. Eine der beiden Frauen geht auf die beiden zu. «Guten Tag, ich bin Maria, die Freundin von Graziella», lässt sie das sehr alt wirkende Paar wissen. «Ich muss Ihnen etwas sagen.» Fast apathisch hören die beiden der Frau zu. «Morgen wird Giulio hingerichtet werden und Ihre Tochter liegt im Sterben. Das ist doch unglaublich! Ich sehe einen direkten Zusammenhang», fährt Maria fort. «Es ist doch so, dass …»

«Ach, lassen Sie das bitte», fährt Thomas von Braun dazwischen. «Wir wissen weder ein noch aus. Bitte lassen Sie uns in Ruhe.»

Hoppla, das hat gesessen. Thomas schließt das Schloss seiner Haustüre auf und die beiden verschwinden im Inneren. Helena bereitet ein kleines Mal zu. Beide essen widerwillig, danach setzen sie sich wieder an den Tisch im Wohnzimmer, um zu beten. Dass der kurze Dialog sowie einmal mehr das Beten der beiden am nächsten Tag ausführlich in der Zeitung stehen werden, interessiert weder Helena noch Thomas. Längst hat der ehemalige Richter erkannt, was in diesem Staat punkto Überwachung, Bespitzelung und Drohung läuft.

«Hier seht schwarz auf weiß: Morgen wird Giulio durch die Todesspritze hingerichtet werden.» Die Abendpost hat in einem halbseitigen Artikel alle relevanten Details zusammengetragen. Der Schreiberling hat keine Mühe gescheut, jedes noch so unwichtige Detail fein säuberlich zu beschreiben. Sogar der Aufguss aus Ginkgo und Salbei, welchen Giulio als Henkersmahlzeit bestellt hat, ist bis zur Abendpost via eine offenbar undichte Stelle im Gefängnis durchgedrungen.

Joseph, der Regierungschef, erklärt einem seiner Minister die aktuelle Situation am Vorabend des Ereignisses. Marc hatte sich bei ihm gemeldet und um eine Aussprache gebeten. Der Außenminister hat dabei offen seine Angst bekundet, die Hinrichtung von Giulio könnte eventuell zeitlich verzögert bzw. aufgeschoben werden. Er befürchtet, dass die ganze Sache dann auffliegen würde. Jene Sache, von der Giulio offenbar *etwas weiß, was niemand wissen darf*, und sich dazu nie mehr äußern sollte. Marc muss einfach totsicher sein, dass Giulio dieses Wissen mit in sein Grab nehmen wird und ihn seine Frau zumindest deshalb nicht verlassen würde. «Schau, Marc», beginnt der Regierungschef mit seiner tiefen Stimme zu reden. «Der Chef des Geheimdienstes hat mir bestätigt, dass Giulio morgen hingerichtet werden wird», fährt Joseph fort. «Er hat sich höchstpersönlich darum gekümmert und den Gefängnisdirektor angewiesen, das Urteil morgen Dienstag zu vollstrecken. Im Anschluss daran habe ich die Verfügung unterschrieben und dem Gefängnis zukommen lassen.» Marc ist nicht wohl bei der Sache. Irgendetwas scheint ihn zu bedrücken. Er wird erst sicher sein, nachdem der Arzt Giulios Tod bestätigt haben wird.

Unruhe macht sich im Todestrakt des Staatsgefängnisses breit, in welchem Giulio auf seine Hinrichtung wartet. Rufe und Schreie benachbarter Todeskandidaten von Giulio hallen durch den riesengroßen Gefängnistrakt. Giulio liegt am Boden und windet sich vor Schmerzen. Aus seinem Mund quillt ein weißer Schaum. Erst noch hat sich der Häftling 10326 mit seinem Abendessen gestärkt, und jetzt das! Drei männliche Wärter und ihre weibliche Kollegin hören dieses Getümmel und folgen den lauten Schreien. Bei der weiblichen Wärterin handelt es sich um Caroline. Sie muss mit ansehen, was mit Giulio in diesen Minuten geschieht. In der Frau kommen Schuldgefühle hoch. «Mein Gott, ich bin für all das, was Giulio eben widerfährt, verantwortlich. Wenn er stirbt, habe ich einen Menschen getötet. Doch nicht zuletzt wegen der riesigen Hektik in Giulios Zelle sind diese Gedanken schnell wieder verflogen. Jonas, ihr Vorgesetzter, öffnet das Schloss zur Zellentüre, während ein anderer Kollege mit entsichertem Gewehr im Anschlag vor dieser die Lage sichert. Schnell sind die drei bei Giulio und versuchen, ihn aufzurichten und auf sein Bett zu setzen. Doch das ist unmöglich. Einzig das Aufrichten funktioniert. So hockt Giulio jetzt mit hängenden Schultern auf dem steinernen Boden. «Verdammt, der Arzt lässt lange auf sich warten», denkt Jonas. Denn er hat diesen per Funk avisiert, sofort zur Zelle von 10326 zu kommen. Jetzt beginnt Caroline erneut zu denken. In den letzten fünf Minuten hat sie einfach funktioniert und das getan, was von ihr als Wärterin erwartet wird. «Zum Glück habe ich das rote Fläschchen zerbrochen und im WC entsorgt», sagt sie sich. Doch jetzt, wo sie Giulio so leiden sieht, denkt die Frau daran, ihm das Gegengift zu verabreichen. Sie weiß, welche Konsequenzen das für sie haben würde, doch das kümmert Caroline nicht. «Vielmehr würde ich meine Mission dadurch in höchstem Maße gefährden, und das geht auf keinen Fall», sagt sie sich. Doch all das ist nicht einfach für die heimlich in Giulio verliebte Frau. «Niemand weiß das, und kein Mensch soll das je erfahren», geht es Caroline durch den Kopf.

Endlich kommt der Gefängnisarzt angerannt. In seiner linken Hand schwingt eine braune, mittelgroße Ledertasche mit medizinischen Geräten, Medikamenten, Spritzen, Ampullen und anderem darin. Gerade so, wie das in unzähligen Filmen und TV-Serien immer wieder zu sehen ist. «Aus dem Weg!», ruft Jonas seinen Leuten zu, «Der Arzt kommt.» Wer den Doc nicht sieht, der hört ihn jetzt. Ächzend und mit einem leichten Pfeifen beim Ausatmen steht dieser in der Zelle. «Der sollte sich wohl selbst mal auf Asthma untersuchen lassen», zischt es Jonas durch den Kopf. Jetzt kniet sich der schwitzende und noch immer schnaubende Arzt zu Giulio runter und beginnt, ihn zu untersuchen. Aufgrund der rotblauen Gesichtsfarbe von Giulio und des aus seinem Mund austretenden Schaumes erkennt der Fachmann sofort und ruft: «Gift!» Er spritzt Giulio eine Ampulle zur Stabilisierung des Kreislaufes und dreht sich um zum mittlerweile erschienenen Gefängnisdirektor. Sofort weist dieser Jonas an, das Notfallverfahren bei einem Giftunfall zu starten. Jetzt geht alles sehr schnell. Jonas ruft das toxikologische Institut an und meldet den Vorfall. Zwei Minuten danach rasen zwei Spezialisten unter Blaulicht und Sirene in Richtung des Gefängnisses, während Caroline per Funk den Mann im Empfangshäuschen informiert. Die Hektik im Todestrakt ist groß, nicht nur der Beteiligten wegen. Längst haben einige der anderen Todeskandidaten angefangen zu schreien und mit ihren leeren Blechtellern gegen die Gitterstäbe zu schlagen. Derweil hockt Hank auf dem Bett in Giulios Zelle und fleht innerlich, Giulio möge doch bitte überleben. «Ein Toter ist das Letzte, was ich jetzt gebrauchen kann … nicht jetzt, nicht heute. Und schon gar nicht, wenn er Giulio heißt!»

Die beiden Männer in weißen Kitteln fahren ihren silbergrauen Dienstwagen auf den Parkplatz vor dem Gefängnis. Sie hechten zum Wärter im Empfangshäuschen, weisen sich aus und rennen weiter in Richtung Todestrakt. Das Vorgehen ist den beiden genau bekannt, immer wieder wird dieses Szenario simuliert und von den Mitarbeitern des toxikologischen Institutes geübt. Einer der beiden Männer hat eine viereckige, silbergraue Box mit Traggriff bei sich. Dieser beherbergt, abgesehen von ein paar Utensilien, vor allem Ampullen, gefüllt mit diversen Gegengiften. Nach verschiedensten Checks an den Türschleusen im Gefängnistrakt stehen die beiden schließlich in der Zelle des Häftlings 10326. Ein kurzes «Hallo», mehr nicht. Jetzt knien die Retter vor dem bewusstlosen Giulio am Boden. Während der etwas kleinere, jedoch ältere Mann versucht, Giulio wachzukriegen, spritzt ihm Kevin, sein jüngerer Kollege ein Mittel, das Giulio aufwecken wird.

Es ist äußerst wichtig, dass der Patient sein Bewusstsein schnell erlangt, damit die beiden Ärzte ihm oral eine Lösung aus Aktivkohle verabreichen können. Die Anwendung deren gewann in den letzten Jahren zunehmend an Interesse und wird inzwischen als überaus bewährtes Verfahren nach einem via Mund zugeführten Gift angewendet. Und dass dieser Patient offenbar ein Toxin geschluckt hat, ist den beiden nach einem kurzen Untersuch klar. Die zwei Ärzte wenden sich an Hank und lassen ihn unmissverständlich wissen: «Wir müssen ihn mitnehmen.» Der Gefängnisdirektor ist nicht mal erschrocken über deren Aussage, denn er hat insgeheim damit gerechnet. Vorsorglich hat Jonas den Fuhrpark avisiert und so steht ein beigefarbener Ford Transit für den Transport des Vergifteten bereit. Zusammen mit vier männlichen Wärtern, alle mit noch gesicherten Gewehren ausgerüstet, begibt sich der Transporter zum Eingang, welcher von Lieferanten, Wäschereimitarbeitern und anderen Bediensteten benutzt wird. Mit ihren Feuerwaffen im Anschlag warten die Vier im Inneren des Autos auf den vergifteten Giulio. Es dauert keine fünf Minuten, dann wird der Patient auf einer fahrbaren Krankenliege zum Wagen gerollt. Diese wird begleitet von den beiden Ärzten des toxikologischen Institutes, Jonas, Caroline und dem hauseigenen Doc. Hank ist nicht mit dabei; er hat sich in sein Büro zurückgezogen. Sein Kopf gleicht einem Wespennest. Tausend Gedanken kreisen darin. Sie alle drehen sich nur um diese eine Frage: Wie ist Giulio in den Besitz dieses Giftes gekommen? Noch ahnt niemand im Gefängnis, dass Caroline hinter dieser Aktion steckt.

«Meine Herren, die für morgen geplante Hinrichtung von 10326 ist auf einen unbestimmten Zeitpunkt verschoben.» Hanks Info an seine direkt Untergebenen ist kurz und klar. Er hat diese eben offiziell über den Verlauf der letzten 50 Minuten informiert. «Jonas, du organisierst, dass alle involvierten Personen informiert werden. Ebenso die Presse und die Angehörigen, klar?» Ein kurzes «Ja, Boss», dann löst Hank die Sitzung auf und die Anwesenden schwärmen wieder aus. In seinem Büro angekommen zitiert Jonas Caroline zu sich. Die Frau weiß im Moment weder ein noch aus. Alles, was gerade abgelaufen ist, kommt ihr so befremdend vor. Zudem weiß sie nicht, mit welchen Informationen ihr Vorgesetzter bereits ausgerüstet wurde. «Befehl ist Befehl», sagt sich die Wärterin und begibt sich zum Verwaltungstrakt. «Hör zu, Caroline», beginnt Jonas das Gespräch. «Du hast selbst erlebt, was in der Zelle dieses Giulio passiert ist. Das ist der blanke Horror», fährt der Mann fort. «Wir müssen das Gefängnis und unseren Direktor schützen, deshalb darf nichts, aber auch gar nichts nach draußen durchsickern.» Caroline sitzt ihrem Vorgesetzten gegenüber und wirkt apathisch. Zu sehr drehen sich ihre Gedanken in diesem Moment um Giulio und dessen Transport ins toxikologische Institut. Trotzdem ist sie sich ihrer Pflicht bewusst und lässt ein «Ja, klar doch» über ihre Lippen. «Zu deiner Information: Hank hat entschieden, dass die für morgen geplante Hinrichtung von Giulio auf ungewisse Zeit verschoben ist.» Am liebsten möchte Caroline jetzt einen tiefen Seufzer von sich geben, doch die Beamtin hütet sich davor. «Zu viel steht auf dem Spiel», denkt die Frau. «Ändert sich dadurch morgen mein Dienst?», fragt Caroline sicherheitshalber nach. «Nein, es bleibt alles wie schon besprochen. Du erhältst morgen einen Spezialauftrag von mir, den ich keinem anderen anvertrauen kann», gibt Jonas zur Antwort.

«Shit», denkt er. Zu gerne würde er seine Unterstellte morgen Dienstag wieder nach Dienstplan arbeiten lassen, doch dann würde Caroline vielleicht unangenehme Fragen stellen. Dieses Risiko will der Chefwärter nicht eingehen. «Mein Dienst endet in knapp einer Stunde. Dann sehen wir uns also morgen um 8 Uhr. Komm nach Dienstantritt bitte bei mir vorbei, dann werde ich dir deine Aufgabe erklären», fährt Jonas fort.

«Aye, aye, Sir!» Caroline kann sich dabei ein Grinsen nicht verkneifen, begibt sich zu Jonas' Bürotür und verschwindet durch diese. Was jetzt noch folgt, ist Routine für Caroline. Ihre anstehenden Arbeiten sind nicht von großer Tragweite. Und kurz nach Mitternacht ist Schluss. Dann wird ihr Dienst zu Ende sein. Zu Ende? Weit gefehlt. Was danach folgen wird, ist die größte Achterbahnfahrt, die Caroline in ihrem 34-jährigen Leben je erfahren haben wird.

Die Fahrt des beigefarbenen Ford Transit ist nicht alltäglich. Schließlich kam es in der fünfundachtzigjährigen Geschichte der Haftanstalt erst einmal vor, dass ein Todeskandidat Gift geschluckt hat und die Wärter diesen in die Toxikologische Klinik bringen mussten. Wie schon beim Transport von Giulio bei dessen Überführung ins Staatsgefängnis, ist an den beiden langen Wänden je eine Bank verankert. Darauf sitzen insgesamt vier mit entsicherten Gewehren ausgerüstete Bedienstete des Gefängnisses. War bei Giulios Transport **in** die Haftanstalt der Mittelgang noch frei, so ist dieser bei der Fahrt **aus** dem Gefängnis belegt mit Giulio, der auf einer Bahre liegt und vom jüngeren Arzt überwacht wird. Der Mann am Lenkrad gibt sich Mühe, dem vor ihm fahrenden silbergrauen Toyota zu folgen. Die Geschwindigkeit ist sehr hoch und für beide Fahrzeuge sind Blaulicht und Martinshorn jetzt ein Muss.

Frank, der Fahrer des Toyota, weist die Notfall-Crew des toxikologischen Institutes über die bevorstehende Einlieferung an. Er spricht ins Mikrofon der Freisprechanlage und instruiert den diensthabenden Arzt Dr. Geri Dubois. Frank ist so sehr mit dem Transport beschäftigt, dass er nicht bemerkt, wie sich ihm von rechts ein schweres Tankfahrzeug nähert. Im letzten Moment erst sieht der Arzt das Unheil auf sich zukommen, doch es ist zu spät. Mit voller Wucht kracht sein Toyota in das übergroße und schwere Fahrzeug, welches jetzt vor ihm steht. Ein ohrenbetäubender Knall durchdringt die allgemeinen Geräusche des Verkehrs, dann wird es still. Franks Wagen hat sich zweimal überschlagen, während das linke Hinterrad des Tanklastwagens völlig zerfetzt ist. Genau an dieser Stelle prallte Frank mit seinem Toyota in den Laster. Der Fahrer des hinter diesem fahrenden Ford Transit ist geschockt. Er hat den Unfall mit ansehen müssen. Jetzt hält er an. Der Arzt, welcher Giulio überwacht, rennt zum Wrack von Franks Wagen und sieht diesen aus dem Auto kriechen.

«Frank, kannst du reden?»

«Ja, soweit alles okay. Ich habe wohl diverse Brüche und Quetschungen, doch sonst ist alles okay. Du musst unbedingt weiterfahren mit deinem Patienten; hier hat es genug Menschen, die sich um mich kümmern können.»

Jetzt rennt der junge Arzt wieder zum Transporter und weist den Fahrer an, weiterzufahren. «Während ich den Häftling überwache, werde ich sie zum Institut lotsen.» Er setzt noch kurz eine Meldung an die Polizei ab, dann kümmert er sich wieder um Giulio.

Die Bremsen quietschen; jetzt steht der Transit vor dem Eingang zur Notaufnahme des toxikologischen Institutes. Eine Frau und ein Mann stehen bereit. Ausgerüstet mit einer Bahre auf Rädern erwarten sie den Vergifteten. Sie holen den Patienten aus dem Auto, während sich der mitfahrende Arzt noch immer um ihn kümmert. Alle drei schieben gemeinsam an der Bahre und rennen mit ihr zum Behandlungsraum in der Notaufnahme. Flankiert wird der Transport von zwei der vier mitgereisten Wärter der Strafanstalt mit ihren Gewehren im Anschlag. Dort angekommen wird Giulio den bereitstehenden und über alle Details informierten Ärzten übergeben.

34

Auf Dr. Enquists Stirne zeichnen sich tiefe Falten ab. Was er sieht, betrübt ihn. Die Laborwerte von Philomenas Blut haben sich in den letzten Stunden um das Doppelte verschlechtert. «Nein», schießt es Björn durch den Kopf. «Nicht Philomena!» Im St. Katharina Krankenhaus unternehmen sie alles, um den Zustand von Philomena zu verbessern. Dr. Björn Lennard Enquist wäre eigentlich medizinischer Leiter der Klinik. Doch er lässt es sich nicht nehmen, zu jedem Zeitpunkt über den Zustand seines Paradepferdes informiert zu sein. Doch was er jetzt sieht, gibt ihm sehr zu denken. «Warum um Gottes Willen schlägt die Therapie bei Philomena nicht an?» Vielleicht hätte sie sich doch früher in die Obhut ihrer Kollegen begeben sollen. «Im Nachhinein ist alles immer sehr einfach zu erklären», versucht Björn, die Patientin zu verstehen. Noch sieht Dr. Enquist eine Chance, wie sie Philomena zusätzlich behandeln könnten. Doch darüber will er sich erst mit dem behandelnden Arzt unterhalten.

In der Zwischenzeit stehen Thomas von Braun und seine Helena der lokalen TV-Station Rede und Antwort. Das ist sehr außergewöhnlich, doch sie tun es aus einem einzigen Grund. Dieser liegt darin, dass Thomas über diesen *unsäglichen Mist, welchen sowohl Abendblatt als auch landesweite Zeitungen schreiben*, genug hat. Dieser TV-Sender ist der einzige, welchem die von Brauns vertrauen. Er ist unabhängig, wird von Lasse van Hook, seinem Besitzer, finanziert und dieser lässt sich – trotz einer Vielzahl von Versuchen – von niemandem weder manipulieren noch korrumpieren. Mit ihm pflegen die von Brauns ein enges freundschaftliches Verhältnis. Lasse hatte sich heute Morgen persönlich bei Thomas gemeldet und um einen Termin gebeten. In einem zweistündigen Dialog haben die beiden sowohl über die Tragik der Erpressung des Richters durch den Geheimdienst als auch über den aktuellen Zustand von Philomena gesprochen. Daraus entsprang der Gedanke an einen Beitrag darüber im TV. Danach ging alles sehr schnell. Die Fernsehredaktion hatte gerade mal sechs Stunden Zeit, um die Idee umzusetzen. Jetz sitzt eine Journalistin bei den von Brauns zuhause am Tisch und redet mit den beiden. Kamera, Licht, Ton sind aufgebaut worden, bevor der Aufnahmeleiter den Eltern von Philomena noch ein paar Anweisungen gibt. Sowohl Helena als auch Thomas wirken erstaunlich ruhig. Die Fragende ist ein Mensch mit sehr viel Empathie. So entsteht ein offener und ehrlicher Dialog. An einer Stelle im Gespräch kriegt Thomas feuchte Augen und beginnt zu heulen. Helena tröstet ihn vor laufender Kamera. Er breitet die Tragik um Philomena aus, nachdem der ehemalige Richter die Geschichte mit der Erpressung preisgegeben hat. Nach knapp 90 Minuten ist alles vorbei, die Aufnahmegeräte sind *off.*

Die Journalistin fragt Thomas, ob sie die Szene, in welcher er heult, rausschneiden soll, doch von Braun willigt ein, den Beitrag 1:1 zu senden. «Es wird sowieso einen riesigen Wirbel geben, schon allein meiner Aussage der Erpressung wegen. Da kommt es auf ein paar Tränen nicht an», sagt sich Thomas. Helena hat sich bewusst aus der Sache mit dem auf ihren Mann ausgeübten Druck rausgehalten. Sie war beim damaligen Telefonat noch in der Klinik und kann darüber keine konkreten Angaben machen. Beim tragischen Fall ihrer lieben Philomena jedoch war sie voll mit dabei. Die interviewende Journalistin bedankt sich herzlich bei den von Brauns und erklärt den beiden: «Der Beitrag wird jetzt geschnitten und um ca. 21 Uhr als Einschaltsendung ausgestrahlt werden. In diesem Moment klingelt der Telefonapparat der von Brauns. Lasse van Hook bedankt sich bei Thomas und Helena herzlich für deren Bereitschaft und verspricht: «Alles wird gut werden mit Philomena, glaubt daran!»

Caroline steuert ihren Wagen in Richtung Innenstadt. Draußen ist es stockdunkel. Der Verkehr ist ruhig. Gerade so, wie er kurz vor 1 Uhr morgens an einem Montagabend eben ist. Die Frau ist völlig fertig und am Ende mit ihren Nerven. In diesem Moment klingelt ihr Handy. «Um diese Zeit?», fragt sich Caroline.

«Hallo Liebes, ich mache mir Sorgen und musste dich jetzt einfach anrufen», tönt es am anderen Ende. Die ängstliche Stimme von Alexandra ist nicht zu überhören. «Mir geht es gut, danke, Lexie», schwindelt Caro ihre Freundin an. «Doch es ist etwas Schreckliches passiert bei meiner Arbeit. Einer der Todeskandidaten hat Gift geschluckt und die Ärzte kämpfen jetzt um sein Leben. Du darfst mit keiner Menschenseele darüber reden, versprochen?» Die Frau ist noch immer außer sich und das lässt sie ihre beste Freundin auch wissen. «Ja, klar doch, ich schweige wie ein Grab. Weißt du, war nur so ein Gefühl, deshalb wollte ich dich unbedingt hören. Schlaf gut, in ein paar Stunden musst du ja schon wieder auf deinem Posten sein.» Ihr vor rund 65 Minuten zu Ende gegangener Spätdienst war die Bedingung, dass Caroline am Mittwoch einen weiteren freien Tag beziehen kann.

Caroline hat sich eben noch kurz geduscht, bevor sie sich ins frische Bett legt. An Schlaf ist nicht zu denken. Zu viele Gedanken schwirren im Kopf der 34-Jährigen herum. Sie ist erleichtert, dass der erste Teil ihres Planes derart gut funktioniert hat. Noch hat sie Zeit, sogar viel Zeit. Falls vorher nichts passiert, wird Giulio bis Mittwochabend leben, das weiß sie. Caroline macht sich Gedanken darüber, wie sie Giulio das Gegengift verabreichen könnte. Doch das ist nur als Ultima Ratio gedacht, also erst im allerschlimmsten Fall, kurz vor Giulios Tod.

Da ist noch Geri, mit dem sie für morgen Abend ein Date vereinbart hat. Caroline verspürt nicht die geringste Lust, irgendeinen Mann zu treffen. Sie muss diese Verabredung absagen, weiß im Moment jedoch nicht, wie. Dass der Arzt im toxikologischen Institut ihr dabei zuvorkommen würde, ahnt Caroline nicht.

Der Ablauf in der Notaufnahme ist Routine. Zuerst wird Giulio an seinem linken Arm eine Kanüle gelegt, durch welche sowohl Blut entnommen als auch allfällige Medikamente bzw. Antidote (Gegengifte) verabreicht werden können. Der Vergiftete war nur für eine kurze Zeit in seiner Zelle bei Bewusstsein, jetzt ist er wieder weggetreten. Während die Laboranten das Blut von

Giulio analysieren, wird Giulio verschiedenster Tests unterzogen. Bevor die Ärzteschaft weiß, um welches Gift es sich beim Patienten handelt, muss der Zustand seiner Organe ermittelt werden. Jetzt, nach etwas mehr als drei Stunden stehen sowohl die Ergebnisse der Organ-Analysen als auch die Auswertung des Labors fest; das Gift ist entschlüsselt. Dr. Geri Dubois, der diensthabende Arzt der Notaufnahme, ordnet die Verabreichung des Gegengiftes an. Er weiß, dass sein Institut ein solches entwickelt hat, welches erst vor wenigen Tagen seine Zulassung erhalten hatte. «Geri, **du** bist der diensthabende Oberarzt, und **du** musst die Substanz aus dem Giftschrank holen.» Ein junger Arzt ist erstaunt, dass Geri ihm eben gerade die Anweisung zur Verabreichung dessen gegeben hat. «Ja, klar, ich werde es holen», erwidert Geri. Er ist verwirrt, denn eben noch ging ihm der Besuch von Caroline durch den Kopf, bei welcher er mit dem Schlüssel zum Giftschrank geprahlt und diesen für seinen Besuch sogar geöffnet hat.

Der Patient liegt jetzt, nachdem ihm das Gegengift gespritzt wurde, allein in einem speziellen Zimmer, das einer Intensivstation gleicht. Dabei handelt es sich um eines der beiden Räume, welche mit Gitterstäben vor dem Fenster ausgerüstet sind. Diese sind für Häftlinge reserviert. Zuvor hat Dr. Geri Dubois, zusammen mit einer Jung-Ärztin das besagte Fläschchen geholt und die Entnahme fein säuberlich protokolliert. Geri wird von unzähligen Apparaturen und Gerätschaften überwacht. Vor dem Raum sitzen zwei Polizisten, die zur Sicherstellung des Patienten eingefordert wurden. Schließlich handelt es sich beim Vergifteten immer noch um einen zum Tode verurteilten *Verbrecher*.

Caroline erwacht morgens um sechs. Etwas mehr als vier Stunden konnte sie schlafen. Die Frau hat den Einschlafprozess auch gestern mit ihrem täglich praktizierten autogenen Training verkürzt. Sie ist trotzdem todmüde. Nach ihrer Morgentoilette und einem kurzen Frühstück, bestehend aus Joghurt mit Cerealien, fährt sie stadtauswärts in Richtung Gefängnis. Sie will sich wie vereinbart bei ihrem Chef Jonas melden, doch dieser ist noch nicht anwesend. An seiner Stelle erwartet sie Hank, der Boss der Haftanstalt. Er sitzt in Jonas' Büro auf dessen Stuhl. «Irgendwas stimmt nicht», sagt sich Caroline, «ich spüre das.» «Setz dich bitte», startet Hank mit bebender Stimme. «Ich bin aufgeflogen», weiß Caroline jetzt, was los ist. Weit gefehlt. «Ich muss dir eine sehr ernste Mitteilung machen», fährt Hank fort. «Jonas wollte sich diese Nacht zuhause erschießen. Seine Frau Andrea konnte ihn im letzten Moment davon abhalten.» Jetzt ist es totenstill im Büro. Während Hank seinen eigenen Herzschlag zu hören glaubt, sitzt Caroline wie benommen auf dem Bürostuhl. «Jonas hat sich den gestrigen Vorfall um Häftling 10326 sehr zu Herzen genommen und glaubt, er sei dafür verantwortlich. Damit kann er nicht umgehen.» Der Direktor informiert Caroline weiter, dass Jonas heute nicht zur Arbeit kommen würde und sie, wie gewohnt, nach Dienstplan arbeiten soll. «Noch was: Du bist die Erste, der ich das erzählt habe. Bitte behalte es noch für dich. Ich werde alle anderen anschließend in einem Meeting darüber informieren.»

Caroline geht zum Umkleideraum; sie hat in ihrem Spint den Stift mit der Lippenpomade vergessen. Diesen braucht sie dringend, denn ihre Lippen sind ausgetrocknet. «Hast du's schon gelesen?» Sophie, ihre Arbeitskollegin, hält ihr die Tageszeitung vor ihre Augen. «Der Mann, der heute hingerichtet werden sollte, liegt mit einer Vergiftung auf der Intensivstation des toxikologischen Instituts. Er hat den Suizidversuch überlebt.» Caroline möchte schreien vor Glück, doch sie lässt sich nichts anmerken und schiebt die Hand ihrer Arbeitskollegin mit der Zeitung desinteressiert beiseite. «Geht mich nichts an», gibt sie von sich. «Sobald er wieder gesund ist, wird er trotzdem hingerichtet werden.» Carolin eilt davon und frohlockt. «Auch Teil zwei meines Planes ist aufgegangen.» Innerlich schreit sie: «Jaaaaaaaaaa!»

Dass Giulio überlebt hat, macht im Gefängnis schnell die Runde. Hank hat ein riesiges Problem damit, denn die Tatsache, dass einer seiner Häftlinge an dieses Gift gekommen ist, könnte ihm den Kopf kosten. So etwas darf in einer Haftanstalt nicht vorkommen, schon gar nicht im Todestrakt. Auch die Geschichte mit dem verhinderten Suizid von Jonas reitet ihn noch tiefer in den Sumpf. Eigentlich wollte der Gefängnisdirektor die Sache mit Giulios Selbstmordversuch unter der Decke halten, doch es hat sich alles anders entwickelt.

Caroline sitzt an ihrem Arbeitsplatz und ist mit Schreibkram beschäftigt. Den Wochenrapport muss sie zwingend finalisieren, und zwar noch vor ihrem freien Tag morgen Mittwoch. Das ist für die Wärterin reine Routine und es geht Caroline leicht von der Hand. Zum Glück, denn sie ist mit ihren Gedanken bei Giulio und sie sucht krampfhaft nach einer Ausrede, um ihr Date von heute Abend mit Geri zu canceln oder mindestens zu verschieben.

Im toxikologischen Institut hat sich die Hektik gelegt. Der Patient liegt im von zwei Polizisten bewachten Zimmer und scheint über den Berg. Dr. Geri Dubois hat sich ein paar Stunden Schlaf im Ärztezimmer gegönnt; mehr ist im Moment nicht drin. «Es ist mein Patient und ich kann hier nicht weg», denkt Geri. So sehr er sich auf den Abend mit Caroline gefreut hat, der Oberarzt kann an der bestehenden Situation leider nichts ändern. Er weiß, dass das Date für heute geplatzt ist. Geri sieht die attraktive Lady in Gedanken vor sich. Er ist wütend, dass er dieser Chance heute beraubt wird.

«Wie soll ich ihr das bloß beibringen?» Obwohl der Mann weiß, dass seine Einladung für heute Abend während ihres Diensts nicht antworten darf, greift er zum Hörer. «Ja, bitte», tönt es am anderen Ende. Caroline hat ihre kurze Mittagspause. In dieser ist es ihr gestattet, das Handy zu nutzen. Geri Dubois ist äußerst erstaunt, Carolines Stimme zu hören, und er stottert etwas von Patient, Stress, Dienstverlängerung und so. Jedenfalls ist er erleichtert, dass seine frühere Schulkameradin Verständnis für seine Situation hat und die beiden ihr Date auf unbestimmte Zeit verschieben. Geri legt den Hörer auf und denkt: «Ging ja superschnell. Tja, Caroline ist halt schon eine sehr einfühlsame Frau!»

Es dauert keine zwei Sekunden, dann ruft ihn Mian Zhang Li, die Generaldirektorin des Instituts, an. «Geri, wir müssen reden, jetzt. In meinem Büro.» Der Arzt kennt den harschen und fordernden Ton seines Bosses, er macht sich weiter nichts draus. Er begibt sich in den vierten Stock und betritt das Büro der Institutsleiterin. «Setz dich», mehr kommt nicht über die Lippen der chinesisch-stämmigen Frau. «Wir haben ein Problem. Das Journal hat ergeben, dass im Giftschrank zwei Fläschchen mit Gift und Gegengift fehlen.» Geris Schock ist groß. Mian fährt fort: «Du bist der Einzige, der den Schrank in den letzten zwei Tagen geöffnet hat.»

35

«Bitte hier durchziehen, danke.» Die Frau hinter der Ladentheke ist sehr freundlich. Sie hat Alexandra soeben einen schwarzen BMW Touring der 3-er Reihe vermietet. Die Kundin bezahlt den Preis für zehn Tage inklusive Kaution. Zudem sind noch drei Formulare zu unterschreiben. Jetzt erst händigt ihr die Dame den Schlüssel aus und Alexandra verlässt das SIXT-Büro. Sie sieht den Wagen von weitem. «Er strahlt mir schon entgegen.» Ein Lächeln huscht über das Gesicht von Carolines bester Freundin. Die Frau kennt sich gut aus mit Autos, schließlich war sie bis vor sechs Jahren kaufmännische Angestellte in einer Autowerkstatt. Deshalb auch hat die rothaarige Frau auf eine Einweisung in das Fahrzeug verzichtet. Das Schloss des Wagens ist geöffnet, Alexandra steigt ein und fährt damit zu ihrer Freundin Caroline.

«Wow, du bist und bleibst die Beste! Tausend Dank.» Caroline hat Lexi gebeten, in deren Namen ein Auto zu mieten. Sie wollte kein Risiko eingehen, deshalb dieser zusätzliche Aufwand. «Komm rein und setz dich», bittet sie Alexandra in ihre Wohnung. «Nochmal, meine Liebe: Du darfst keinem Menschen etwas davon erzählen, ok?» Caroline gibt ihrer Freundin das Geld für deren Auslagen, zieht Lexi auf ihre Seite und erklärt mit ernster Miene: «Weißt du, ich habe einen wunderbaren Mann kennengelernt. Er ist ein Engel und ich möchte ihn morgen zum Picknick ausführen, mit allem Drum und Dran. Doch dazu ist mein kleiner Fiat definitiv nicht groß genug.»

«Und ein bisschen bei ihm auftragen möchtest du mit deinem Auto natürlich auch», schmunzelt Lexi. Sie ahnt nicht, dass sie von Caroline diesbezüglich angeschwindelt wurde.

Alexandra ist sehr sensibel. Sie spürt, dass ihre Freundin im Moment etwas von der Rolle ist, und führt das auf Caros neuen Mann zurück. Deshalb verabschiedet sie sich, umarmt Caro, bestellt sich ein Taxi und fährt ein paar Minuten später damit zu sich nach Hause.

Caroline checkt den Wagen durch, legt eine große, braune Decke in dessen Fond und versichert sich, dass er vollgetankt ist. Der Wagen weist keinerlei Reklameschilder oder andere Beschriftungen auf. Exakt so, wie sie es Alexandra aufgetragen hat. Ohne sichtbare Autokennzeichen wäre es für jemanden praktisch unmöglich, innerhalb der nötigen Zeit auf den rechtmäßigen Besitzer des BMW zu schließen. Deshalb beginnt Caroline jetzt damit, eine Abdeckung für das hintere Schild zu nähen. Im Kopf hat sie sich das schon alles zurechtgelegt. Sie misst die Größe des Autokennzeichens und näht dann eine an jeder Seite um drei Zentimeter größere Stoffabdeckungen. Sie umrandet diese mit einem Gummiband. Die Aktion dauert gerade mal 12 Minuten, ihrer Nähmaschine sei's gedankt. Caroline schmeißt sich auf einen ihrer grünblauen Sessel im Wohnzimmer und lehnt sich zurück. Eigentlich müsste sie jetzt müde sein, doch an Schlaf ist nicht zu denken, das Adrenalin legt sein Veto ein. Fein säuberlich platziert sie die von ihr organisierten Kleider mit den übrigen Utensilien auf dem zweiten Sessel und geht den Ablauf für Morgen Mittwoch in ihrem Kopf noch einmal genau durch. Zudem bittet Caroline ihre verstorbene Mutter einmal mehr, sie möge sie morgen führen, ihr beiseite stehen.

Philomena ist müde und schafft es nur unter größter Anstrengung, mit Björn zu reden. Sie mag ihren Chef ausgesprochen gerne. Er ist einer der wenigen, welchem die Patientin im St. Katharina Hospital hundertprozentig vertraut. Das kommt daher, dass Björn Philomena immer respektiert und geachtet hat, selbst dann, wenn die beiden nicht gleicher Meinung waren. Und das ist schon des Öfteren passiert. Der medizinische Leiter des Hospitals ist auch der Grund, dass sich Philomena noch nicht für eine Arbeit außerhalb dieses Hospitals entschieden hat. «Ich weiß genau, wie es um mich steht. Ich werde sterben. Mach mir also bitte nichts vor, Björn. Ich habe eine große Bitte an dich: Sprich mit meinen Eltern auf Augenhöhe, rede mit ihnen offen und ehrlich. Sie werden das verkraften, auch wenn es Mama und Paps sehr schmerzen wird.»

Björn greift die Hände seiner Patientin und drückt diese sanft. «Weißt du, Philomena, du bist die erstaunlichste Mitarbeiterin, die ich je hatte. Deine riesige Weisheit strahlt über die ganze Belegschaft, inklusive mir.» Ein Lächeln strömt ihm entgegen. «Danke, Björn», mehr bringt Philomena im Moment nicht über ihre Lippen. Beide schauen sich nur an. Björn holt tief Luft. «Ich verspreche dir, dass ich mich um deine Eltern kümmern werde, egal, was passiert. Und um deine Mutter bzw. um ihre MS werde ich mich persönlich kümmern!» Helenas Krankheit fällt zwar nicht ins Fachgebiet des medizinischen Leiters des Hospitals, doch Björn wird die besten Ärzte und die besten Behandlungsmethoden für Philomenas Mutter finden. Davon ist auch seine Patientin überzeugt.

Björn ist einerseits sehr traurig, anderseits erleichtert. Der Chefarzt will Philomena unter keinen Umständen verlieren und seine Ärzte tut alles, um ihre Krankheit zu heilen. Doch tief in ihm drin regen sich jetzt seine menschlichen Züge. Er versucht, sich in die von Brauns hineinzuversetzen, was für Björn sehr schwierig ist. Der Arzt spürt zwar deren Leiden und Verzweiflung, doch was in ihren Köpfen vorgeht, weiß er nicht. «Ich lass dich jetzt in Ruhe schlafen und schaue kurz nach dem Essen nochmal bei dir vorbei.» Er meint damit jenen Moment, in welchem der neuste Labor-Bericht verfügbar sein wird. Björn desinfiziert sich nochmal die Hände am neben der Zimmertüre angebrachten Dispenser. Dann verlässt er den Raum und läuft in Richtung des Fahrstuhls. Es ist ihm nicht wohl. Der Arzt spürt, dass etwas auf ihn zukommen wird; er hat noch keine Ahnung, was das sein wird.

36

Caroline hat erstaunlich gut geschlafen; sie ist ausgeruht. Dies ist enorm wichtig für das, was die Frau heute vorhat. Sie sitzt in einem ihrer Polstersessel und geht den Ablauf des Tages nochmals genau durch. Ihr Auftritt in der Klinik im toxikologischen Institut ist für 17 Uhr geplant. Es ist November und Caroline will sich bei ihrer Aktion die winterliche Dunkelheit zunutze machen. Sie ist sich bewusst, dass der heutige Tag in die Geschichte dieses Staates eingehen würde. Sie ist sich auch bewusst, dass der heutige Tag das Ende ihrer Laufbahn bedeuten könnte. Doch sie ist fest entschlossen, es zu tun. Caroline wird niemals zulassen, dass ein Mensch unschuldig hingerichtet werden wird.

Sie beginnt, auf einem A5-Block ihre Gedanken und Beweggründe aufzuschreiben. Nichts lässt die Frau offen; jedes kleinste Detail wird festgehalten. Caroline erklärt, wie sie dank der unzähligen Heilungsgeschichten, die man sich über Giulio erzählt, auf den «Kräutermann» aufmerksam geworden ist und wie dieser ihre kleine Nichte Susanna mit seinem Wirken von deren Leiden befreit hat. Sie erzählt weiter, wie sie ans Gift gekommen ist, das sie Giulio ins Essen geschüttet hat, und sie berichtet den Lesern der Aufzeichnungen, wie sie Giulio heute aus dem Hospital entführen und ihn in die Freiheit entlassen wird. Nachdem sie alles fein säuberlich niedergeschrieben hat, faltet sie das dreiseitige Dokument zusammen und lässt dieses in ihrer Wäscheschublade verschwinden.

Caroline ist nicht sonderlich stolz auf das, was sie jetzt tun wird. Sie hält es für eine Selbstverständlichkeit. Die Frau sieht es sogar als ihre Pflicht an, diesen Menschen zu retten! «Komisch», denkt die Wärterin, «heute habe ich die Henkersmahlzeit eingenommen. Jenes Essen, das sonst den Todeskandidaten im Gefängnis vorbehalten bleibt.» Nach einer wärmenden Dusche macht sich Caroline hübsch – nicht zu hübsch. Sie streift sich ein langes Kleid aus Baumwolle über. Bei dessen Auswahl hat sie darauf geachtet, dass sie sich damit schnell umziehen kann. Es fällt ihr schwer, sich heute nicht zu schminken. Doch jegliche Bemalung von Körperteilen ist den Pflegerinnen im toxikologischen Institut für die Dauer ihrer Arbeit in der medizinischen Abteilung untersagt. Und als solche wird sie sich heute noch ausgeben.

Der schwarze BMW bewegt sich in Richtung des toxikologischen Institutes, welches sich am Stadtrand befindet. Auf dem Rücksitz liegt die Ausstattung einer Pflegerin bzw. Krankenschwester, wie diese oft genannt werden. Es ist später Nachmittag und die Abenddämmerung bricht schon an. Caroline fährt ihren Wagen in ein kleines Wäldchen, das sich rechts von der Straße befindet. Der Weg wird immer enger, bis er schließlich in einen Pfad mündet. «Hier werde ich erst mal allein sein», sagt sich die Frau. Sie steigt aus dem Wagen und entledigt sich ihrer Kleider. Es ist kalt, doch das merkt Caro im Moment nicht. Schnell kleidet sie sich wieder an, doch diesmal mit dem auf dem Rücksitz liegenden weißen Rock. Sie schließt alle Knöpfe; jetzt sitzt das Kleid perfekt. Caroline weiß das, denn eben noch gestern Abend hat sie sich darin zuhause im Spiegel betrachtet. Die vermeintliche Krankenschwester steift sich noch die weißen Turnschuhe über, um absolut echt zu wirken. Dann geht es im schwarzen GMB in Richtung Norden, wo sich das toxikologische Institut befindet.

Caroline steuert ihren Wagen durch die Eingangskurve der Tiefgarage und findet im 1. UG einen Parkplatz direkt neben dem Lift und der Nottreppe. Wie sollte es anders sein? Sie parkiert rückwärts ein. So befindet sie sich im toten Winkel der Kameras, kann von der Security also nicht gesehen werden. Das hat ihr Geri beim Rundgang durch das Institut beiläufig gesagt. «Er hat mir damit einen großen Gefallen getan, ohne dass er das bemerkt hat», schmunzelt Caroline. Zudem kann der Wagen das Parkhaus später ungehindert und ohne Wendemanöver wieder verlassen.

Die als Pflegerin verkleidete Frau steht vor dem Lift und holt tief Luft. «All in», sagt sie sich und drückt den Knopf. Wie für sie gerufen, steht der Lift bereit. Caroline fährt hoch ins 3. Stockwerk und begibt sich zur Rollstuhlkammer, die sich direkt neben dem

Giftraum befindet. Auch das weiß sie vom Rundgang mit Geri. Die Tür zu diesem Raum quietscht leicht beim Öffnen und Caroline fährt zusammen. Sie dreht sich um und vergewissert sich, dass sie niemand gehört hat. Caroline greift sich den erstbesten der rund 20 Rollstühle und geht mit diesem zurück zum Fahrstuhl. Sie weiß, dass sich die beiden Zimmer für Häftlinge auf der 4. Etage befinden und fährt zu dieser hoch. Vor einem der unzähligen Zimmer sitzen zwei Polizisten in Uniform. Caroline weiß jetzt, dass Giulio im Raum 421 liegen muss. Jetzt geht alles sehr schnell. Die Pflegerin sucht ein leeres, nicht belegtes Zimmer und findet ein solches mit der Nummer 413. Das Zimmer liegt also vier Räume vor jenem, in welchem Giulio liegt. Caroline nimmt das mit Benzin gefüllte Fläschchen aus ihrem Rock und schüttet die Flüssigkeit über das Bett und die aus Kunststoff bestehenden Apparaturen. Sie zündet alles an und verlässt das Zimmer dem Rollstuhl. Es dauert gerade mal 20 Sekunden, bis der Rauchmelder Alarm schlägt. Die Sirene durchdringt die ganze Klinik. Caroline wartet rund 20 Meter entfernt von den beiden Polizisten. «Bewegt Euch endlich», schreit es in Caroline. «Ich muss in dieses verflixte Zimmer!» Die beiden Uniformierten haben den Alarm längst mitbekommen, bleiben jedoch beharrlich auf ihren Stühlen sitzen. Sie haben den Auftrag, den Patienten zu bewachen, koste es, was es wolle. Der Jüngere, Unerfahrene der beiden dreht sich zu seinem Kollegen und meint: «Ähm ... sollten wir nicht vielleicht ...?»

«Vergiss es», zischt dieser ihn an. «Unter keinen Umständen. Wir haben unseren Befehl, basta.»

Es dauert rund 3 Minuten, bis es passiert: Unter dem Schlitz der Türe zu Zimmer 413 quillt Rauch auf den Flur. Die beiden Beamten vergessen ihren Auftrag und rennen zum Zimmer. Es könnte ein Patient, der sich nicht helfen kann, drinnen sein. Genau auf diesen Moment hat Caroline gewartet. Sie rennt zu Giulios Zimmer, zerrt diesen aus dem Bett, setzt ihn in den Rollstuhl und rennt mit dem Patienten zum Treppenhaus. In der allgemeinen Hektik des Feueralarmes fällt nicht auf, dass die Schwester mit dem Rollstuhl rennt. Sie öffnet die Türe zum

Treppenhaus und rumpelt mit ihrer Fracht die Treppe hinunter. Sie weiß, dass im Brandfall die Lifte automatisch gesperrt werden. Zudem ist Caroline gewohnt, mit einem Rollstuhl die Treppe rauf und runterzugehen. Unzählige Male hat sie das mit ihrer kranken Mutter praktizieren müssen. Jetzt hört die als Pflegerin verkleidete Frau ein Geräusch, doch es ist zu spät. Ein Mann in weißem Rock steht vor ihr; es ist ein Arzt. Caroline ist blockiert. «Ich bin aufgeflogen», denkt sie. «Kommen Sie, ich helfe Ihnen.» Die Frau traut ihren Ohren nicht. «Das ist kein Arzt, das ist ein Engel», denkt sie und sie tragen den Rollstuhl mit Giulio gemeinsam die Treppe zum Klinikeingang hinunter. «Hinaus können Sie allein.» Caroline hört die Worte ihres Helfers, sie tönen wie aus der Ferne und sie sieht nur noch, wie dieser wieder davonrennt. Sie nimmt noch die letzten Stufen zur Tiefgarage, legt Giulio auf den Rücksitz ihres BMW und deckt ihn zu. Jetzt erst begreift der Mann, was mit ihm geschehen ist. Noch bevor er etwas sagen kann, befiehlt ihm Caroline in rauem Ton: «Sei ruhig, es ist alles in Ordnung!» Sie bringt die selbstgenähte Abdeckung am hinteren Nummernschild an und fährt davon. Der Automat am Schlagbaum verlangt von ihr das bezahlte Ticket. In der Hektik hat sie vergessen, dies zu tun. Zum Glück kann sie direkt hier bezahlen, bar natürlich. Niemand darf ihr etwas nachweisen können. Der BMW fährt hoch zur Ausfahrt, nachdem Caroline in der letzten Kurve angehalten und die Nummernabdeckung entfernt hat. Der Weg zum kleinen Wäldchen ist kurz. Es ist der gleiche Wald, in welchem sich Caroline vor einer halben Stunde umgezogen hat. Sie fährt in dasselbe Seitensträßchen und hält an. Erst jetzt fühlt sich Caroline in Sicherheit und beginnt, mit Giulio zu reden.

Die Hektik im toxikologischen Institut beginnt sich zu legen; doch die Ruhe ist von kurzer Dauer. Der Brand im Zimmer 413 konnte dank der schnell handelnden Polizisten gelöscht werden. Langsam beginnt sich die Aufregung in der Klinik zu legen. Doch der Schein trügt. Mit einem lauten Schrei rennt der Ältere der beiden Uniformierten zu Giulios Zimmer; es ist leer. «Verdammt», zischt es über seine Lippen. «Alarm», ruft er ins Funkgerät und rennt hinunter zum Haupteingang. Ein Mann der Security steht breitbeinig da und versucht, ihn zu beruhigen. «Lassen Sie sofort alle Ausgänge schließen!», schreit er sein Gegenüber an. «Ein zum Tode Verurteilter ist geflohen!» Jetzt erst erkennt der diensthabende Security den Ernst der Lage und tut, wie ihm befohlen. Doch es ist zu spät. Giulio hat das Gebäude längst verlassen und ist geflohen. Dass der Patient eigentlich von Caroline entführt worden ist, weiß zu diesem Zeitpunkt niemand. Kein Wunder, dass die nach sechs Minuten erschienene Spezialeinheit der Polizei Giulio nicht findet. Die sechs Mann ziehen unverrichteter Dinge zwei Stunden später wieder ab.

Jetzt beginnt sich das Karussell zu drehen. Der allseits gefürchtete Chefermittler Paul Descloux erscheint und beginnt sofort mit den Einvernahmen. Weder die beiden Polizisten, die vor Giulios Zimmer saßen, noch die Ärzte oder das Pflegepersonal können sich erklären, wie so etwas geschehen konnte. Keiner von ihnen hat irgendwas gesehen oder gehört. Descloux verlässt die Klinik mit seinem Notizblock, gefüllt mit Namen und deren Aussagen, in Richtung des Kommissariats. «Hier ist etwas faul», hat er längst bemerkt. «Alleine ist der Mann nicht aus seinem Zimmer geflüchtet. Jemand muss ihm dabei geholfen haben.» Er steuert seinen alten Chevrolet Stingray Richtung Innenstadt. Bald hat der abendliche Berufsverkehr das Auto des Chefermittlers geschluckt.

«Fahren Sie bitte zur Seite, das Auto versperrt mir den Weg.» Erschrocken über das Klopfen an der Seitenscheibe lässt Caroline diese hinunter und hört die Aufforderung des Försters. «Ja, klar doch, bitte entschuldigen Sie», tönt es aus dem Wagen zurück in die schwarze Nacht. Ein kurzes Manöver des BMW, dann ist die Durchfahrt frei. Schon fast zwei Stunden sind vergangen, seit Caroline begonnen hat, Giulio alles zu erzählen. Der Kräutermann kann nicht fassen, was diese Frau für ihn getan hat. Diese eine Aussage «Ich musste dich vergiften, damit du Philomena helfen kannst» wird er nie mehr vergessen. «Ist sie sich ihrer Konsequenzen eigentlich bewusst?», schießt ihm eine Frage durch den Kopf. Er behält sie für sich, denn die Antwort wäre fatal. Nach all dem, was er von Caroline gehört hat, ist er wieder der Alte. Er denkt an Philomena und daran, wie er sie behandeln würde. Denn das hat sich Giulio im Gefängnis bereits überlegt, kurz nachdem ihm Caroline den gelben Zettel mit den Worten «Nur **du** kannst sie noch retten vor dem Tod. Versuche es!» in die Hand gedrückt hat. Obwohl sie die Tochter seines Peinigers ist, will er die Frau retten. Das Herz des Heilens schlägt halt noch immer in seiner Brust. Giulio ist sich bewusst, dass er weder in seine Wohnung noch in die Praxis fahren kann. An beiden Orten würde die Polizei auf ihn warten. Zwar noch geschwächt vom Gift und dem Aufenthalt in der Klinik weist er Caroline den Weg zu seinem geheimen Labor. Der Heiler hat dieses Labor vor sieben Monaten unter falschem Namen gemietet und das Entgelt dafür ein Jahr im Voraus bar bezahlt. Eine innere Stimme sagte ihm damals: «Tu es!» Jetzt, an diesem Mittwochabend, ist Giulio glücklich darüber. Während er sein Nachthemd auszieht und sich die von Caroline mitgebrachten Kleider überstreift, fährt seine Retterin den BMW in Richtung eines Taxistandes. Sie hält den Wagen rund 30 Meter davon an. Die Frau will nicht wissen, wo sich Giulios Labor befindet, das wäre ihr zu gefährlich. Caroline steigt aus dem Wagen, stopft alle Kleider und Utensilien in eine Großgroße Tüte, hängt sich diese um und geht in Richtung Taxistand. Vorher hat sie Giulio noch instruiert: «Stell den Wagen in neun Tagen um 9 Uhr auf dem Parkplatz vor dem Hauptbahnhof ab. Lass ihn offen und lege den Schlüssel ins Ablagefach.» Dann ist sie weg.

Giulio versucht, den BMW in die Nähe seines Labors zu fahren. Es ist für ihn nicht einfach, denn vor ein paar Stunden noch lag er, angeschlossen an verschiedenste Schläuche, in einem Spitalbett. Mit großem Willen und noch viel größerer Lebensenergie gelingt ihm das Unterfangen. Er stellt den Wagen auf dem für das Labor reservierten Parkplatz ab. Einen Schlüssel zum Öffnen braucht er nicht. Das Industriegebäude ist mittels eines elektronischen

Türschlosses gesichert. Giulio kennt den Code auswendig und verschafft sich so zuerst Einlass ins Haus und dann in sein Labor. «Ich muss erst mal schlafen», denkt Giulio. Doch die einzige Schlafgelegenheit im Labor ist eine Patientenliege, welche ihre besten Jahre schon längst hinter sich gelassen hat. Es bleibt ihm nichts anderes übrig, als sich eine Decke überzuwerfen und darauf einzuschlafen. Das Prepaid-Handy, welches ihm Caroline gegeben hat, legt er mit aktiviertem Weckalarm auf den Boden. Schon vorher hat er die SIM-Karte daraus entfernt. Giulio schläft innerhalb von fünf Minuten ein.

Der schwerfällige Paul Descloux betritt sein Büro. Kaum hat er sich seines grauen Mantels entledigt, ruft er schon seine gesamte Crew zusammen. Er orientiert seine Mitarbeiter über die Flucht des vergifteten Giulio. Dabei hält er sich nur an die Fakten. Gemutmaßt und konstruiert wird später. «Ich will, dass dieses Bild des Geflüchteten mit der kompletten Personenbeschreibung an alle TV- und Radio-Stationen sowie an alle Pressestellen geht, sofort!» Die größte Polizeiaktivität, die jemals in diesem Land gelaufen ist, hat begonnen. Eine noch nie dagewesene Suchaktion soll den entflohenen Sträfling zurück ins Gefängnis bringen.

«Wieso haben Sie Ihren Auftrag ignoriert und sind zu diesem Zimmer gerannt?», fragt Descloux die beiden vor Giulios Zimmer stationiert gewesenen Polizisten. Er ist außer sich und kann nicht verstehen, dass beide intuitiv gehandelt haben, um möglicherweise ein Menschenleben zu retten. Dem Chefermittler ist mittlerweile klar, dass Giulio auf die Hilfe einer Zweitperson angewiesen war. Fachleute vor Ort haben ermittelt, dass der Brand in Zimmer 413 von jemandem gelegt worden ist. Die Einvernahmen dauern an und Paul Descloux trinkt im Moment nur noch schwarzen Kaffee, den er sich beim Jüngsten seiner sechs Mitarbeiter immer wieder ordert.

Semir ist ein aufstrebender Fahnder, der vor einem Jahr noch im Hörsaal der naheliegenden Universität saß. Er will lernen und ist mächtig stolz darauf, dass er beim berüchtigten, dafür umso erfolgreicheren Chef-Ermittler Paul Descloux anheuern konnte.

Er hat sich langsam an die Macken seines Vorgesetzten gewöhnt, auch wenn ihm das anfänglich sehr schwergefallen ist. Der junge, Balkan-stämmige Detektiv besitzt eine ausgesprochen wertvolle Gabe. Er hat wie kein anderer auf diesem Revier die Fähigkeit, sich in den Täter hinein zu versetzen. Semir betrachtet die Aktionen des Gesetzesbrechers jeweils aus dessen Sicht. Seit 7 Minuten denkt er nach und hat in dieser Zeit keinen Ton mehr gesagt. Jetzt geht ihm ein Licht auf: «Chef!», ruft er Descloux zu. «Ich habe eine These.» «Ach, nicht schon wieder der junge Schnösel», denkt der fettleibige Mann; er ist leicht verärgert. «Ich denke, dass der Suizid-Versuch von Giulio inszeniert war, damit dieser in die Klinik überführt wurde. Danach hat ihm jemand zur Flucht verholfen.» Jetzt wird es totenstill im Büro. Die anderen drei erfahrenen Detektive warten gespannt auf die Reaktion ihres Chefs. «Diesmal wird sie heftig», denkt einer von ihnen. «Was erzählst du da, Junge?» Descloux wirft Semir einen fragenden Blick zu. «Chef, die Geschichte ist doch klar», gibt er von sich. Paul überlegt lang, sehr lang. Dann: «Das ist es!», brüllt Descloux in den Raum und er klopft seinem Mitarbeiter dabei auf die Schulter. «Jemand muss ihm das Gift verabreicht haben», spricht der Chef zu seinen Leuten. «Also, beginnen wir neu, diesmal im Gefängnis. Ich will, dass der ganze Trakt auf den Kopf gestellt wird. Befragt alle Wärter, die am Montag und Dienstag gearbeitet haben. Den Gefängnisdirektor werde ich selbst vernehmen.» Paul Descloux ist sich sicher, dass die Geschichte mit dem Selbstmordversuch des Todeskandidaten nicht der Wahrheit entspricht. Er versucht, zu kombinieren. Wer hätte einen Vorteil davon, diesen Giulio zu vergiften? Weshalb sollte dieser in die Klinik und dort später befreit werden? Wer sollte so etwas tun?

Geri Dubois' Lage ist ernst. Mian Hang Li hat ihm ins Gesicht geschmettert, dass er der Letzte sei, der den Giftschrank geöffnet hat. Das wissen mittlerweile auch die Ermittler; Paul Descloux selbst wie auch seine Mitarbeiter. «Am Sonntagabend haben sie am Giftschrank ihren Code eingegeben, warum?» Die Frage der Ermittlerin durchzuckt Geris Körper. Es ist schlimm, denn er weiß genau, weshalb er zittert. Geri braucht nicht lange zu überlegen. Er denkt daran, wie er bei Caroline groß auftrumpfen wollte und jetzt in der Tinte sitzt. Er will sich nicht der Lächerlichkeit preisgeben. Ebenso wenig will er sich für diesen Blödsinn schämen. Geri überlegt ein paar Sekunden. Die Wahrheit ist ihm schließlich wichtiger als die Schmach dessen, was er getan hat. «Also, ich gebe zu, eine Dummheit begannen zu haben», antwortet er der fragenden Beamtin. Er erzählt der Ermittlerin die Geschichte mit Caroline. Wie er sie nach über zwanzig Jahren wieder gesehen hat und wie er ihr das Institut zeigte. Er erklärt weiter, dass er bei ihr punkten wollte und deshalb den Giftschrank geöffnet hätte. «Wann haben Sie diesen wieder geschlossen?», hakt die Frau nach. Jetzt erst dämmert es in Geris Kopf und er lässt die Fragende wissen, dass er Caroline die einzelnen Flüssigkeiten ausführlich erklärt hat. «Dann kam dieser verflixte Notfall dazwischen und ich rannte weg. Caroline war für längere Zeit allein im Raum vor dem offenen Giftschrank.» Er spürt, dass diese Aussage für seine weitere Laufbahn fatale Folgen haben würde.

Denise, die Ermittlerin, will noch ein paar Dinge von Geri wissen, dann lässt sie ihn gehen. Zwei Stunden später rapportiert Denise ihrem Chef, was sie von Dr. Geri Dubois erfahren hat. «Angesichts dessen könnte diese Caroline sowohl Toxin als auch Antitoxin an sich genommen haben.» Paul ist ein alter Fuchs und weiß, dass die unmöglichsten Geschichten oftmals die wahren sind. «So verrückt das auch tönt, doch ich sage dir: Diese Frau hat das Gift gestohlen. Sie hat den Häftling vergiftet, damit dieser in die Klinik überführt werden musste.» Seine Theorie verhärtet sich deshalb, weil «Caroline wusste, dass im toxikologischen Institut ein Gegengift vorhanden war und dass sie ihm das innert nützlicher Frist verabreichen würden.»

«Und im schlimmsten Fall hätte Caroline alles auffliegen lassen und den behandelnden Ärzten das Gegengift gegeben», unterstützt Denise Pauls These. «Sie wollte mit Bestimmtheit nicht zur Mörderin werden», ergänzt die rothaarige Frau.

37

Giulios Alarm auf dem Handy schrillt um 4 Uhr morgens. Genau, wie Giulio ihn aktiviert hatte. Gestern erwachte er noch in der Klinik, heute ist niemand da, der sich um ihn kümmert. Er kriecht runter vom Nachtlager und streckt seine Gliedmaßen. Sie schmerzen noch immer, vor allem die Beine. «Das Gift steckt noch zu sehr in meinem Körper», gibt sich Giulio die Erklärung dazu selbst. Er macht sich einen Aufguss aus Löwenzahnblüte und Ingwer. Beide Substanzen liegen in seinem Labor getrocknet bereit. Sein Plan steht. Er will Philomena aus der Klinik holen und sie bei sich behandeln. Giulio glaubt fest daran, dass er die Frau vor dem Tod bewahren kann und dass sie, nicht zuletzt seiner Behandlung wegen, wieder gesund sein würde.

Um vier Minuten nach fünf steht Giulio vor dem St. Katharina Hospital. Unweit davon hat er den schwarzen BMW geparkt. Er würde Philomena nicht weiter als ein paar Schritte tragen können. Giulio versteckt sich vor dem Haupteingang und wartet, bis die Frau hinter der Glasscheibe ihren Arbeitsplatz kurz verlässt. Dann schleicht er sich am Tresen vorbei und geht zum Sterbezimmer. «Hier muss sie liegen», weiß er. Der Mann kennt die Klinik noch immer in- und auswendig. Schließlich hat er fast 21 Jahre hier gearbeitet. Leise öffnet er die Türe zu diesem für einige Patienten «letzten Raum» in der Klinik. Giulio erkennt Philomena und erschrickt. Sie wirkt eingefallen und ihre Gesichtsfarbe ist fahl. Giulio will die Frau in seinen Armen davontragen, doch seine Gliedmaßen verweigern ihren Dienst. «Keine Chance», erkennt er. Zum Glück steht auf dem Flur ein herrenloser Rollstuhl herum. Er nimmt diesen und setzt Philomena hinein. Giulio weiß, dass um diese Zeit keine Menschenseele auf den Gängen anzutreffen ist. Er fährt mit Philomena zu Notausgang und bringt sie zum BMW. Mit Mühe schafft er es, diese auf die Rücksitze zu legen, und deckt ihren Körper mit einer Decke zu. Angekommen in seinem Labor legt Giulio Philomena auf die Liege und beginnt sofort mit seiner heilenden Pflege bzw. Behandlung. Die Frau ist nicht mehr ansprechbar. Sie wirkt wie ein Häufchen Elend.

Die Tagesschicht im St. Katharina Hospital tritt ihren Dienst an. Die Übergabebesprechung dauert heute nur sehr kurz. Das antretende Team hört sich die Ereignisse der vergangenen Nacht an und schwärmt dann aus. Hendrik, der für Philomena verantwortliche Pfleger, kommt heute zehn Minuten zu spät zu seinem Dienst. Er fühlt sich nicht gut und wollte heute eigentlich zuhause bleiben. Nur der Tatsache wegen, dass bereits eine Arbeitskollegin krankheitshalber ausgefallen ist, wollte Hendrik heute nicht fehlen. So ist er auch nicht überrascht, dass er das Bett seiner Patientin leer vorfindet. Er weiß, dass Philomena im Sterben liegt, und denkt sich, dass sie diese Nacht für immer gegangen wäre. «Ich habe das bei meiner Abwesenheit wohl nicht mitbekommen», sagt sich der junge Pfleger. Hendrik glaubt, dass der Leichnam von Philomena in der Pathologie wäre und auf die Freigabe zur Einäscherung wartete. Diese liegt im Westflügel der Klinik direkt neben dem hauseigenen Krematorium. Er kann nicht wissen, dass Philomena am Leben ist und in diesem Moment von Giulio behandelt wird.

Oberst Paul Descloux zeigt seinen Ausweis am Empfang des Gefängnisses. «Ich muss mit dem Direktor sprechen», weist er den Mann hinter der Glasscheibe an. Dieser ist erstaunt und greift zum Hörer. Hank, der Boss der Vollzugsanstalt, befiehlt ihm, den Mann in sein Büro zu bringen. Während die beiden durch die Gefängnisgänge zu Hank gehen, setzt sich ein zweiter Mann temporär auf den Stuhl im Empfangshäuschen. Sie betreten den Raum des Gefängnisdirektors. «Chef, Oberst Paul Descloux, Ermittler der Bundespolizei.»

«Guten Tag, bitte nehmen Sie Platz. Was kann ich für Sie tun?»

Der Chefermittler zeigt seinen Ausweis und überhäuft den Direktor mit unzähligen Fragen. «Gibt es Kamera-Aufzeichnungen vom besagten Abend?», will der Fragende wissen. Er muss sich ein genaues Bild von den Vorfällen am Montagabend machen. «Ja, ich werde diese bestellen und Ihnen zur Verfügung stellen», gibt Hank von sich. Jemand klopft an die Tür und bringt die Liste aller Wärterinnen und Wärter, die an diesem Abend gearbeitet haben. «Danke», murmelt der Direktor und reicht diese an den Ermittler weiter. Paul betrachtet die Liste eingehend. Jetzt ist er sich sicher: Es muss diese Caroline gewesen sein, welche dem Häftling 10326 das Gift verabreicht hat.

«Ist die Frau im Haus?», fragt er den Gefängnis-Boss.

«Ja, sie hat ihren Dienst um 8 Uhr angetreten.»

Mit seinem Handy ordert Descloux zwei Uniformierte weibliche Polizisten ins Gefängnis, dreht sich zum Direktor um und weist diesen an: «In einer Viertelstunde werden zwei Polizistinnen am Eingang erscheinen. Ich möchte, dass diese ungehindert zu mir begleitet werden.»

Hank instruiert die beiden Männer am Empfang. «Ist geregelt, alles klar.»

«In der Zwischenzeit möchte ich mit dieser Caroline sprechen», lässt Paul sein Gegenüber wissen. Er wird von Hank in ein fensterloses Besprechungszimmer geführt. Der Ermittler setzt sich und wartet. Es dauert rund 20 Minuten, dann erscheint die Frau in Wärteruniform. Fast gleichzeitig treffen auch die beiden herbeigerufenen Polizistinnen ein. «Bitte wartet draußen», befiehlt ihnen Descloux. Er stellt sich Caroline vor und stellt ihr drei Fragen, deren Antwort er eigentlich bereits kennt. Jetzt ist sich Paul sicher: «Es ist jene Frau, die dem Häftling Gift verabreicht hat, um ihn aus dem Gefängnis zu bringen.» Er holt die beiden Frauen vor der Türe rein. Paul Descloux wendet sich an Caroline mit den Worten: «Ich nehme Sie wegen des Verdachts, den Häftling 10326 vergiftet zu haben, fest.» Die Handschellen klicken und Caroline hört die Worte des Ermittlers: «Abführen!»

38

«Bitte entschuldigen Sie die frühe Störung.» Dr. Björn Lennard Enquist fällt es schwer, diesen Anruf zu tätigen. Er ist noch immer schockiert von der Nachricht einer seiner Ärztekollegen, dass Philomena letzte Nacht verstorben sei. Was Björn nicht weiß, ist, dass dieser Arzt weder jemals den Tod seiner Patientin festgestellt hat noch die Anordnung für den Transport des Leichnams in die pathologische Abteilung gab. Tatsache ist, dass Philomena während seines Nachtdienstes verschwand und jetzt nicht mehr auffindbar ist. Er wollte mit der Erklärung des Todes der Patientin die für ihn persönlichen und beruflichen Konsequenzen abwenden.

«Ich muss Ihnen leider mitteilen, dass Philomena letzte Nacht verstorben ist.» Weiter kommt Björn nicht, denn er hört am andern Ende einen Mann, der völlig aufgelöst ist und nur noch schluchzt. Dr. Enquist hält den Telefonhörer in seiner Hand und wartet geduldig. Es kommt ihm vor wie damals, als er den von Brauns die Nachricht des Krankheitsbefundes von Philomena übermitteln musste. Es dauert mindestens dreißig Sekunden, bis Thomas von Braun etwas in den Hörer heult. «Was passiert jetzt mit dem Leichnam unserer Tochter?» Der Arzt bestätigt ihm, dass der leblose Körper bereits eingeäschert worden sei. Das geschah auf Wunsch von Philomena selbst. Sie hat diesen in einer von ihr unterschriebenen Patientenverfügung dokumentiert. «Kommen Sie bitte heute Nachmittag um 16 Uhr ins Hospital; ich werde Ihnen die Urne persönlich überreichen.» Von Braun ist einverstanden und beendet das Telefongespräch. Er nimmt seine Helena in die Arme und versucht, sie zu trösten.

Die Trauer der von Brauns ist riesig. Natürlich haben sie gewusst, dass es um ihre Philomena schlecht steht, doch weder Helena noch Thomas haben jemals die Hoffnung aufgegeben, dass ihre Tochter dereinst wieder gesund werden würde. «Komm, Thomas, lass uns beten.» Helena, noch immer überwältigt von der Todesnachricht, zündet abermals eine Kerze an und die beiden bitten ihren Gott, er möge Philomena doch aufnehmen in seinen Himmel. «Warum ausgerechnet unsere Philomena?», fragt Thomas weinend. «Sie war doch ein so guter Mensch und konnte niemandem ein Haar krümmen. Warum?» Immer wieder dasselbe Wort: «Warum?» Der ehemalige Richter kann nicht verstehen, weshalb Philomena sterben musste. Er wird es in ein paar Tagen erst erfahren.

«Jetzt haben wir den Salat. Ich hab's gewusst. Solange dieser Giulio nicht tot ist, sind wir nicht sicher.» Marc, der Außenminister, schreit seinen Frust in die Runde. Alle um den runden Tisch versammelten Frauen und Männer versuchen, ihrem Kollegen zu helfen und ihm seine Angst zu nehmen. Doch ebenso weiß jeder von ihnen, dass Marc eigentlich recht hat. Es geht hoch her in der vom Regierungschef kurzfristig einberufenen Kabinettssitzung. Alle sprechen wild durcheinander und versuchen so, ihre Angst zu überspielen. Joseph, der Regierungschef fährt dazwischen: «Ja, Giulio ist geflüchtet; er lebt noch. Doch die landesweite Suche nach ihm wird bald vorbei sein. Dann nämlich, wenn der Mann von unseren Spezialisten gefasst werden wird.»

«Sollen wir in der Zwischenzeit Däumchen drehen und so tun, als ob nichts passiert wäre?», fragt Jacqueline, die Innenministerin, den Regierungschef.

«Die Polizei hat die Anweisung, Giulio zu erschießen, sobald er gesehen wird. Damit ersparen wir uns eine Wiederholung dieses fatalen Ausbruchs.» Die Versammelten schauen sich alle an, keiner sagt ein Wort. Es ist totenstill. «Ich werde Euch informieren, sobald das geschehen ist.» Damit erklärt Joseph die Sitzung für beendet.

«Wo um Gottes willen ist die Asche der Philomena von Braun?» Die neue Mitarbeiterin des Krematoriums versucht mit allen Mitteln, die ihr aufgetragene Aufgabe auszuführen. Täglich werden hier zwischen 10 und 15 Leichen eingeäschert. Es ist also äußerst wichtig, alles, was nach der Verbrennung übrigbleibt, feinsäuberlich in eine Urne abzufüllen und zu beschriften. Doch die junge Frau findet keinen Behälter mit dieser Aufschrift. Sie informiert ihren Chef darüber und hat Angst, dass dieser jetzt toben würde. Die Zeit drängt; in zwei Stunden muss die Urne bereitstehen.

«Hmm … schreibe eine neue Urne an und schütte von den bereitstehenden Behältern jeweils einen kleinen Teil Asche in diese.»

«Chef, das ist Betrug!», antwortet die Frau völlig entsetzt.

«Tu, was ich dir sage, tu es!», gibt dieser in harschem Ton zurück.

«Nein, ich unterstütze weder Lügen noch Verbrechen.» Sie zieht ihren Arbeitsrock aus und verlässt das Krematorium. Sie will nicht weiter in einem Betrieb, der kriminelle Machenschaften unterstützt, arbeiten. Dem Chef bleibt nichts anderes übrig, als die eben noch befohlene Arbeit selbst auszuführen.

Kurz vor 16 Uhr kommt Dr. Björn Enquist in den Westflügel und holt die Urne mit der Aufschrift Philomena von Braun ab. Helena und Thomas warten noch am Empfang des Krankenhauses, bis sie in Björns Büro geführt werden. Der Arzt begrüßt die Eltern der Verstorbenen und drückt ihnen sein tiefstes Mitgefühl aus. Gemeinsam versuchen sie, das Geschehene zu verarbeiten. Sie reden über Glauben, Gott und die Welt. «Wissen Sie, Björn, wir beide sind sehr gläubig und das gibt uns in dieser schwierigen Zeit sehr viel Zuversicht», erklärt Helena dem Arzt ihre Lebenseinstellung. Es nützt den beiden nicht viel, dass ihnen der Arzt erklärt: «Philomena war ein unglaublich guter Mensch. Tief in ihrer Seele, gepaart mit großer Weisheit. Ich habe sie gemocht wie sonst keine meiner Mitarbeiterinnen.»

«Ja, sie war unser Engel», erwidert Helena. Sie hat einmal mehr Tränen in ihren Augen, als sie von ihrer Tochter spricht. Jetzt stehen die von Brauns auf; sie wollen gehen.

«Bitte lassen Sie mich wissen, wenn ich Sie bei den Bestattungsvorbereitungen in irgendeiner Art und Weise unterstützen kann.» Mit diesen Worten verabschiedet sich Björn von den beiden. Thomas legt die Urne in eine dafür mitgebrachte Tasche. Am Ausgang sehen sie, wie ein Mann der Abendpost einen Stapel der neusten Zeitungen vor der Klinik deponiert. In großen

Lettern steht auf der Frontseite: «Philomena, die Tochter des ehemaligen Richters Thomas von Braun und seiner Helena, ist heute Früh gestorben.» Ohne dass sie der Presse eine Mitteilung überreicht hätten, schreibt diese vom Tod ihrer Tochter. «Ein Beweis mehr, dass leider auch im St. Katharina Hospital einiges nicht so läuft, wie es sollte.» «Korruption?», fragt ihn Helena. Thomas schweigt. Sie besteigen ihren blauen Lexus und tauchen in den Abendverkehr ein.

Zuhause stellen sie die Urne mit der vermeintlichen Asche Philomenas auf die antike Kommode, platzieren ein Bild ihrer Tochter daneben und beginnen mit den Vorbereitungen zur Urnenbeisetzung.

«Herr von Braun, Ihre Exzellenz möchte gerne mit Ihnen reden.» Die Frauenstimme im Bischofssitz kommt deutlich und klar durchs Telefon. «Guten Tag Herr von Braun», tönt es nach einem kurzen Klicken in der Telefonleitung. «Eure Exzellenz, guten Tag.» Der Bischof beginnt das Gespräch mit den üblichen Worten, die er an trauernde Eltern immer wieder richtet. Danach deutet er an, dass er die kirchliche Abdankung gerne selbst ausführen möchte. «Das bin ich Philomena wie auch Ihnen beiden schuldig.» Es tut den beiden sehr gut, dass sich der höchste Würdenträger ihres Bistums selbst dafür engagieren will. Sie stimmen seiner Bitte sofort zu. «Es wird mir eine große Ehre sein; ich danke Ihnen sehr.» Der Bischof bittet die von Brauns, alles Nötige zu organisieren und ihn dann von Ort und Zeitpunkt zu orientieren. «Übrigens: Samstagvormittag wäre ideal für mich.» Mit seinem bereits legendären «Gott behüte Sie» verabschiedet sich der Bischof und legt auf. Sowohl Helena als auch Thomas sind geschockt, diesmal im positiven Sinn. «Das ist sehr lieb, dass sich unser Bischof um uns kümmert», spricht Helena zu Thomas. «Sollen wir das den Zeitungen melden?»

«Ach vergiss es, meine Liebe, die wissen das bestimmt schon längst. Wir haben selbst erlebt, wie die funktionieren.»

Beide wissen nicht, dass dieser Akt der Kirche später als Imagepflege ausgelegt werden wird.

Das Thermometer im Befragungsraum steigt. Chefermittler Paul Descloux schwitzt. Er ist dabei, aus Caroline die Details ihrer Aktion herauszupressen. Er will vor allem wissen, wo sich Giulio aufhält. Sein Auftrag von höherer Stelle ist klar: Die Polizei soll den Gesuchten finden und ihn *auf der Flucht* erschießen. «Erzählen Sie uns die ganze Geschichte von Ihnen und diesem Giulio.» Caroline bleibt stumm; sie verweigert die Aussage. Der Befrager umkreist die Frau mit seinen Fragen, wie es ein Raubtier draußen in der Wildnis tut. Nur ist die Aktion von Descloux psychisch und nicht physisch. Doch Caroline ist fest entschlossen, nichts zu sagen. Mindestens so lange, bis Giulio Philomena behandelt hat. Ihre Antwort auf die unzähligen Fragen von Paul ist immer die gleiche: «Ich verweigere die Aussage.» Das hat ihr auch ihr Verteidiger geraten, der ihr von Amtes wegen zur Seite gestellt wurde und die Interessen seiner Mandantin vertritt. «Alles, was Sie sagen, kann vor Gericht gegen Sie verwendet werden. Sagen Sie am besten gar nichts.»

«Descloux dreht langsam durch», murmelt Semir hinter der überdimensional großen Scheibe im danebenliegenden Büro. Es ist der übliche Einwegspiegel, durch den außenstehende Beamte der Einvernahme zusehen und bei Bedarf auch zuhören können. Caroline bleibt hart, Paul Descloux schwitzt und schnaubt; er ist erschöpft. «Zurück in die Zelle», weist er die hinter Caroline an der Wand stehende Polizistin an. Wieder retour bei seiner Mannschaft im Büro neben dem Vernehmungsraum spricht er zu diesen: «Die Frau hat einen eisernen Willen und sie ist fest entschlossen, nichts zu sagen.»

«Und diese Sturheit bringt dich fast zur Verzweiflung?» Dominique, sein langjähriger Mitarbeiter, kann sich diesen Seitenhieb in Richtung seines Chefs nicht verkneifen.

«Wir brauchen dringend einen Hinweis auf den Verbleib dieses Giulio. Auf die Bevölkerung können wir nicht hoffen.» Der Ermittler kann nicht verstehen, dass er die mutmaßliche Täterin nicht weichklopfen kann. Paul hat es bisher immer geschafft. «Warum heute nicht?», fragt er sich. «Die ist sowas von stur», denkt er. Noch immer schwitzt der schwer übergewichtige Descloux, während er den Staatsanwalt anruft.

«Wir müssen die Frau morgen dem Haftrichter vorführen, ohne dass wir ein Geständnis haben», lässt er diesen wissen.

«Gut, ich werde das veranlassen. Keine Angst, meinem Antrag auf Haft wird vom Richter auch ohne Geständnis zugestimmt werden. Die Indizienlage ist erdrückend genug. Zudem ist Fluchtgefahr gegeben.» Paul verabschiedet sich und fährt in seinem alten Chevrolet Stingray nach Hause.

39

Philomena öffnet langsam ihre Augen; sie suchen den fremden Raum ab. Die Frau ist beeindruckt von den über 50 Fläschchen und der riesigen Sammlung an Büchern, die fein säuberlich in einem Wandregal stehen. Die beiden Kochplatten auf einer übergroßen Konsole stechen ihr ebenso ins Auge wie ein zweites Pult, auf dem Chaos herrscht. Sie sieht unzählige Blätter und Magazine, die völlig ungeordnet darauf herumliegen. Jetzt erblickt sie Giulio und erschrickt. «Habe keine Angst, Philomena. Ich bin's, Giulio. Kennst du mich noch?» Die Frage ist überflüssig. Natürlich erinnert sich die Frau daran, wie Giulio und sie sich nächtelang über Schulmedizin und Naturmedizin ausgelassen haben. Auch wenn das für Philomena schon sehr lange her ist, streckt sie ihre Hand zögerlich nach Giulio aus. Seine feine Berührung durchzuckt ihren Körper. Philomena ist sehr glücklich darüber. «Wo bin ich? Was ist passiert?» Ihre Worte sind leise, doch ihre anfängliche Angst scheint wie verflogen. Giulio ist ein Mensch, zu welchem die Frau immer volles Vertrauen hatte; das ist bis zum heutigen Tag so geblieben. «Philomena, du hast bis heute Morgen todkrank in der Klinik gelegen. Die Ärzte hatten dich abgeschrieben. Deshalb musste ich dich aus deinem Zimmer entführen. Ich bin für dich verantwortlich und ich will dich von deiner Krankheit befreien.»

«Wie geht's meinen Eltern? Was sagen sie du dieser Aktion?» Giulio kann nicht anders, als seiner Patientin die ganze Geschichte erzählen. Er beginnt mit dem ihm in die Schuhe geschobenen Mord des Zigarrenladen-Besitzers und endet mit seiner Flucht aus dem toxikologischen Institut. Deshalb kann er Philomena jetzt auch behandeln. «Ich zeig dir jetzt etwas Unglaubliches. Lies es bitte. Es ist schlimm, doch es muss leider sein. Ein Mosaikstein mehr im ganzen Bild.» Er reicht ihr die Abendpost. Dort liest Giulios Patientin in fetten Buchstaben: «Philomena, die Tochter des ehemaligen Richters Thomas von Braun und seiner Frau Helena, ist heute Früh gestorben.» Philomena sagt kein Wort. Innerhalb weniger Sekunden hat sich ihr Weltbild komplett verändert.

Es ist spät am Abend und seit nunmehr rund drei Stunden reden Philomena und Giulio sowohl über wichtige als teilweise auch banale Dinge. Giulio hat sich mit dem Gespräch zum Ziel gesetzt, dass Philomena ihre Selbstheilungskräfte aktiviert. Das war für ihn schon immer ein Teil seiner Behandlung und ist auch jetzt enorm wichtig. «Ohne die komplette Bereitschaft Philomenas kann ich sie nicht behandeln. Heilen tut sie sich letztlich selbst.» Giulio erklärt seiner Patientin, dass er bereits nach ihrer Ankunft in seinem Labor begonnen hat, sie zu behandeln. «Ich musste dich teilweise entblößen, um dir meine Salben und Tinkturen einreiben zu können. Es ging leider nicht anders. Bitte entschuldige.»

«Ach Giulio», haucht ihm Philomena entgegen; sie ist wieder sehr müde geworden. «Ich sehe dich als meinen Arzt und nicht als Mann, versteh das bitte richtig. Ist schon in Ordnung, was du mit mir tust.» Noch kurz bevor Philomena wieder einschläft, bringt sie ein leises «Ich danke dir» über ihre Lippen. Dann ist sie wieder im Land der Träume.

Dr. Geri Dubois räumt seine persönlichen Dinge im Büro des toxikologischen Institutes zusammen. Heute Früh ist er von Mian Zhang Li fristlos entlassen worden. Die Begründung ist ihm klar. Ohne sein Zutun hätte die Aktion Caroline–Giulio mit dem Gift niemals stattfinden können. Sein Kopf dreht sich und Geri ist wütend, dass er sich von Caroline hat an der Nase herumführen lassen. «Warum bloß konnte ich ihren Reizen nicht widerstehen?» Die Antwort ist klar: Weil es so sein musste. Doch Geri denkt anders, er versucht, in seinem Leben alles, was passiert, rational zu erklären. Trotz all seines Missmutes und der schieren Verzweiflung sieht Geri einen Silberstreifen am Horizont. Er spürt, dass für ihn irgendwo ein Licht aufgehen wird.

Noch während der gefeuerte Oberarzt seine Kartonschachteln füllt, klingelt sein Telefonapparat. «Wohl zum letzten Mal», denkt er und nimmt den Hörer ab. «Dr. Dubois?», hört er am anderen Ende der Leitung. «Mein Name ist Björn Enquist. Ich bin medizinischer Leiter des St. Katharina Hospitals.» Geri ist erstaunt und er fragt sich, was dieser Enquist denn von ihm wolle. «Wir brauchen einen Leiter der Abteilung für palliative Medizin. Kann ich mit Ihnen darüber reden?» «Jaaaa», stottert Geri in den Hörer. Er traut seinen Ohren kaum. «Heute Nachmittag, um 14 Uhr in meinem Büro?», fragt Enquist weiter. «Ja», das ist das Einzige, was Geri über seine Lippen bringt. Dann beendet Dr. Björn Lennard Enquist den Anruf. Geri legt den Hörer auf und setzt sich. In diesem Moment spürt er, dass er eben Zeuge von etwas Außergewöhnlichem geworden ist. Ein Gefühl von Wärme steigt in ihm auf. Der gefeuerte Arzt merkt, sie sich sein Leben soeben verändert hat.

Noch ein Leben hat sich verändert, nämlich jenes von Caroline. Sie wird von Ihrem Anwalt in diesem Moment darüber informiert, dass die Haftrichterin dem Antrag der Staatsanwaltschaft für Carolines Untersuchungshaft zugestimmt hat. Sie tat dies mit der Begründung «Es besteht Fluchtgefahr.» «Sie wissen, was das für Sie heißt?» Der Anwalt erklärt seiner Mandantin, dass sie mindestens bis zum Zeitpunkt der Gerichtsverhandlung inhaftiert sein würde. «Was dann kommt, ist von einigen Faktoren abhängig», lässt er offen. «Doch wenn alles normal läuft müssen Sie für Ihr Vergehen mit einer Strafe von fünf Jahren rechnen. Machen Sie sich auf ein Leben hinter Gittern gefasst.» Caroline wirkt sehr ruhig. «Was ich getan habe, war richtig», ist sie überzeugt. «Jetzt hoffe ich nur, dass Giulio seine Mission Heilung von Philomena ausführen kann.» Ihre Augen beginnen zu glänzen. Sie denkt in diesem Moment daran, dass ihr heimlich geliebter Giulio Philomena vor dem Tod retten würde.

Da ist noch eine weitere Frau, welche sich sehr zu Giulio hingezogen fühlt. Margarethe sitzt am Küchentisch in ihrer Wohnung und sieht fern. Die Abendpost liegt auf dem Tisch. Giulios Nachbarin muss mitansehen, wie die Suche nach Giulio auf Hochtouren läuft. Ein zum Tode verurteilter Verbrecher, so wird Giulio bezeichnet, muss schnellstens dingfest gemacht und in die Haftanstalt zurückgeführt werden. Aufrufe kurz vor jeder Nachrichtensendung sowie Einschaltsendungen sollen die Festnahme möglichst schnell erwirken. Doch kein einziger Hinweis geht ein. Darüber ist die Polizei sehr erstaunt, das sind deren Verantwortliche nicht gewohnt. Kann es sein, dass das Volk die ihnen dargebotene Version des Raubes mit anschließendem Mord nicht glaubt? Oder ist es ganz einfach so, dass keiner der Millionen Menschen Lügen und Verbrechen unterstützen will?

Margarethe ist traurig darüber, dass Giulio sein Leben nicht genießen kann, sondern sich dauernd verstecken muss. Was hat Margarethes Nichte Karin auf dem Rückweg vom Gefängnis im Auto gesagt? «Giulio wird nicht hingerichtet werden.» «Eigenartig», sagt sich Margarethe. In diesem Moment klingelt die Glocke an der Tür. Zwei Polizisten in Zivil bitten um Einlass. Der Ältere der beiden beginnt sofort mit der Befragung der hier wohnenden Frau. «Was können Sie uns über den Aufenthalt von Giulio sagen?»

«Nichts», tönt es von der Frau zurück. «Ich hatte seit seiner Festnahme vor ein paar Wochen außer einem Besuch im Gefängnis keinen Kontakt zu ihm.»

«Giulio ist weder in seiner Wohnung noch befindet er sich in seiner Praxis an diesem geheimen Ort. Ich frage Sie ein letztes Mal: Wo ist Giulio?»

Margarethe lässt sich nicht einschüchtern, sie bleibt erstaunlich ruhig. «Hören Sie gut zu. Ich sage es Ihnen ein letztes Mal: Ich weiß nicht, wo Giulio ist!» Sie ist erschrocken über ihren Ton und ihre Standfestigkeit. Den beiden Beamten bleibt nichts anderes übrig, als unverrichteter Dinge wieder abzuziehen. Sie wissen, allein der Reaktion von Margarethe wegen, dass sie nicht gelogen hat. Dazu haben die beiden zu viel Erfahrung.

Thomas von Braun hört die Glocke und öffnet seine Haustüre. Sein Freund Lasse van Hook nimmt Thomas in seine Arme und drückt ihm verbal sein tiefstes Beileid aus. Ebenso tut er das bei Helena. «Für eine Mutter oder einen Vater muss es unerträglich sein, wenn das eigene Kind noch vor einem selbst geht», denkt er sich. «Ich werde Euch nicht lange stören; zu viel habt Ihr beide im Moment um die Ohren.» Der Mann fährt fort: «Ich habe gehört, dass Ihr Philomena am Samstag bestatten wollt, stimmt das?»

«Ja, und der Bischof wird die Totenmesse halten; am Samstag um elf Uhr», erwidert ihm Thomas.

«Dürfen meine Leute für die Abendnachrichten einen Kurzbericht über Abdankung und Bestattung verfassen?»

«Wenn sie sich diskret im Hintergrund halten, ist das okay für mich. Was meinst du, Helena?» Sie nickt und gibt damit ihr stilles Einverständnis.

«Danke, meine lieben Freunde. Selbstverständlich werdet Ihr den Beitrag vor der Ausstrahlung sehen, um allenfalls Korrekturen daran vornehmen zu können.»

«Nicht nötig, Lasse, danke trotzdem. Wir vertrauen dir.»

Der Besucher bedankt sich nochmals persönlich bei Helena und Thomas, dann verlässt der TV-Boss das Haus und fährt davon.

«Es ist schon komisch», sagt der ehemalige Richter zu seiner Frau. «Seit jenem Moment, in dem ich Giulio zum Tode verurteilt habe, sind wir Personen des öffentlichen Interesses.» Sie hört gar nicht zu, was ihr Thomas sagt, zu sehr ist Helena mit ihrer Trauer beschäftigt. «Hat das vielleicht mit der Erpressung an mir zu tun?» Diese Gedanken sind schnell wieder verflogen, denn es klingelt erneut. Diesmal stehen zwei Polizisten vor der Tür und bitten um Einlass. Dabei handelt es sich um dieselben Beamten, die heute schon bei Margarethe waren. «Bitte entschuldigen Sie, dass wir Sie bei Ihren Trauervorbereitungen stören müssen» gibt der Ältere von sich. Er beginnt sofort mit der Befragung von Helena und Thomas. Der ganze Spuk dauert nicht mal fünf Minuten. Dann sehen die Polizisten ein, dass die von Brauns keine Ahnung von Giulios Verbleib haben. «Was interessiert uns dieser Giulio? Wir haben andere Probleme zu lösen. Also lassen Sie uns bitte in Ruhe.» Das war's und die beiden müssen auch hier ohne Erfolgserlebnis wieder gehen. Trotz seiner tiefen Trauer denkt Thomas über Giulio nach. «Die Polizei muss schon sehr nervös sein, dass sie sogar uns zum Verbleib dieses Gesuchten befragen.» Er weiß gar nicht, wie richtig er mit seiner Annahme liegt.

40

Es ist früh am Morgen und Giulio ist eben erst erwacht. Philomena hat im Schlaf gesprochen, und zwar derart laut, dass Giulio im Nebenraum aufgewacht ist. Er schaut auf die Uhr. Sie zeigt dreizehn nach vier. Obwohl er noch sehr müde ist, dreht Giulio das Licht an. Er darf jetzt nicht schläfrig agieren, das weiß Giulio nur zu gut. Sein Nachtlager im Nebenraum besteht aus einer am Boden liegenden Matratze mit Kissen und einer überdimensional großen Wolldecke. Diese Matte fand Giulio im Keller, wo sie schon mehrere Monate herrenlos herumlag.

«Bitte trink das.» Giulio reicht Philomena eine Tasse mit einem eben zubereiteten Aufguss aus Ginkgo. «Es wird dir helfen, wieder klar zu denken.» Damit will Giulio ausschließen, dass seine Patientin ihre Selbstheilung nicht aktiviert hat. Trotz der frühen Uhrzeit fährt Giulio mit seiner gestern begonnenen Behandlung fort. Der Kräutermann reibt seiner Patientin mit verschiedenen Salben und Tinkturen ein. Natürlich könnten letztere auch oral verabreicht werden, doch getrunkener Alkohol hat in Giulios Welt nichts verloren. Er benötigt die alkoholhaltigen Essenzen und Elixiere ausschließlich zum Einreiben, sprich zur Verabreichung über die Haut. Jetzt setzt er sich neben Philomena auf einen Sessel und redet mit ihr. Er tut das immer wieder. Es ist ein Teil seiner Behandlung. Nach einer halben Stunde wirkt die Patientin einmal mehr sehr müde. «Schlaf wieder ein, Philomena. Ich werde mich auch nochmal hinlegen.» Dann dreht er am Lichtschalter und begibt sich in sein *Schlafgemach*.

Giulios frühmorgendlicher Traum kommt nicht von ungefähr. Der Naturheiler sieht sich inmitten einer riesigen Schar Menschen. Sie alle verfolgen dasselbe Ziel: Sie möchten zurück zur Natur. An einer friedlichen Kundgebung wollen die Leute ihre Mitmenschen informieren, ja, sogar überzeugen, wie wichtig ihnen unser Planet ist und dass sie Sorge für ihn tragen sollten.

Symbolisch trägt eine Gruppe davon einen Sarg mit einem aufgemalten Globus. «Dieser Anblick ist fürchterlich», schreit der Träumende und erwacht. Giulios Körper ist nass, das Wasser dringt aus seinen Poren. So sehr hat ihn dieser Traum mitgenommen. Er sieht den Sarg vor sich und weiß, was er zu tun hat.

«Wie nur soll ich das Philomena erklären?», fragt sich Giulio hinter seinem Tee sitzend am Tisch. «Sie wird mir das nie verzeihen», denkt er. «Trotzdem muss ich es tun!»

Die Zeit verstreicht und Giulio wartet geduldig, bis Philomena erwacht. Es ist Freitagmorgen, kurz nach neun Uhr.

«Philomena, ich muss dir was sagen», beginnt der Naturheiler mit seiner Patientin zu sprechen. «Morgen Samstag ist deine Abdankung und anschließend die Urnenbeisetzung geplant. Ich werde daran teilnehmen.» Giulio weiß, dass er sich dabei einem großen Risiko aussetzen wird. Doch das ist im Moment sekundär. Wichtig für ihn ist jetzt nur, dass er die Energie der Trauergemeinschaft spürt und sich ein Bild von deren Kummer und Leid machen kann. «Genau **das** wird mich beflügeln in meiner Mission, Philomena wieder gesund werden zu lassen.»

«Du hast mein volles Vertrauen, Giulio. Wenn du dort mit dabei sein willst, dann tu es.» Philomena ist eine sehr weise Frau. «Ich muss es nicht verstehen, nur akzeptieren.» Das ist ihr Credo gegenüber Menschen, die anders denken oder handeln, als sie es tun würde. Tief in ihr drin spürt die Frau, dass Giulio sie von ihrer Krankheit erlösen und bis zu ihrer völligen Genesung behandeln würde.

Die Abenddämmerung bricht herein über die Stadt. Giulio hat Philomena fast den ganzen Tag über mit seinen Mitteln versorgt. Der Mann ist müde. Während Philomena wieder schläft, setzt sich Giulio erneut an den Tisch und lässt die letzten vier Tage noch einmal Revue passieren. In seinen Erinnerungen sieht er noch den Moment, als ihm die Gefängniswärterin das Abendessen gebracht hat. «Diese abscheulichen Bohnen», denkt er. Nach deren Verzehr schließen sich seine Schleusen. Erinnern kann er sich erst wieder ab jenem Moment, als Caroline in sein Zimmer gestürmt ist und ihn mit einem Rollstuhl zur Tiefgarage gebracht hat. «Diese Frau hat derart viel getan für mich und sie hat sich dabei völlig aufgeopfert», geht es ihm durch den Kopf. Giulio spürt, dass er Caroline, zumindest für die nächsten Jahre, nicht mehr sehen wird. Trotzdem fragt er sich, was seine ehemalige Wärterin in diesem Moment wohl tun würde. «Ich darf gar nicht daran denken», weiß Giulio. «Es geht jetzt allein um meinen Auftrag.»

Die von Brauns sitzen zuhause an ihrem Wohnzimmertisch. Beide sind sie müde und erschöpft. So sehr haben die Vorbereitungsarbeiten zur Abdankung und Urnenbeisetzung das Ehepaar mitgenommen. Eben waren sie noch beim Bischof, der morgen Samstag die Abdankung vornehmen wird. Helena hat das Leben ihrer Tochter auf zwei A4-Seiten aufgezeichnet, damit sich der geistliche Würdenträger ein Bild von der Verstorbenen machen kann. Vor zwei Stunden haben die von Brauns die Bestätigung für die Raummiete und den Imbiss für die Trauergäste erhalten. Dass die Räumlichkeit später aus allen Nähten platzen würde, wissen die beiden heute noch nicht. Thomas und Helena rechnen mit einer großen Anzahl; sie haben 150 Besucher budgetiert. «Haben wir wirklich an alles gedacht?», fragt Helena ihren Mann. Es ist gut, dass die von Brauns Bedenken haben, denn durch den Stress des Organisierens können sie ihre Trauer zwar nicht vergessen, doch für den Moment verdrängen.

Zur selben Zeit legt sich Giulio seinen Plan für die Teilnahme am Samstag zurecht. Er ist überzeugt davon, dass die Kathedrale sehr gut gefüllt sein wird. Trotzdem getraut er sich nicht, bei der Abdankungsfeier für Philomena zu erscheinen. Er würde sicher erkannt werden und das alte Bauwerk mit bloß vier Ein- und Ausgängen könnte für ihn zur Falle werden; ein Entkommen wäre undenkbar. Für die Bestattungsfeier draußen auf dem Friedhof sieht Giulio kein Problem. Er würde dabei eher am Rande der Trauergemeinde stehen. Somit hätte er, sollte er erkannt werden, verschiedene Fluchtmöglichkeiten. Er spielt jede einzelne in seinem Kopf durch und kommt zum Schluss: «Ich habe alle Faktoren berücksichtigt. Das Restrisiko bleibt sehr gering.» Doch eines kann er nicht wissen: Lasse van Hooks TV-Sender wird die ganze Trauerfeier mit ihren Kameras festhalten.

41

«Was, kein einziger Hinweis soll eingegangen sein? Erzählen Sie mir nicht einen derartigen Blödsinn!» Joseph, der Regierungschef ist außer sich. «Lassen Sie sich etwas Besseres einfallen!» Er schreit in den Telefonhörer, an dessen Ende sich der Chef der staatlichen Sicherheitspolizei befindet.

«Es tut mir leid, doch das ist die Wahrheit», antwortet dieser und überlegt. «Warum nur ist unser Regierungschef derart in Rage? Was treibt ihn dazu an?» Zwei Fragen, deren Antworten er heute noch nicht kennt. War es gestern noch sein Ministerkollege Marc, den er beruhigen musste, so ist er heute selbst an der Reihe. Der Regierungschef zittert am ganzen Leib. «Es ist aus!», sagt er zu sich. «Wenn dieser Giulio nicht sofort gefunden und auf der Flucht erschossen wird, dann können wir zusammenpacken.»

Trotz all diese widrigen Umstände; ein Hoffnungsschimmer keimt in ihm auf. «Ist dieser Typ überhaupt noch am Leben?» Jetzt greift Joseph erneut zum Hörer. Diesmal will er mit dem Chef des Geheimdienstes reden. «Ich erwarte Sie so schnell wie möglich in meinem Büro.» Das klingt nicht nach einer Bitte, eher nach einem Befehl. Es vergehen knappe zehn Minuten, da steht der Geheimdienstchef vor Joseph in dessen Büro. «Die Zeit des Blödelns und der erfolglosen Aktionen ist vorbei. Jetzt packen wir die Sense aus!» In seiner Wut hat der Regierungschef ganz vergessen, sein Gegenüber zu bitten, Platz zu nehmen.

«Darf ich?», fragt dieser höflich.

«Ja, klar, logisch doch!» Joseph macht eine Handbewegung und weist seinem Gegenüber einen Stuhl an. «Hören Sie mir gut zu. Dieser Giulio muss verschwinden, und zwar schnell!» Der Mann spürt, dass der Regierungschef kurz davor steht, durchzudrehen.

«Was schlagen Sie vor?», erlaubt er sich, diesen zu fragen.

«Ist mir scheißegal! Sie sind der Geheimdienstchef, also lassen Sie sich was einfallen!», brüllt er Herbert, den 52-jährigen

Mann an. «Und noch was: Dieser Giulio darf unter keinen Umständen zurück ins Gefängnis. Ist das klar?»

«Okay, ich werde Ihnen noch heute Bescheid geben.» Herbert zieht es vor, nicht weiter mit Joseph zu reden, und verabschiedet sich von ihm. «Was ist bloß passiert mit dem Mann?», fragt sich Herbert selbst. Er ahnt nicht im Geringsten, wovor die Regierung riesige Angst hat.

«Ich muss dich jetzt für ein paar Stunden allein lassen. Kommst du klar damit, Philomena?» Giulios Frage ist rein rhetorisch gemeint. Seit gestern ist er fest entschlossen, der Urnenbeisetzung seiner Patientin beizuwohnen. Deshalb wartet er die Antwort der Frau gar nicht erst ab. Er versichert Philomena, dass ihr hier nichts passieren würde. «Die Türe ist durch einen elektrischen Code gesichert, den nur ich kenne.» Er zieht sich den Wintermantel sowie eine wollene Mütze an. Beides hat ihm Caroline vor drei Tagen im Auto in die Hand gedrückt.

Es ist irreal: Heute wird Philomena zu Grabe getragen, währendem sie tatsächlich noch lebt und in Giulios Labor liegt. Giulio steigt in seinen schwarzen BMW, die Mütze tief ins Gesicht gezogen. Er ist sich sicher, dass er so nicht erkannt werden würde. Den Weg zum Friedhof kennt er auswendig; schließlich lebt der Mann schon seit seiner Geburt in dieser Stadt. Am Friedhof herrscht schon reger Betrieb. Giulio ist erstaunt, dass derart viele Menschen zu Philomenas Urnenbeisetzung gekommen sind. Noch vor knapp zwei Stunden fand in der örtlichen Kathedrale die Abdankung statt. Das Gotteshaus war zum Bersten voll. Giulio hätte, wäre er erkannt worden, keine Chance zur Flucht gehabt.

Der Kräutermann parkiert seinen Wagen so, dass er im Notfall nur einsteigen und davonfahren muss. Klar, dass dieser Parkplatz ganz am Ende des Friedhofes gelegen ist. Trotz all dieser Vorsichtsmaßnahmen erstaunt es sehr, dass Giulio kein Anzeichen von Angst zeigt. Er ist sich sicher, dass alles rund laufen würde. Das sagt ihm eine innere Stimme.

Während sich der Trauerzug an ihm vorbei in Richtung der Grabstätte bewegt, steht Giulio am Rand einer riesigen Schar von Menschen. Er senkt seinen Kopf so, dass er nicht erkannt werden kann. Der Mann mit der Mütze fällt niemandem auf, denn alle halten sie ihr Haupt gesenkt, als ein Mann mit der Urne an ihnen vorgeht. Giulio interessieren die verschiedenen Grabreden nicht. Er ist nur da, um die Menschen mit ihrem Leid zu spüren. Das ist für ihn nicht einfach, weil er die riesige Menschenmenge auf über tausend Personen schätzt. Zudem ist sich Giulio sicher, dass mindestens die Hälfte von ihnen Philomena gar nicht persönlich gekannt hat. Sehen und gesehen werden macht leider auch vor einer Urnenbeisetzung nicht halt. Nach knapp zwei Stunden ist die Bestattung vorbei. Sie dauerte lange, sehr lange. Nicht weniger als 14 Trauerreden wurden am offenen Grab gehalten. Gesetzeshüter waren keine vor Ort. Das erklärt sich damit, dass die Polizei bisher keinen Zusammenhang zwischen Giulio und Philomena sieht. Entgegen allen Befürchtungen ist nichts passiert. Sicherheitshalber geht Giulio in leichtem Lauf zu seinem Auto und fährt zurück in sein Labor.

Sein Parkplatz ist besetzt. «Mist», denkt Giulio. Es bleibt ihm nichts anderes übrig, als einen freien Platz in der hauseigenen Tiefgarage zu belegen. Er schreibt den Grund, weshalb er hier geparkt hat, auf einen Zettel und legt diesen hinter die Windschutzscheibe. Es ist halb vier und Giulio gibt an der Folientastatur den Zahlencode ein. Jetzt ist er wieder bei Philomena. «Sie schläft», bemerkt er, und es ist Zeit, dass Giulio jetzt an sich denkt und etwas isst. Er muss sich stärken. Denn für sein Schlussritual mit Philomena will Giulio fit sein.

Um sieben Uhr abends wird im Lasse van Hooks Privatsender ein Beitrag über die Bestattung von Philomena gezeigt. Alle, die nicht persönlich daran teilgenommen haben, können sehen, dass über tausend Menschen der Urnenbeisetzung beigewohnt haben. «Was nützt uns das?», fragt sich Thomas von Braun. «Unsere Philomena ist tot. Selbst hunderttausend Menschen würden sie nicht wieder zum Leben erwecken können.» Trotzdem ist er berührt von der Tatsache, dass der Tod seiner Tochter derart vielen Menschen nahe geht. Der Beitrag im Fernsehen ist kurz und sehr gut. Er zeigt alle relevanten Details über diese Bestattung. Am Ende schwenkt eine der Kameras über die Besucher hinweg und zeigt, wie sie sich alle wieder auf den Heimweg machen.

Das Gleiche, was die von Brauns jetzt sehen, zeigt sich auch auf dem TV-Schirm in der Wohnstube der Familie Descloux. Paul greift eben zu seinem Rotweinglas und erstarrt. «Das ist doch dieser Giulio!», schreit er. Giulio fällt Descloux nur deshalb auf, weil er als Einziger der Trauergäste rennt. Der Chefermittler erkennt einen Mann, der mit tief ins Gesicht gezogener Mütze zu seinem schwarzen BMW hetzt und wegfährt. Sofort stoppt er seinen Fernseher, um sich das Ganze nochmals anzusehen. Er tut es immer wieder – so lange, bis er sich sicher ist: «Das ist Giulio.» Sofort ruft er sein Team zusammen und wird sich in einer halben Stunde mit diesem in seinem Büro treffen.

«Semir, du besorgst diesen TV-Beitrag, sofort!», schreit er dem jungen Ermittler entgegen. Dann «die Nummer!» Immer wieder «die Nummer». Dank modernster Software ist es der Polizei heutzutage möglich, die Zeichen auf einem Nummernschild auch auf einem verschwommenen Bild erkenntlich zu machen.

Die Auswertung dessen führt die Ermittler geradewegs zur vermietenden Firma des schwarzen BMW. Es stellt sich heraus, dass eine gewissen Alexandra Papadopoulos den Wagen vor drei Tagen gemietet hat. Paul Descloux will die besagte Frau persönlich vernehmen und steht zusammen mit einem seiner Mitarbeiter vor deren Wohnungstüre. Eine Frau Mitte dreißig in leichter Bekleidung öffnet. Sie ist erschrocken, dass am Samstagabend um sieben Uhr jemand etwas von ihr will. Die beiden Männer geben sich als Polizisten zu erkennen und bitten um Einlass. «Moment, ich muss mir erst einen Bademantel überziehen.» Paul Descloux schießt gleich los. Nachdem er Alexandra die Geschichte mit Giulio geschildert hat, sucht er den Zusammenhang zwischen den beiden. Alexandra fällt aus allen Wolken. Sie erklärt dem Chefermittler, wie und mit welcher Begründung sie von

Caroline gebeten wurde, das Auto für zehn Tage zu mieten. Descloux glaubt ihr kein Wort. Deshalb nehmen sie die beiden Männer mit ins Präsidium und befragen Alexandra erneut. Diesmal unter weit härteren Bedingungen. Die Befragte lässt sich nicht einschüchtern und erzählt immer wieder die gleiche Geschichte. Selbst die Drohung Descloux' «Wir können Sie auch hierbehalten» zeigt bei der Mittdreißigerin keine Wirkung. Wie sollte sie auch? Schließlich schildert die Frau immer wieder dasselbe; es ist die Wahrheit.

Semir, Pauls junger Ermittler, klopft an die Türe des Vernehmungsraumes und tritt ein. «Paul, hast du bitte einen Moment Zeit? Es ist wichtig.» Mürrisch steht Descloux auf und unterbricht die Befragung von Alexandra. Dabei vergisst er nicht, dem an der Wand stehenden Uniformierten zuzunicken, was heißt: Pass auf die Frau auf. Semir ist sich bewusst, dass er mit den nächsten Worten sowohl seine Kompetenz überschreitet, als auch seine Karriere gefährdet. Er tut es trotzdem. «Paul, diese Frau sagt die Wahrheit. Ich bin mir sicher.» Der aus dem Balkan stämmige Mann wartet auf den Wutausbruch seines Vorgesetzten. Descloux schaut ihn an und überlegt lange. Dann geschieht etwas Unerwartetes. «Ja, Semir, du hast recht.» Er geht zurück in den Vernehmungsraum und lässt die Befragte gehen. «Diese Caroline ist die Drahtzieherin. Wir werden sie uns nochmals vernehmen. Und du Semir löst die Großfahndung nach dem schwarzen BMW aus. Der muss irgendwo zu finden sein.»

42

Giulio hat sich mit Büchsennahrung gestärkt und mächtig Tee getrunken. Der Heiler ist bereit für den Schlussakt, sprich für das schamanische Ritual, wie er es nennt. Dabei bedient sich der Kräutermann diesmal nicht nur seiner unzähligen Kräuter. Vielmehr ist es eine seelische Genesung, die Giulio schon vor einigen Monaten in seine Heilung mittels der Kräuter eingebaut hat. Er ist sich bewusst, dass auch die Krankheit von Philomena ein Ungleichgewicht zwischen Körper, Geist und Seele ist. Die verschiedenen Handlungen an seiner Patientin, immer gepaart mit derer hundertprozentiger Unterstützung, dauern rund eine Stunde. Er weiß, dass der Heilungsprozess nach seiner Behandlung erst richtig losgehen wird. Giulio reibt die Frau ein letztes Mal mit verschiedenen Essenzen und Salben ein. Als Tranksame hat er einen Tee aus Ginkgo und Salbei bereitet, den er Philomena einflößt. Danach schläft die Frau wieder ein. Giulio ist komplett schweißgebadet; der Heiler ist fix und fertig.

«Eines vorweg: Wir wissen, dass Giulio noch lebt. Er hat sich an der Bestattung von der Tochter der von Brauns sehen lassen.» Herbert, der Geheimdienst-Chef, hat den Beitrag im TV gesehen. Die vom ranghöchsten Minister ausgesprochenen Worte überraschen ihn nicht. «Joseph, ich habe die Lösung.» Er erklärt dem Regierungschef, dass er Giulio in eine Falle locken will. «Von Braun soll Giulio in einem Fernsehinterview bitten, sich mit ihm in Verbindung zu setzen. Jetzt, nach dem Tod seiner Tochter wäre ihm sehr daran gelegen, sich bei ihm persönlich für das von ihm verhängte Todesurteil zu entschuldigen. Was er dabei erzählen will, ist egal. Hauptsache, wir schnappen Giulio.»

«Und wie wollen Sie den ehemaligen Richter dazu bringen?», fragt Joseph den Geheimdienst-Chef.

«Der Journalist wird ihm sagen, er hätte jetzt Gelegenheit, der Öffentlichkeit alles über seine Erpressung mitzuteilen und sich mit Giulio zu versöhnen.»

«Danach werden wir alles, was von Braun im Interview über seine Erpressung gesagt hat, aufs Schärfste dementieren und den Leuten sagen, das wäre aufgrund seines Zustandes tiefer Trauer nur logisch.»

«Genau», frohlockt Herbert.

Die beiden Männer stehen auf und reichen sich die Hand. Damit ist der Pakt besiegelt. Herbert weiter: «Ich werde alles Nötige veranlassen.» Dann verlässt er das Bureau des Regierungschefs und beginnt gleich damit, seinen Plan in die Tat umzusetzen.

Joseph indessen ruft seinen persönlichen Assistenten zu sich. «Veranlassen Sie, dass die Bevölkerung darüber informiert wird, dass eine noch viel höhere Summe für jeden Hinweis, der zur Festnahme Giulios führt, bezahlt wird.» Josephs Assistent reißt seine Augen auf, als er von seinem Chef die exorbitant hohe Summe hört. Sie entspricht zwei durchschnittlichen Jahreslöhnen eines Arbeiters in diesem Land. «Machen Sie sich keinen Kopf. Der Steuerzahler kommt auch dafür auf», grinst er hämisch …

Descloux vernimmt als einer der ersten die Höhe der neuen Summe, die für Giulios Festnahme bezahlt wird. Seine Stirn runzelt sich. Es ist nicht primär diese unglaublich hohe Summe, die neu auf Giulios Kopf ausgesetzt wurde. Vielmehr fragt sich der Chefermittler: «Warum haben wir den Befehl, Giulio zu erschießen? Warum kann ihn die Polizei nicht einfach festnehmen und wieder ins Staatsgefängnis zurückbringen? So würde er in ein paar Tagen sowieso hingerichtet werden.» Diese Gedanken in Pauls Kopf sind neu. Er beginnt, eine Sache zu hinterfragen, und spürt: «Das wird heftig.» Doch dazu braucht er Zeit. Und die hat Descloux im Moment nicht, weil Denise den Raum betritt. Sie ist jene Ermittlerin, welche schon Dr. Geri Dubois im toxikologischen Institut befragt hat. «Hör zu, Denise, ich brauche dich.» Für die Frau ist die Aussage ihres Chefs normal. Schließlich ist sie gewohnt, zusammen mit Paul zu arbeiten. «Ich will dich bei der erneuten Einvernahme dieser Caroline mit dabei haben», klärt Descloux seine Mitarbeiterin auf. «Wir werden die Frau ausquetschen. Dabei machen wir auf *good cop* und *bad cop*. Du bist die Gute, ich mime den Bösen. Und denk daran: Das Ganze läuft kreuzverhörartig ab, also alternierend. Du eine Frage – ich eine Frage.»

Denise bespricht sich noch mit den anderen Kollegen und bringt sich auf den neusten Stand der Ermittlungen. «Was ist das Ziel dieses Verhörs, Chef?»

«Ganz einfach, ich will von der Frau Giulios Aufenthaltsort erfahren. Holt diese Caroline und bringt sie in den Vernehmungsraum», befiehlt Paul zwei uniformierten Polizisten.

«Jawohl, Chef», tönt es zurück und die beiden rennen davon. Nachdem erst am Montag eine Zelle in der Justizvollzugsanstalt zur Verfügung stehen wird, ist Caroline bis zu diesem Zeitpunkt in einer Spezialzelle im Polizeigebäude untergebracht. «Die tatverdächtige Frau sitzt im Vernehmungsraum», tönt es von einem der beiden uniformierten Beamten. «Doch es wird eine halbe Stunde dauern, bis ihr Anwalt erscheinen wird.» Descloux weiß, dass er die Gefangene nicht ohne deren Rechtsbeistand befragen darf. So holt er sich einen Kaffee am Automaten und lehnt sich in seinem Bürostuhl zurück. «Fürchterliche Brühe», bezeichnet der Ermittler den braunen Aufguss im Pappbecher. In der Tat, er schmeckt schrecklich. Doch wenigstens hilft der Kaffee, die Wartezeit zu überbrücken.

Paul geht gedanklich in sich. Die Geschichte mit dem Befehl, Giulio auf dessen Flucht zu erschießen, beschäftigt ihn. «Irgendetwas stimmt hier nicht», macht sich Paul Gedanken. Er ist ein zu alter Fuchs, als dass er das nicht merken würde. «Wer bzw. was steckt hinter diesem Befehl?», fragt er sich.

43

Giulios Radiowecker zeigt 22:15 Uhr. Er ist müde. Noch vor einer Stunde hat er den letzten Behandlungsschritt, das schamanische Ritual, bei Philomena angewandt. Er weiß, dass der Heilungsprozess danach zwei bis drei Tage dauern wird. Giulio ist guter Dinge. Erstmals seit er Philomena aus dem St. Katharina Hospital entführt hat, kann er sich bedenkenlos schlafen legen. Er stellt den Wecker auf sieben Uhr morgens und legt sich auf seine Matratze. Es dauert keine fünf Minuten und der Heiler schläft ein.

«Mein Gott, was tust du hier?» Giulio ist von einer Sekunde auf die andere wach. Er hat den Schlaf der Gerechten ausgiebig genossen und ist deshalb sofort klar im Kopf. Vor ihm steht mit Philomena jene Frau, welche noch vor wenigen Tagen dem Tod geweiht war. So sahen es wenigstens die Ärzte und deren Umfeld. «Keine Angst, Giulio, es geht mir gut. Ich wollte dich einfach überraschen.» Giulio hat mit viel gerechnet, jedoch nicht damit, dass seine Patientin ihre Krankheit derart schnell besiegen würde. Giulio steht auf und führt sie wieder zurück auf ihre Liege, die zugleich ihr Bett ist. «Ich bin völlig überrascht von der Geschwindigkeit deines Heilungsprozesses, Philomena. Danken wir dem Universum, welches mich bei meiner Arbeit unterstützt hat.» Jetzt nimmt Giulio einen Hocker und setzt sich neben das Bett der Frau, welche er sich selbst anvertraut hat. Einmal mehr reden sie über Gott und die Welt. Plötzlich hält der im ganzen Land gesuchte Mann inne. «Philomena, ich muss dir etwas sagen. Gestern habe ich damit begonnen, ein paar sehr wichtige Dinge, die in den letzten Jahren passiert sind, aufzuschreiben. Ich werde meine Notizen in den nächsten Tagen noch ergänzen und dann in einen Briefumschlag stecken.» Philomena ist ob dieser Aktion von Giulio überrascht und sagt ihm das auch. «Bitte nimm den Brief später mit und gib ihn deinem Vater. Tu das, sobald du wieder ganz gesund bist. Die Menschen sollen das erfahren.» Sie nickt mit ihrem Kopf; mehr kann Philomena dazu im Moment nicht sagen.

Thomas von Braun denkt nichts Böses, als sein Telefonapparat klingelt. «Wird wohl wieder eine Reaktion einer unserer Freunde auf die Bestattung von Philomena sein», glaubt er. In Erwartung ein paar tröstender Worte nimmt er den Hörer ab. «Herr von Braun?»

«Ja, am Apparat.»

«Mein Name ist Felice Caputo. Ich bin Chefredaktor beim staatlichen Fernsehen und möchte Ihnen etwas sagen.»

Der trauernde von Braun ist erstaunt darüber, was ihm dieser Mann gerade vorschlägt.

«Ich möchte Ihnen Gelegenheit geben, Ihre Geschichte mit der Erpressung zu erzählen und sich mit Giulio zu versöhnen.» Längst hat der Angerufene seine Frau Helena herbei gewunken. Jetzt stellt er seinen Telefonapparat auf Lautsprecher, damit sie alles mithören kann. «Wir sehen eine Life-Schaltung in Ihr Wohnzimmer vor. Dabei würden Sie die Vergangenheit aufrollen und Giulio bitten, er möge sich bei ihnen melden.» Helena nickt heftig. «Jetzt haben wir die Gelegenheit, die Geschichte abzuschließen, und du kannst durch ein Gespräch mit Giulio dein Gewissen endlich beruhigen.»

«Noch was», lässt Caputo die beiden wissen. «Die Polizei weiß nichts davon. Sie wird es – wie alle anderen Zuseher auch – erst dann erfahren, wenn wir diese Live-Schaltung vorgenommen haben.» Damit muss er nicht mal lügen, denn es war der Geheimdienst, der ihn dazu genötigt hat.

Thomas zögert keine Sekunde. Er ist sich mit Helena einig. Beide vertrauen diesem Felice Caputo, was sich später als falsch herausstellen wird. Von Braun weiß noch nicht, dass der Staatssender von der Regierung und letztlich auch vom Geheimdienst kontrolliert wird. Caputo weiter: «Dann werden wir morgen um 11 Uhr vor Ort sein und unsere Geräte aufbauen. Um Punkt 13.22 Uhr werden wir live gehen.» Er bedankt sich für das Gespräch und legt auf. «Sobald sich Giulio bei mir melden wird, werde ich mich mit ihm an einem geheimen Ort treffen. Alles andere wäre zu riskant für ihn.» Dann nimmt Thomas seine Frau in die Arme. «Jetzt wird alles gut», flüstert er ihr ins Ohr.

Die Information, dass Carolines Anwalt eingetroffen ist und die beiden im Vernehmungsraum warten, holt Paul Descloux zurück in die Gegenwart. Unzählige Gedanken haben sich in seinem Kopf gedreht. «Wo bloß soll ich anfangen?», fragt sich der Chefermittler. «Nun denn, widmen wir uns zuerst dieser Caroline.» Paul ruft Denise zu sich und sie besprechen nochmals ihre Vorgehensweise. Zusammen betreten sie den Verhörraum. Carolines Anwalt sitzt rechts von seiner Mandantin; außer «Guten Tag» sagt er nichts. Denise stellt sich vor, während Paul sich auf einen der beiden Stühle setzt. «Also Caroline, wir haben uns die Sache überlegt. Wir möchten Ihnen helfen.» Denise macht erst mal auf gute Stimmung. Dabei setzt sie, wie gelernt, sowohl ihre Mimik als auch ihre Körpersprache ein. Die Frau an der gegenüberliegenden Seite des Tisches interessiert das nicht. Sie bleibt still. Kein Wort kommt über ihre Lippen. «Wir können auch anders», brüllt Paul die Gefangene an.

«Lass doch», fährt Denise dazwischen. «Schauen Sie, Caroline, wir haben eigentlich gar keine Ahnung, wo sich Giulio aufhält. So können wir ihm leider auch nicht helfen.» Erstmals zieht die Befragte ihre Augenbrauen hoch und beginnt zu überlegen. Doch sie ist nicht so weit, dass irgendwas über den Verbleib von Giulio über ihre Lippen kommen würde.

Das Verhör dauert jetzt schon mehr als eine Dreiviertelstunde. Wie besprochen stellen die beiden Ermittler alternierend ihre Fragen. Dabei muss Denise Paul, ihren Chef, wie vereinbart immer wieder in die Schranken weisen. Klar doch, sie ist ja der *good cop* in dieser Befragung. Endlich, nach rund 40 Minuten, eine positive Wende im Verhör. «Ich möchte etwas sagen», lässt Caroline von sich hören. Die Worte kommen nach längerem Überlegen, als nichts gesprochen wurde, von ihr. «Jetzt haben wir sie», freuen sich Denise und Paul. «Ja, bitte?» Paul beugt sich über den großen Tisch und rückt das Mikrofon zurecht. «Ich wollte es Ihnen eigentlich nicht sagen, doch jetzt muss es raus. Zum allerletzten Mal: Ich weiß nicht, wo Giulio sich aufhält!» Ihr Anwalt stößt einen leisen Seufzer aus. Er hatte schon Angst, dass Caroline etwas anderes von sich geben würde. Denise ist völlig überrascht über die Antwort der Verhörten, während Paul, einem Choleriker ähnlich, nur noch «Zurück in die Zelle» über seine Lippen bringt. Eine Polizistin in Uniform kommt herein und führt Caroline ab. Dann ist der Spuk vorbei.

Das Misstrauen in der Bevölkerung wird größer. Die Menschen fragen sich immer mehr, warum dieser Giulio zum Tode verurteilt wurde und warum er geflohen ist. Was stimmt nicht, dass sich eine derart riesige, noch nie dagewesene Suchaktion über das ganze Land ausgebreitet hat? Und jetzt noch das. In den Büros gleichsam wie zuhause sitzen die Menschen vor ihren Fernsehgeräten und schauen die Sendung aus dem Wohnzimmer der von Brauns an. Selbst vor den TV-Geschäften stehen die Menschen still und betrachten die Bilder, die gesendet werden.

Giulio bekommt diese Sendung nur durch einen Zufall mit. Da Philomena wieder eingeschlafen ist, widmet er sich seinem Notebook, das die besten Jahre zwar schon längst hinter sich hat, jedoch noch immer tadellos funktioniert. Aus reiner Neugierde stößt der heilende Kräutermann auf diese Einschaltsendung. Eine innere Stimme sagt ihm, dass etwas nicht stimmen würde. «Warum lädt von Braun mich zu einem Versöhnungsgespräch ein? Und weshalb gibt er auch gleich seine Telefonnummer bekannt?» Er ist sich darüber nicht im Klaren. Trotzdem will er sich mit von Braun treffen. «Schließlich ist er nicht nur mein Peiniger, sondern auch der trauernde Vater von Philomena.» Ersteres hat er dem Richter längst verziehen. «Er tat ja nur, was er aufgrund seiner Funktion tun musste», ist Giulio überzeugt. Die Nächstenliebe des Heilers überstrahlt alles. Doch immer wieder dreht sich dieselbe Frage in seinem Kopf. Warum? Wenn Giulio die Antwort erfahren will, so muss er es jetzt tun. Er wartet, bis Philomena aufwacht, und erzählt ihr die Geschichte der Einschaltsendung ihrer Eltern. «Bitte gib mir die Handy-Nummer deines

Vaters.» Er ist schlau genug, dass er sich niemals auf der im TV eingeblendeten Telefonnummer der von Brauns melden würde. Das wäre ihm viel zu gefährlich. Bereitwillig gibt Philomena die mobile Rufnummer ihres Vaters an Giulio weiter. Schließlich hat sie diese schon vor Jahren auswendig gelernt.

Es ist Montagabend und Giulio überlegt sich schon seit Stunden, wie und wo er sich mit diesem von Braun in Verbindung setzen soll. Erstmal spürt er, dass er im Moment ein Gefangener in seinem Labor ist. Er hat keinen Kontakt zur Außenwelt und ist völlig auf sich allein gestellt. Der Mann hat keine Ahnung von der polizeilichen Suchaktion, die seinetwegen über die Bühne geht. Er kann nur ahnen, was alles läuft. Deshalb ist für Giulio jedes Risiko zu groß, von jemandem erkannt zu werden. Er hütet sich, das Prepaid-Handy, welches ihm Caroline zugesteckt hat, einzuschalten. Sein Standort könnte schließlich geortet werden. Doch irgendwie muss er von Braun telefonisch erreichen. Nach langen Abwägungen entschließt sich Giulio, eine Telefonkabine zu suchen. Er weiß, dass das nicht einfach sein wird. Denn durch die Handy-Mobilität werden Fernsprechzellen heutzutage nur noch selten gebraucht.

44

«So, und jetzt widmen wir uns dem Vater der verstorbenen Philomena, die am Samstag bestattet wurde.» Paul Descloux braucht ein Erfolgserlebnis. Nachdem ihm Caroline partout nicht helfen will, knöpft sich der Chefermittler die von Brauns vor. Er fährt zusammen mit Denise in seinem alten Chevrolet Stingray zum Haus des ehemaligen Richters. «Herr von Braun?»

«Ja, was gibt's?»

«Paul Descloux, Chefermittler der Bundespolizei. Das ist meine Kollegin Denise Pawlow.» Beide weisen sich aus und Descloux bittet um Einlass. Thomas von Braun bietet den beiden einen Stuhl an und fragt: «Was kann ich für Sie tun?»

«Kommen wir gleich zur Sache», fordert Paul. «Giulio war an der Urnenbeisetzung Ihrer Philomena. Offenbar sind Sie in Kontakt mit ihm. Wo hält er sich derzeit auf?»

«Wir beide pflegen keinen Kontakt zu Giulio und wissen auch nicht, wo er sich aufhält», erklärt Helena, die zur Befragung dazugestoßen ist.

«Ich glaube Ihnen beiden kein Wort», schnauzt ihnen Descloux entgegen. «Warum wohl war dieser Giulio an der Beisetzung und warum suchen Sie jetzt via TV den Kontakt zu ihm?»

«Jetzt hören Sie mir gut zu. Die erste Frage habe ich bereits beantwortet. Zur zweiten: Ich wurde erpresst, um das Todesurteil gegen Giulio zu fällen. Darüber habe ich mich im Fernsehen ausführlich geäußert. Ich möchte mich mit Giulio versöhnen. Deshalb, nur deshalb habe ich ihn gebeten, sich bei mir zu melden. Geht das rein in Ihren Kopf?» Der Chefermittler ist erstaunt ob dieser deutlichen, ja geradezu anmaßenden Sprache, derer sich von Braun bedient, während Denise ein leichtes Schmunzeln verbergen muss. «Ich bin nicht gewohnt, dass ein Befragter derart heftig mit mir umgeht», denkt Paul. Doch entgegen dem Usus, seinen Ton noch mehr zu verschärfen, antwortet Descloux ruhig und zahm. «Ja, Euer Ehren.» Er spürt, dass von Braun ein weiteres Opfer einer offenkundigen Schweinerei geworden ist.

«Hat er sich schon gemeldet?», fragt Denise den älteren Mann.

«Nein. Falls er es täte, dann würde ich das niemandem erzählen.» Es folgen noch einige paar weitere Standardfragen, dann verlassen die beiden Befrager die von Brauns wieder. Unter der Türe gibt Thomas den beiden noch etwas mit auf den Weg. «Sie können uns vorladen, festnehmen oder was auch immer. Unsere Antwort wird dabei jedes Mal die gleiche sein.»

«Okay und danke für den nicht erhaltenen Kaffee.» Paul Descloux muss diesen Pfeil in Richtung des Befragten abschießen. Danach verabschieden sich die beiden zähneknirschend und lassen die von Brauns wieder allein.

«Und, was tun wir weiter?», fragt Denise ihren Chef. Dieser muss sich bildlich auf seine Zunge beißen, um Denise nichts von dem, was er mittlerweile von der ganzen Geschichte hält, preiszugeben. Er tät es so gerne.

Giulio hat es endlich geschafft. Obwohl er seine Stadt in- und auswendig kennt, musste er lange nach einer Fernsprechzelle suchen. An vier von fünf möglichen Standorten hat man die Kabinen bereits entfernt. Hier, am fünften ist er endlich fündig geworden. Vorsichtshalber ist Giulio zu Fuß unterwegs. Er wollte seinen schwarzen BMW im Labor lassen und hat sich – wie schon bei der Bestattung Philomenas – seine Mütze tief ins Gesicht gezogen. «Hallo Herr von Braun, hier spricht Giulio. Bitte sagen Sie nichts und hören Sie mir nur zu.» Nachdem er von Philomenas Vater erfahren hat, dass dieser im Moment allein ist, erklärt er ihm, er müsste das Gespräch einer möglichen Ortung wegen nach maximal 80 Sekunden beenden. Allenfalls würde er später wieder anrufen. Thomas von Braun kommt nicht zu Wort. «Ich möchte Sie treffen. Kommen Sie übermorgen Mittwoch um 18 Uhr zur Waldeinfahrt nördlich unserer Stadt. Ich werde dort auf Sie warten.»

«Das kann ich richten», ist das Einzige, was der ehemalige Richter über seine Lippen bringt.

«Kommen Sie allein und sagen Sie zu niemandem ein Wort darüber. Ich werde Ihnen ein paar Dinge erzählen, die Sie erschüttern werden.»

45

So etwas haben die Menschen in dieser Stadt noch nie erlebt. Es scheint, als wäre soeben eine feindliche Macht einmarschiert. Dabei ist es nur die Polizei bzw. deren riesiges Aufgebot. Praktisch an jeder Hausecke stehen Beamte oder Autos der Gesetzeshüter. Der Bahnhofplatz wurde zu einem Start- und Landeplatz für Helikopter umfunktioniert. Abschrankungen verweigern Fußgängern und Fahrzeugen den Weg. Es mutet an, als wenn gerade ein neuer Hollywood Film gedreht würde. Doch das scheint nur so. Vielmehr ist in diesem Staat – explizit in dieser Stadt – die größte je durchgeführte Suchaktion nach einem Kriminellen angelaufen. Radio und Fernsehen berichten stündlich darüber; in den Zeitungen wird die Bevölkerung gebeten, die Polizei bei deren Suche zu unterstützen. Dabei wird auch die neue, unglaublich hohe Summe publiziert. Es handelt sich um jenen Betrag, der für einen Hinweis auf Giulios Standort ausbezahlt wird. Über den Schießbefehl, den die Polizei erhalten hat, wird nichts gesagt oder geschrieben.

Für Paul Descloux ist die Aktion doppelbödig. Einerseits muss er Giulio finden, koste es, was es wolle. Doch andererseits fragt er sich, was diese riesige, von oben befohlene Aktion soll. Er würde es verstehen, wenn es sich dabei um einen Terroristen oder weltweit gesuchten Verbrecher handeln würde. Doch Giulio ist für Paul einer von vielen zum Tode verurteilten Straftäter, welcher eigentlich ganz friedlich ist und – mit Ausnahme dieses Überfalles auf den Zigarrenladen – bisher ein angenehmer Zeitgenosse war. Er kennt die Antwort nicht, noch nicht.

Nur weil die Polizei bei der Ausweitung der Suche nach Giulio einen entscheidenden Fehler begangen hat, erfährt der Gesuchte auch diesmal durch einen Zufall davon. Er hat sich soeben in die Tiefgarage begeben, in welcher sein schwarzer BMW steht.

Noch bevor er sich den Sicherheitsgurt anlegen kann, hört er im Radio seinen Namen. Der Nachrichtensprecher informiert die Öffentlichkeit einmal mehr über die Suchaktion nach Giulio, welche im Moment läuft. Der Heiler wundert sich nicht darüber. Vielmehr bestätigt ihm das Gehörte, was er schon längst vermutet. Die Polizei will die Bevölkerung informieren, um an sachdienliche Hinweise zu gelangen. Das Risiko, dass dabei auch Giulio Kenntnis davon erlangen würde, muss sie eingehen. Giulio bleibt im Wagen und überlegt. Eigentlich wollte er mit dem BMW an den Stadtrand fahren, um für Philomena Kleider, Schuhe, Toilettenartikel und dergleichen zu kaufen. Schließlich wird sie diese Dinge brauchen, wenn er Philomena zu ihren Eltern bringen würde. Giulios Kopf ähnelt einem Wespennest. Wilde Gedanken kreisen darin umher. Er weiß im Moment nicht, was er tun soll. Doch zumindest entscheidet er sich für eine Rückkehr ins Labor zu Philomena.

Diese traut ihren Ohren kaum, als sie Giulios Geschichte von der Suchaktion erfährt. «Dann kannst du im Moment gar nicht nach draußen?» Ihre Worte klingen ängstlich. Philomena stellt sich bereits vor, dass sie den Weg zu ihren Eltern allein gehen muss. «Doch wie soll ich das bloß anstellen?», fragt sie Giulio. «Ich habe doch gar keine Kleider!»

Giulio will sie beruhigen und drückt sie fest an sich. «Schau, Philomena, wir haben es zusammen bis kurz vor Schluss geschafft. Wir werden auch die letzte Etappe meistern, das verspreche ich dir!»

«Dein Wort in Gottes Ohr.» Das ist das Einzige, was Philomena im Moment über ihre Lippen bringt.

«Du zweifelst, ich spüre es.» Mehr will Giulio im Moment nicht über Philomenas Psyche sagen. «Zum ersten Mal habe ich Bedenken, dass Giulio gefasst werden könnte», denkt die Frau im grünen Nachthemd. «Zweifle nicht, es wird gut», sagt ihr eine innere Stimme.

Die Abenddämmerung ist hereingebrochen und Giulio wird die Dunkelheit der Nacht nutzen, um sich in drei verschiedene

Geschäfte zu schleichen; sein Entschluss steht fest. Dazu wird er seinen BMW nicht nutzen, das wäre zu gefährlich. Nachdem er zu Fuß unterwegs sein wird, kann er die Geschäfte am Stadtrand nicht besuchen. Dort wären zwar weit weniger Menschen, die ihn erkennen könnten, doch das verdrängt der Mann im Moment. Mit seinem bis ans Kinn zugeknöpften Mantel und der tief ins Gesicht gezogenen Wollmütze begibt er sich auf die Straße. Die Abenddämmerung ist der Dunkelheit gewichen. Sein Plan steht. Zuerst begibt sich Giulio in einen Kosmetik-Shop, der sich zwei Häuserblocks weiter in einem alten Gebäude befindet. Dieses Geschäft führt verschiedenste Schmink- und Pflegelinien und Giulio will sich dort mit dem Nötigsten für Philomena eindecken.

Zwei Verkäuferinnen kümmern sich um die Wünsche ihrer Kundinnen. Die Jüngere der beiden ist 32 Jahre alt und denkt sich: «Wieder so ein gestörter Mann, der sich heimlich schminkt und sich womöglich in Frauenkleidern zeigt.» Genau das ist auch der Grund, dass sich die Verkäuferin mit Giulio näher befasst. Mitten im Verkaufsgespräch beginnt sie zu stocken. Sie hat den Mann mittleren Alters erkannt. «Das ist doch dieser Giulio, der landesweit von der Polizei gesucht wird!», schießt es ihr durch den Kopf. Sie denkt darüber nach, was sie tun soll, und kommt zum Schluss, dass sie eigentlich gar nichts tun würde. Sie ist eine der Millionen Menschen, die nicht an Giulios Schuld glauben. So berät sie ihren Kunden weiter und erklärt ihm, welche Artikel eine Frau braucht, nachdem sie geduscht hat. Giulio spürt, dass mit der Frau irgendwas nicht stimmt. Er bezahlt, nimmt die Tüte mit den gekauften Produkten und verlässt den Kosmetik-Shop im Eiltempo.

Ein schlechtes Gefühl hat Giulio befallen. Doch diesmal missachtet er diese Deutung. Er muss jetzt unter allen Umständen die Sachen für Philomena besorgen. Er weiß nicht, was sich im Geschäft abspielt, in welchem er gerade Schmink- und Pflegeartikel für Philomena gekauft hat.

Wild redet die junge Verkäuferin auf ihre ältere Arbeitskollegin ein. «Wenn ich's dir sage: Das war dieser Giulio, der im ganzen Land gesucht wird. Warum bloß hast du ihn nicht erkannt?»

Eigentlich kann es ihr recht sein, dass Giulio bei ihr davongekommen ist. Sie ist völlig aufgelöst und kann das Geschehene noch immer nicht glauben. «Setz dich in unseren Aufenthaltsraum und ruh dich aus», rät ihr die Arbeitskollegin. «Du bist zu nervös, um im Moment weiterzuarbeiten.» Die junge Verkäuferin tut, wie ihr geheißen, und zieht sich zurück. Jetzt hat sie Zeit, um über das soeben Erlebte nachzudenken. Sie ist stolz darauf, dass sie den für sie unschuldigen Mann nicht verraten hat. Doch nach ein paar Minuten denkt die Frau nur noch an die exorbitant hohe Belohnung, die auf Giulios Kopf ausgesetzt wurde. Sie stellt sich vor, was sie alles mit dieser Belohnung kaufen würde. Schließlich erliegt sie dem schnöden Mammon. Die Frau greift zum Hörer und wählt die Nummer der örtlichen Polizei.

Giulios zweites Ziel ist ein kleines Warenhaus. Hier will der Heiler Toilettenartikel besorgen. Er kreuzt die Eingangstüre mehrmals. Er tut dies so lange, bis sich möglichst viele Menschen darin aufhalten und ihre Artikel zusammensuchen. «Wenn die Kunden damit beschäftigt sind, haben sie weder Zeit noch Lust, mich anzuschauen.» Doch ob all seiner Vorsicht bemerkt er den Mann nicht, der ihn schon seit seiner ersten Passage der Ladentüre beobachtet. Er steht lichtgeschützt unter einem Baum und trägt die Uniform der Polizei. Der Gesetzeshüter wartet so lange, bis Giulio zum vierten Mal erscheint. Jetzt passiert es. Der Mann tritt aus dem Schatten und macht drei Schritte auf Giulio zu; er steht direkt vor ihm. Für einen Moment fällt Giulio in Schockstarre. «Giulio?», fragt der Polizist. Ohne dessen Antwort abzuwarten, packt er den Gesuchten am Arm und zieht ihn in eine naheliegende Seitenstraße. Ohne Gegenwehr lässt Giulio das mit sich geschehen. Er weiß, dass er gegen diesen um einen Kopf größeren und leicht übergewichtigen Polizisten keine Chance haben würde.

Die Laterne über der Eingangstüre zu einem Treppenhaus lässt den Kopf des Polizisten hell erscheinen. Giulio sieht diesem in die Augen und erschrickt. Diesmal ist der Schock noch tiefer als noch vor wenigen Augenblicken vor der Tür zum Warenhaus. Es ist nicht die Gewissheit, sondern eine Vermutung, welche diesen Gemütszustand bei Giulio ausgelöst hat. «Andrin?», mehr bringt Giulio nicht über seine Lippen. «Ja, Giulio, ich bin's, dein Kumpel aus der Schulzeit.» Giulio kann nicht glauben, was er sieht. Da steht sein Jugendfreund, den er seit über dreißig Jahren nicht mehr gesehen hat, in Polizeiuniform vor ihm.

«Warum hast du dich als Polizist verkleidet?»

«Ich bin Polizist, schon seit 17 Jahren.»

Giulios Mund steht weit offen. Das alles ist zu viel für ihn.

«Bist du verrückt geworden?», fragt Andrin sein Gegenüber. «Wärst du in dieses Geschäft eingetreten, hätten dich alle erkannt.» Er informiert Giulio, dass er von der Verkäuferin im Kosmetik-Geschäft erkannt und der Polizei gemeldet wurde. «Wir haben dein Signalement, mitsamt Mantel und Mütze. Du kannst dich in der Öffentlichkeit nicht mehr zeigen. Versteh das!» Nur zögerlich löst sich Giulios Schock in seinen Gliedern. «Ich weiß alles von dir, Giulio, und ich beschäftige mich damit schon seit geraumer Zeit. Ich glaube nicht, was über dich erzählt wird, sonst hätte ich dich längst festgenommen, was meine Pflicht gewesen wäre.» In diesem Moment hört Giulio jene Worte, die ihm damals der alte Mann im Traum gesagt hatte, bevor die alte Hütte einstürzte: «Vertraue dir selbst und glaube an dich!»

So tut Giulio etwas selbst für ihn völlig Unerwartetes. «Komm mit zu mir in mein Labor, ich möchte dir jemanden vorstellen.» Andrin willigt ein. «Geh zehn Meter voraus. So habe ich die Blicke der Menschen auf mir und dir wird nichts geschehen.» Gesagt – getan. Nach nur acht Minuten gibt Giulio den Code an der Haustüre ein und die beiden betreten den Hauseingang. Dasselbe geschieht bei der Eingangstüre.

Philomena trifft fast der Schlag, als sie Giulio in Begleitung eines Uniformierten sieht. «Hab keine Angst, Philomena, ich werde dir das erklären.»

«Soll ich absitzen?»

«Am besten legst du dich hin», antwortet Giulio. Um seine Patientin zu beruhigen, erzählt er ihr die Kurzversion von dem, was sich in der letzten Stunde ereignet hat. Zuvor hat er Andrin gebeten, sich auf einen der Stühle am alten Tisch zu setzen. Die Frau kann nicht fassen, was sie soeben gehört hat. «Unglaublich!» Mehr kann sie dazu nicht sagen.

Andrin räuspert sich. Giulio versteht die Geste und lässt den Polizisten reden. «Also, Giulio. Du darfst keinen Schritt mehr außerhalb dieses Labors tun. Die ganze Stadt ist in Aufruhr und du wirst überall gesucht. Die Wände sind übersät mit deinem Profil. Vielmehr, als wenn du ein Sport- oder Popstar wärst.» Beim letzten Satz kann er sich ein leichtes Schmunzeln nicht verkneifen. «Ich muss raus, um auch noch Kleider und Toilettenartikel für Philomena zu kaufen», wehrt sich Giulio.

«Vergiss es, Giulio, **ich** werde das alles für dich besorgen.»

Der Heiler ist zutiefst berührt ob dieser Hilfsbereitschaft von Andrin. «Bist du dir darüber im Klaren, was passieren kann, wenn du auffliegen würdest?»

Andrin holt tief Luft und antwortet klar. «Ja, Giulio, das bin ich. Es würde mich meine Karriere kosten, zudem würde ich strafrechtlich zur Rechenschaft gezogen werden.» Der Polizist erklärt weiter, dass er schon vor Bekanntwerden von Giulios Tötungsdelikt misstrauisch gegen den ganzen Staatsapparat geworden sei. «Deine Geschichte hat mir das bestätigt.» Er erzählt Giulio, dass er nach Beendigung seiner Schicht einem inneren Drang gefolgt wäre und sich zu diesem Kosmetik-Geschäft habe führen lassen. Er sei aus purem Zufall auf Giulio gestoßen. «Es gibt keine Zufälle», meint Giulio. Dann wird es still im Raum. Jeder der drei macht sich seine eigenen Gedanken dazu.

Giulio löst die Spannung mit der Frage: «Weißt du eigentlich, dass unser damaliger Friedenskampf und meine daraus resultierende Verletzung der Auslöser für meine heutige Tätigkeit waren?» Andrin verneint und so beginnen die beiden, aus früheren Zeiten zu sprechen. Dabei erkennt Giulio, dass es schon immer Andrins Wunsch gewesen war, sich zum Polizisten ausbilden zu lassen. «Ich wollte den Menschen helfen, für sie da sein und sie beschützen. Das war lange so und ich war glücklich. Doch heute ist das anders. Ich will diesem System aus Lüge, Habgier und Neid nicht länger dienen.» Andrin schaut Giulio lange an. Aus seinen Augen spricht die pure Resignation. Andrin schaut auf seine Armbanduhr und erschrickt. «Ich muss nach Hause zu meiner Frau und meinen beiden Kindern.» Er verabschiedet sich und verspricht den beiden, dass er morgen um zehn Uhr wieder hier sein würde. «Ich muss vorher noch etwas erledigen, vertraut mir.» Dann ist Andrin weg. Philomena und Giulio schauen sich an. Sie haben keine Ahnung, was Andrin noch zu erledigen hat. Die beiden werden es auch nie erfahren.

46

Thomas von Braun ist früh auf den Beinen. Es ist morgens um sieben Uhr. Geschlafen hat der ehemalige Richter nicht sonderlich gut. Zu viele Dinge gingen ihm während der letzten Nacht durch den Kopf. «Hoffentlich kann sich Giulio noch bis heute Abend verstecken und mir erzählen, was er weiß.» Doch das scheint im Moment fast unmöglich. Seit heute Früh wird in den Medien zur Personenbeschreibung von Giulio jetzt auch noch sein Bild, auf welchem er Mantel und Mütze trägt, herumgereicht. Praktisch jeder in dieser Stadt kennt inzwischen diese beiden Kleidungsstücke. Er könnte die Mütze noch so tief in sein Gesicht ziehen, nützen würde es Giulio denkbar wenig. Thomas von Braun hat im TV mitbekommen, dass der Gesuchte gestern Abend einen Kosmetik-Shop aufgesucht hatte und erkannt wurde. Die Auswertung der Überwachungskameras hat schließlich sein komplettes Erscheinungsbild geliefert.

Die beiden von Brauns haben sich besprochen. Sowohl Thomas als auch seine Frau Helena wollen endlich einen Schlussstrich unter das Kapitel Giulio ziehen. Sie haben ihre einzige Tochter verloren und möchten sich mit gutem Gewissen wieder anderen Dingen zuwenden. Dabei will sich der ehemalige Richter persönlich bei Giulio entschuldigen. Er denkt, dass Giulio intelligent genug ist und deshalb auch weiß, wer ihm was angetan hat.

Von Braun ist erstaunt darüber, dass Giulio gestern Abend ausgerechnet ein Kosmetik-Fachgeschäft aufgesucht hat, ein Shop, der eigentlich nur Produkte für Frauen anbietet. Würde er die Antwort kennen, fiele Thomas wohl gleich ins Koma. Vielmehr macht er sich Sorgen, dass aus dem Termin von heute Nachmittag am nördlichen Waldrand unter diesen Umständen nichts werden könnte. Er weiß noch nicht, wie richtig er damit bald liegen wird.

Auch Giulios Schlaf war nicht berauschend. Zu sehr hat er nach Andrins Verabschiedung über die Vorfälle der letzten Tage nachgedacht. Doch dass dieser heutige Mittwoch in die Geschichte dieser Stadt eingehen würde, daran denkt Giulio auch jetzt nicht. Er hat noch nie einen Gedanken daran verschwendet, was mit den vielen geheilten Menschen ohne seine Hilfe geschehen wäre. Alles, was Giulio mit seiner Naturheilkunde tut, kommt von Herzen. Er will dafür kein Lob. So ist es auch bei Philomena. «Ich habe einfach getan, was ich tun musste», sagt er sich. Doch Giulio wäre nicht Giulio, würde er nicht der ganzen Welt beweisen wollen, dass er mit seiner Art zu heilen auf dem richtigen Weg ist. Er verurteilt nicht die Schulmedizin, weit gefehlt. Doch in seinem Kopf gibt es Methoden, die natürlicher, einfacher und vor allem billiger sind als die oftmals teure Pharmazie. Seine Erfolge sprechen dabei für sich.

Giulio hockt am alten Tisch und kritzelt etwas auf das weiße Papier, das vor ihm liegt. Er schreibt einen Brief an Philomenas Vater. Wie vor zwei Tagen angekündigt steckt er die drei Papierseiten in einen Umschlag und klebt diesen zu. Philomena wird ihn kurz vor der Ankunft bei ihren Eltern von Giulio erhalten mit dem Auftrag, das Schreiben ihrem alten Herrn zu überreichen. Jetzt ist Giulio wieder er selbst. Er würde sich gerne zurücklehnen, doch der hölzerne Hocker hat keine Rückenlehne. Jedenfalls leuchten Giulios Augen wieder, zum ersten Mal seit vielen Wochen. «Philomena ist gesund, wir haben es geschafft!» Er bedankt sich beim Universum dafür, dass er die Frau wieder gesund zu ihren Eltern bringen darf. Innerlich ist er überglücklich. Was mit ihm jetzt passieren würde, interessiert Giulio nicht. Er ist sich zwar bewusst, dass er noch bis zum Nachmittag durchhalten muss. Dann erst wird alles vorüber sein. Und er hofft so sehr auf Andrins Hilfe. Doch dass die Stadt mittlerweile von Polizisten und Spezialeinheiten wimmelt, dessen ist sich der Mann nicht bewusst. Mittlerweile ist auch Philomena aufgestanden. Sie freut sich so sehr darauf, sich nach der morgendlichen Dusche endlich wieder pflegen und sich selbst verwöhnen zu können. Doch darauf muss sie noch ein bisschen warten. Denn zuerst will Andrin diese Sachen in der Stadt besorgen. Giulio bereitet ein sehr karges Frühstück vor. Es besteht aus Corn Flakes mit getrockneten Früchten und Pulvermilch. Das muss reichen. «Es wird für Philomena eh das letzte dieser Art sein. Ab morgen wird sie wieder fürstlich tafeln können», sagt sich Giulio.

Dass Andrin mit seinem Erscheinen mitten in das Morgenessen fällt, wundert nicht. Es muss wohl so sein. Giulio hört die Türglocke und schaut durchs Fenster hinunter zum Hof. Er öffnet dem jetzt zivil gekleideten Mann den Zugang zum Haus. Im Handumdrehen steht er vor der Labor-Türe und tritt ein. Nach der Begrüßung muss Philomena gleich etwas loswerden. Das ist überraschend, denn bisher war es immer Giulio, der geredet bzw. gehandelt hat. «Ich möchte mich bei dir herzlich bedanken für das, was du für mich tust!» Etwas beschämt schaut Andrin zu Giulio, der bloß mit seinen Schultern zuckt. «Das ist nicht selbstverständlich, wir wissen es alle drei.» Jetzt kommt der zivil gekleidete Polizist zur Sache. «Sag mir bitte, was ich für dich besorgen soll», weist er Philomena an. Mit einem Zettel in der Hand verlässt er die beiden und vergisst eines nicht: «Giulio, du bleibst unter allen Umständen hier in diesem Raum. Geh um Gottes Willen kein Risiko ein. Du stehst kurz vor dem Ziel.» Er dreht sich auf dem rechten Absatz seiner Western-Stiefel, dann ist Andrin weg.

Zuerst sucht er ein Sportgeschäft auf und kauft sich dort Turnschuhe und einem rosafarbenen Trainer für Philomena. Keine der Verkäuferinnen denkt sich etwas dabei, dass der Mann Artikel für eine Frau kauft. Sie vermuten, dass es sich um ein Geschenk für dessen Angebetete handeln würde. Andrin legt die Tüte mit den Sportsachen auf den Rücksitz seines Wagens und ist bereit für den nächsten Einkauf. Ein paar Dusch- und Toilettenartikel stehen auf dem weißen Zettel, welchen ihm Philomena zugesteckt hat. Andrin überlegt kurz. Dann steuert er geradewegs auf das nächstgelegene Warenhaus zu und fährt seinen Wagen in die Tiefgarage. Es dauert keine zehn Minuten, bis der Mann seinen Einkaufswagen mit allen von Philomena bestellten

Produkten gefüllt hat. In diesem Moment fühlt er einen feinen Druck im Rücken. Andrin spürt den Lauf einer Pistole links neben seiner Wirbelsäule. «Nein, nein, nein, ausgerechnet jetzt!», schreit es in seinem Kopf. Instinktiv hebt er seine Hände in die Höhe und dreht sich langsam um. Dieses blöde Grinsen seines Arbeitskollegen in Uniform wird er niemals mehr vergessen. «Ha, reingefallen!», hört er Jusufs Stimme. Dieser hält einen Besen in der Hand, dessen Stil sich an Andrins Rücken wirklich wie eine Pistole angefühlt hat.

«Oha, Body-Lotion, Intimspray, Tampons und so. Deine Frau hat dich wohl auf Einkaufstour geschickt, ja?» Andrin möchte seinem Kollegen am liebsten eine reinhauen. Doch er reißt sich zusammen und lächelt Jusuf an. «Touché», gibt er ihm zur Antwort. «Sag, Andrin, stimmt das, was mir unser Chef eben erzählt hat? Du hast heute Morgen deinen Job geschmissen?» Andrin bejaht und lässt sein Vis à vis wissen, dass er per sofort von seinem Dienst freigestellt wäre. «Wieso denn?», fragt Jusuf. «Hör zu, ich erklär dir das alles ein andermal. Meine Frau erwartet mich. Und wenn ich zu spät nach Hause komme, macht sie mir die Hölle heiß.» Dieser Schwindel sitzt. Jusuf verabschiedet sich und Andrin ist endlich wieder allein. «Dieser Typ ist einer der größten Pfeifen auf unserem Revier. Gut, dass ich ihn losgeworden bin.» Andrin denkt diese Worte nur. Er hütet sich, seinen Arbeitskollegen erneut aufzuschrecken. Dann nämlich müsste er sich noch einmal mit ihm beschäftigen; und das will er auf keinen Fall.

Andrins Wagen kurvt aus der Tiefgarage und reiht sich im Verkehr ein. Dieser ist für einen Mittwochvormittag recht zähflüssig. «Liegt wohl daran, dass es sehr kalt ist draußen und die Menschen deshalb lieber in ihren geheizten Fahrzeugen unterwegs sind», sagt sich Andrin. Auf direktem Weg fährt er zu seiner Pizzeria. Die runden Dinger, die im Da Roberto angeboten werden, sind in den Augen des Polizisten die besten in dieser Stadt. Aus dem riesigen Angebot wählt er je eine Pizza Funghi, eine Pizza Diavolo und zu guter Letzt die Pizza Quattro Stagioni. Damit will er Philomena und Giulio überraschen.

Die beiden trauen ihren Augen kaum, als Andrin mitsamt seinen Einkäufen im Labor steht. «Zuerst essen wir, danach bist du an der Reihe.» Er meint damit Philomena, welcher er die Tüten mit den Einkäufen übergibt. Giulios Augen strahlen. «Tausend Dank, Andrin! Es sind viele Wochen verstrichen, seit ich zum letzten Mal so etwas gegessen habe.» Sowohl Philomena als auch Giulio machen sich über die Pizzen her und verschlingen diese mit Lust, Appetit und nicht zuletzt mit ihrem Heißhunger.

Es ist erstaunlich ruhig am Tisch. Jeder der dreien konzentriert sich auf sein Essen. Während Giulio noch kaut, unterbricht Giulios Jugendfreund die Stille. «Ich habe mir was überlegt. Du, Giulio, kannst Philomena nicht allein zu ihren Eltern fahren. Da draußen wimmelt es von Polizisten, die auf dich warten.» Giulio ist irritiert über Andrins Worte. «Doch Philomena muss zurück zu ihren Eltern!» Er schreit den Mann an und entschuldigt sich danach gleich bei Andrin. Aus seinen Worten tönt schiere Verzweiflung. «Ich schlage vor, dass ich zuhause meine Uniform anziehen werde, um mich am Nachmittag neben dich in den Wagen zu setzen, in meinen Wagen notabene.» Alles andere wäre zu gefährlich. Wenn ein Uniformierter im Auto sitzt, schauen die Beamten nicht genau hin. Schon gar nicht in einen für sie unbekannten Wagen. Andrin verabschiedet sich mit dem Versprechen, um 14 Uhr wieder im Labor zu sein.

Während sich Philomena mit ihrer Körperpflege beschäftigt, hat Giulio Zeit, sich die letzten Tage nochmal durch den Kopf gehen zu lassen. Egal, was er denkt, eine Frau geht ihm dabei nicht aus dem Kopf. «Caroline hat sich geopfert für mich.» Er fragt nicht mehr warum. Mittlerweile kennt er den Grund. Sie ist jener Mensch, der schließlich für die Genesung von Philomena verantwortlich ist. Er weiß jedoch nicht, dass viele andere Menschen (Geri, Alexandra, van Hook, Descloux etc.) in die Aufgabe Heilung von Philomena involviert sind. Sie alle haben ihren Teil zum Erfolg dieser Mission beigetragen. Was mit ihm noch passieren könnte, ist Giulio egal. Er hat einmal mehr einen Menschen geheilt. Nur das zählt für ihn.

Andrin ist wieder da und beide erwarten den Auftritt der neuen Philomena. Die Tür zum WC mit integrierter Dusche öffnet sich. Vor den beiden Männern steht eine wie neugeborene Frau. Ihr angenehmer Duft durchströmt den ganzen Raum. «Wann bloß habe ich zuletzt einen solchen Duft gerochen?», fragt sich Giulio heimlich. Alle drei fallen sich in die Arme und beginnen zu tanzen.

«Wir haben es geschafft!», schreit Giulio.

«Noch nicht, die letzte Etappe steht noch aus», ermahnt Andrin seinen Jugendfreund.

Giulio muss Philomena noch leicht stützen auf dem Weg zu Andrins Wagen. Treppenlaufen bereitet ihr noch kleine Probleme. Der helle VW Tiguan steht direkt vor dem Haus. Der Mann in Uniform geht vor und wartet, bis die Luft rein ist. Dann gibt er den beiden ein Zeichen. Sie kommen aus dem Haus und steigen ein. Der Kräutermann sitzt am Steuer und bewegt den Wagen in Richtung von Philomenas Eltern. Eine innere Stimme sagt ihm: «Fahr nicht zu den von Brauns.»

Im Auto ist es totenstill. Die Herzen aller drei pochen laut. Giulio tritt unerwartet auf die Bremse, direkt vor einem Taxistand. «Was ist los?», fragt Philomena mit zittriger Stimme. Giulio dreht sich um zu ihr und schaut sie an. «Das ist der Brief, von dem ich dir erzählt habe. Bitte gib ihn deinem Vater, sobald du wieder zuhause bist.» Er drückt ihn zusammen mit seinen letzten beiden Geldscheinen, die er damals von Caroline erhalten hat, in Philomenas Hand. «Du steigst hier aus und fährst die letzten Kilometer mit einem Taxi. Alles andere wäre zu gefährlich.» Philomena kann nichts sagen, außer: «Danke, Giulio.» Sie fühlt einen tiefen Schmerz in sich. Philomena muss diesen Mann jetzt verlassen. Jenen Mann, der ihr zu einem neuen Leben verholfen hat. Andrin sagt kein Wort. Er weiß genau, was Giulio in diesem Moment fühlt. Sie sehen, wie Philomena zu einem freien Taxi rennt und darin verschwindet.

Bei den von Brauns strahlt eine weiße Kerze auf dem Salontisch. Ihr Schein erhellt den ganzen Raum. «Eigenartig, zum ersten Mal ist unser Wohnzimmer derartig hell», denkt Helena. Sie und ihr Mann Thomas beten. Sie ahnen nicht, dass sich ihr Leben im nächsten Augenblick komplett verändern wird.

Philomena steigt aus dem Taxi, bezahlt den Fahrer und öffnet mit ihrem rechten Finger das elektronisch (mit Fingerprint) gesicherte Gartentor zum Haus ihrer Eltern. Sie klingelt. Thomas und Helena erschrecken sich sehr. Im selben Moment fällt das braune Holzkreuz an der Wand zu Boden. Verzweifelt schreit Thomas: «Wer kommt bis zu meiner Haustüre?» Er weiß, dass diese elektronisch gesichert ist. Sofort denkt er an Giulio. Ebenso schnell verwirft er diesen Gedanken wieder. «Nein, unmöglich.» Er hechtet in sein Büro und holt seine Pistole aus dem Schreibtisch, entsichert sie, rennt zur Haustüre und schaut durch das Guckloch. Thomas erstarrt. Er beginnt zu zittern. Was er vor seiner Haustüre sieht, kann er nicht glauben. «Unmöglich», mehr bringt der alte Mann nicht über seine Lippen. Thomas öffnet zögerlich die Türe. Davor steht eine Frau. Sie lacht und sagt: «Hey Paps, erkennst du mich nicht? Ich bin's, Philomena.» Sein Mund steht weit offen. Von Braun erstarrt fast vor Ehrfurcht, Schreck und Glück. «Was geht da vor?», fragt sich der Mann. Er kann es noch immer nicht fassen. Philomena rennt auf ihre Mutter zu, vorbei am noch immer verdutzten Vater. Sie umarmen sich. Trotzdem ist Helena völlig übermannt von der Situation. Vater von Braun betritt langsam den Raum mit weit aufgerissenem Mund. Er ist völlig perplex. Philomena greift in die Innentasche ihres Trainingsanzuges, zieht einen Briefumschlag hervor und überreicht diesen ihrem Vater, so wie es Giulio ihr aufgetragen hat.

Thomas von Braun beginnt zu lesen ... schaut zum Himmel ... liest weiter ... schaut wieder zum Himmel ... und versteht die Welt nicht mehr.

Der Autor

Peter Loetscher wurde 1957 in Luzern geboren.
Er arbeitete als Bankkaufmann, IT-Spezialist und
Versicherungsfachmann. Er ist ein spiritueller
Mensch. Seine geistigen Freunde rieten ihm schon
lange: „Schreib! Papier ist dein Medium!" Mit dem
Roman „Giulio … der etwas weiß, was niemand
wissen darf" setzt Peter Loetscher dies um.